# UMA LISTA (QUASE) DEFINITIVA DE PIORES MEDOS

## KRYSTAL SUTHERLAND

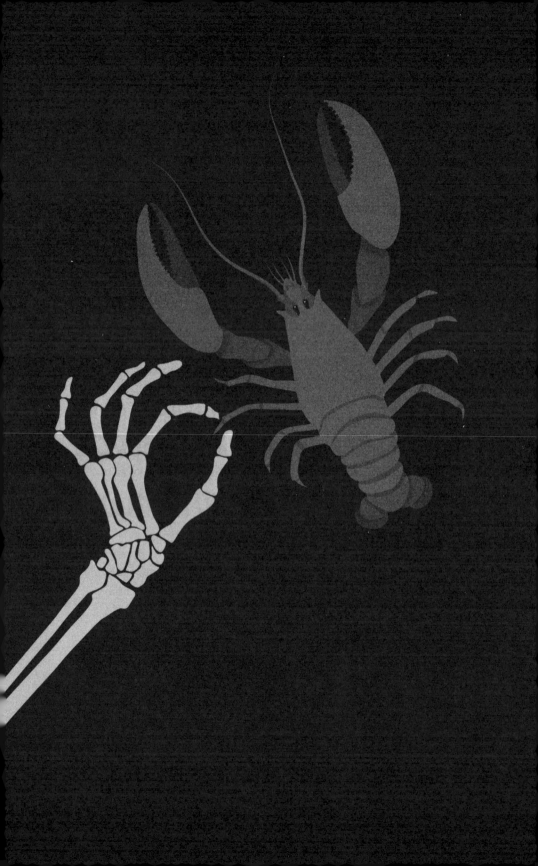

# UMA LISTA (QUASE) DEFINITIVA DE PIORES MEDOS

## KRYSTAL SUTHERLAND

Tradução
**Alice Klesck**

Copyright © 2017 by Krystal Sutherland
Copyright da tradução © 2020 by Editora Globo S.A.

Todos os direitos reservados. Nenhuma parte desta edição pode ser utilizada ou reproduzida — em qualquer meio ou forma, seja mecânico ou eletrônico, fotocópia, gravação etc. — nem apropriada ou estocada em sistema de banco de dados sem a expressa autorização da editora.

**Título original:** *A Semi-Definitive List of Worst Nightmares*

Editora responsável **Veronica Gonzalez**
Assistente editorial **Lara Berruezo**
Diagramação **Gisele Oliveira e Douglas Kenji Watanabe**
Projeto gráfico original **Laboratório Secreto**
Revisão **Fernanda Marão**
Capa **Renata Zucchini**

**Texto fixado conforme as regras do Acordo Ortográfico da Língua Portuguesa (Decreto Legislativo nº 54, de 1995).**

CIP-BRASIL. CATALOGAÇÃO NA FONTE
SINDICATO NACIONAL DOS EDITORES DE LIVROS, RJ

S967L

    Sutherland, Krystal
      Uma lista (quase) definitiva de piores medos / Krystal Sutherland ; tradução Alice Klesck. – 1. ed. – Rio de Janeiro : Globo Alt, 2020.

      Tradução de : A semi-definitive list of worst nightmares
      ISBN 978-65-88131-01-5

      1. Ficção australiana. I. Klesck, Alice. II. Título.

20-65495
                  CDD: 823.9934
                  CDU: 82-3(94)

1ª edição, 2020

Direitos de edição em língua portuguesa para o Brasil adquiridos por Editora Globo S.A.
R. Marquês de Pombal, 25
20.230-240 — Rio de Janeiro — RJ — Brasil
www.globolivros.com.br

*Para Chelsea e Shanaye*
*e todos que já sentiram medo:*
*vocês são mais corajosos do que imaginam.*

# CAPÍTULO 1

# O MENINO NO PONTO DE ÔNIBUS

**Esther Solar** estava esperando do lado de fora da Casa de Repouso e Centro de Reabilitação Lilac Hill há meia hora quando recebeu a notícia de que a maldição voltara a acontecer.

Rosemary Solar, sua mãe, explicou ao telefone que não poderia, em hipótese alguma, buscá-la. Um gato negro como a noite, com duas fendas amarelo-demoníacas servindo de olhos, havia sido encontrado sentado em cima do capô do carro da família – um mau agouro sinistro o bastante para impedir que ela dirigisse.

Esther permaneceu impassível. O desenvolvimento espontâneo de fobias não era um fenômeno novo na família Solar, então ela caminhou até o ponto de ônibus, a quatro quarteirões de Lilac Hill, com sua capa vermelha revoando na brisa noturna e atraindo olhares de estranhos pelo caminho.

Durante o caminho, ela pensou para quem as pessoas normais ligariam numa situação como essa. Seu pai ainda estava enclausurado no porão, onde havia se confinado há seis anos, Eugene estava ausente (Esther desconfiava de que ele havia escapulido por outra fresta de realidade – isso acontecia com Eugene, de tempos em tempos), e seu avô já não tinha a capacidade motora necessária para manejar um veículo (sem contar que ele não se lembrava de que ela era sua neta).

Basicamente, Esther tinha bem poucas pessoas que poderiam socorrê-la numa crise.

O ponto de ônibus estava vazio para uma sexta-feira à noite. Havia apenas mais uma pessoa sentada ali, um cara negro e alto, vestido como um personagem de um filme de Wes Anderson, com uma calça de veludo cotelê verde-limão, uma jaqueta de camurça e uma boina cobrindo o cabelo. O garoto chorava baixinho, então Esther fez o que se supõe fazer quando um estranho demonstra emoção em excesso em sua presença: ela o ignorou completamente. Sentou-se ao lado dele, pegou a sua edição surrada de *O poderoso chefão* e se esforçou muito para se concentrar na leitura.

As luzes acima deles zuniam como um ninho de vespas, piscando, acendendo e apagando. Se Esther tivesse continuado a olhar para baixo, o ano seguinte de sua vida teria sido bem diferente. Mas ela era uma Solar, e os Solar tinham o péssimo hábito de se meter onde não eram chamados.

O menino chorava dramaticamente. Esther ergueu os olhos. Havia um hematoma escuro como uma ameixa dominando a maçã do rosto dele, e sangue escorria de um corte no supercílio, sob a luz fluorescente. Sua camisa estampada – claramente doada a um brechó em meados dos anos 1970 – estava com a gola rasgada.

O menino soluçou de novo, olhando para ela de esguelha.

Esther geralmente evitava conversar com pessoas, a não ser que fosse totalmente necessário. Na verdade, ela às vezes evitava as pessoas até quando *era* totalmente necessário.

— Oi — ela disse, finalmente. — Você está bem?

— Acho que eu fui assaltado — ele respondeu.

— Você *acha*?

— Não consigo me lembrar. — Ele apontou o machucado na testa. — Mas levaram meu celular e a minha carteira, então eu acho que fui assaltado.

E foi então que ela o reconheceu.

— Jonah? Jonah Smallwood?

Os anos o haviam mudado, mas ele ainda tinha os mesmos olhos grandes, o mesmo maxilar forte, e o mesmo olhar intenso de quando era criança. Agora ele tinha mais cabelo, a sombra de uma barba por fazer e uma cabeleira farta de fios negros e grossos empinados, num estilo *pompadour*. Esther pensou que ele lembrava o Finn, de *Star Wars: O despertar da força* algo que, na sua opinião, significava ter uma aparência muito boa. Tentando reconhecê-la, ele deu uma olhada para ela, para a pintura de Jackson Pollock de sardas escuras espalhadas em seu rosto, peito e braços, e para a juba de cabelos ruivos que batiam abaixo de seus quadris.

— Como você sabe meu nome?

— Você não se lembra de mim?

Eles só haviam sido amigos por um ano e tinham apenas oito anos naquela época, mas ainda assim. Esther sentiu uma pontada de tristeza por ele ter se esquecido dela – ela certamente não se esquecera dele.

— A gente cursou o ensino fundamental juntos — Esther explicou. — Eu era da sala da sra. Price, junto com você. Você me chamou pra sair no Dia dos Namorados.

Jonah havia comprado um saco de balinhas e feito um cartão, no qual havia duas metades de uma laranja e uma frase que dizia: "Você é minha outra metade". Dentro, ele a convidava para encontrá-lo no recreio.

Esther ficou esperando. Jonah não apareceu. Na verdade, ela nunca mais o viu.

Até agora.

— Ah, é — Jonah disse devagar, enquanto finalmente o reconhecimento ia surgindo em seu rosto. — Eu gostei de você porque você protestou pela morte de Dumbledore, na frente da livraria, tipo uma semana depois que o filme estreou.

Como Esther se lembrava: a pequena Esther, aos sete anos, com o cabelo tigelinha vermelho vivo, fazendo piquete na livraria local segurando um cartaz que dizia "SALVEM OS MAGOS". Depois, a pequena Esther numa chamada do noticiário das seis, com um repórter ajoelhado ao seu lado perguntando: "Você sabia que o livro foi publicado há anos e o final não pode ser modificado?", enquanto ela piscava, olhando aparvalhada para a câmera.

De volta à realidade:

— Detesto que exista uma prova disso em vídeo.

Jonah apontou a cabeça para seu traje: uma capa de tom vermelho-sangue presa no pescoço por uma fita, e um cesto de palha junto aos pés.

— Pelo visto você continua estranha. Por que está vestida de Chapeuzinho Vermelho?

Fazia vários anos que Esther não precisava responder perguntas sobre sua pré-disposição às fantasias. Na rua, estranhos sempre presumiam que ela estivesse indo ou vindo de uma festa. No que tangia o código de idumentária escolar, seus professores – para irritação deles – não conseguiam encontrar nenhuma falha em seus trajes. Seus colegas de turma já estavam acostumados a vê-la vestida como Alice no País das Maravilhas, Bellatrix Lestrange, ou sabe-se lá o quê, e nem ligavam para o que ela vestisse, desde que ela continuasse trazendo bolo escondido (já falo mais sobre isso).

— Eu estava visitando um avô. Pareceu apropriado — ela disse, em resposta, e isso pareceu satisfazer Jonah, porque ele concordou como se compreendesse.

— Olha, você tem algum dinheiro?

Esther tinha, sim, dinheiro, em seu cesto de piquenique de Chapeuzinho Vermelho. Ela tinha 55 dólares, tudo destinado ao Fundo Para Dar o Fora Dessa Droga de Cidade, que agora totalizava 2.235 dólares.

Mas voltando ao bolo mencionado anteriormente, acontece que, no segundo ano do ensino médio de Esther, a East River High instituiu vastas mudanças no refeitório até que houvesse somente comida saudável. Com isso, lá se foram as pizzas, nuggets de frango, petiscos, batatas fritas, *sloppy joes* e chips que tornavam o ensino médio quase suportável. As palavras "Michelle Obama" eram murmuradas em desespero todas as vezes que um novo item como alho-poró, sopa de couve-flor e torta de brócolis cozido era acrescentado ao cardápio. Esther havia enxergado o surgimento de uma oportunidade de negócio e preparou uma caixa de brownies de chocolate com cobertura dupla. No dia seguinte, ela os levou para a escola, onde vendeu cada um por cinco dólares, tendo um lucro bem legal de cinquenta dólares. Desde então, ela se tornou a Walter White da *junk food*, e a amplitude de seu império foi tanta que os seus clientes passaram a chamá-la de "Cakenberg".

Ela recentemente havia ampliado seu território à Casa de Repouso e Centro de Reabilitação Lilac Hill, onde as coisas mais empolgantes do cardápio eram cachorro-quente com salsichas cozidas além do ponto e purê de batata sem gosto. Os negócios estavam a toda.

— Por quê? — Ela disse, devagar.

— Eu preciso de dinheiro para a passagem de ônibus. Você me dá o dinheiro e eu posso usar seu celular pra transferir o valor diretamente da minha conta para a sua.

Parecia um negócio bem arriscado, mas Jonah estava com a cara roxa, sangrando, chorando, e ela ainda meio que o via como o garoto meigo que um dia gostou dela a ponto de lhe fazer um desenho de duas metades de uma laranja.

Então, Esther disse:

— De quanto você precisa?

— Quanto você tem? Eu pego tudo e transfiro pra você.

— Tenho 55 dólares.

— Eu fico com os 55 dólares.

Jonah levantou e foi sentar-se ao lado dela. Ele era bem mais alto do que ela achava, e bem mais magro também, como uma espiga de milho. E ela viu quando ele abriu o aplicativo do banco no telefone, fez o login, inseriu os dados bancários que ela lhe havia dado e autorizou a transferência.

*Transferência bem sucedida*, disse o aplicativo.

Então, ela abaixou, abriu o seu cesto, e lhe deu os 55 dólares que havia ganhado em Lilac Hill.

— Obrigado — disse Jonah, ao lhe dar um aperto de mão. — Você é gente boa, Esther. — Então, ele levantou, piscou e sumiu. De novo.

Foi assim que, numa noite quente e úmida do fim do verão, Jonah Smallwood surrupiou seus 55 dólares e levou, no intervalo de aproximadamente quatro minutos:

– a pulseira de sua avó, tirando-a de seu punho;

– seu iPhone;

– um pacote de doces, que ela estava guardando para o trajeto de volta para casa;

– seu cartão da biblioteca (que ele depois usou para acumular os 19,99 dólares em taxas de reposição por desfigurar uma edição de *Romeu e Julieta* com um grafite de lagosta);

– sua edição de *O poderoso chefão*;

– sua lista quase definitiva de piores medos;

– e sua dignidade.

Esther ficou repassando na cabeça a lembrança de seu protesto por Dumbledore, digna de repugnância, e não percebeu que havia sido roubada até a chegada de seu ônibus, seis minutos e dezenove segundos depois, quando ela exclamou ao motorista: "Fui assaltada!", ao que o motorista respondeu: "Não levo gentalha!", fechando a porta na sua cara.

(Talvez Jonah não tivesse lhe roubado toda a dignidade – o motorista de ônibus levou os fiapos que ele não havia conseguido lhe arrancar dos ossos.)

Então, veja você: a história de como Esther Solar foi roubada por Jonah Smallwood é bastante objetiva. A história de como ela passou a amar Jonah Smallwood é um pouquinho mais complicada.

## CAPÍTULO 2
# A CASA DE LUZ E FANTASMAS

**Esther levou exatamente três horas,** treze minutos e trinta e sete segundos para caminhar até sua casa, que ficava na margem da margem da cidade. A cidade havia se expandido na direção contrária à esperada pelos construtores, deixando seu bairro no meio de lugar nenhum.

Durante a longa caminhada até lá, o tempo havia fechado e do céu jorrava água de forma que, até chegar aos degraus da frente, Esther estava encharcada, enlameada e trêmula.

A casa dos Solar estava reluzindo, como sempre. Uma joia fluorescente na rua escura. Uma brisa suave soprava por entre as árvores que haviam se enraizado no quintal da frente, como uma floresta no meio do subúrbio. Anos atrás, alguns vizinhos reclamaram sobre as luzes constantemente acesas. E Rosemary Solar respondeu plantando oito mudas de carvalho no gramado que, num espaço de cerca de seis meses, passaram a árvores gigantescas que envolveram a propriedade. Conforme elas cresciam, ela pendurava olhos-gregos em seus galhos. Aos centos, os olhos de vidro azuis, pretos e brancos tilintavam como canções sinistras sempre que o vento soprava. Era para afastar o mal, dizia Rosemary. Até agora, as únicas pessoas que eles haviam conseguido assustar foram Escoteiros, Testemunhas de Jeová e crianças que passavam pedindo doce no Halloween.

Eugene estava sentado nos degraus da frente que levavam à varanda superiluminada, parecendo ter viajado no tempo, vindo de um concerto dos Beatles, com o corte de cabelo do Ringo e a noção de moda do John.

Esther e Eugene eram os gêmeos que ninguém jamais poderia acreditar serem gêmeos. Ele tinha cabelo escuro, o dela era claro. Ele era alto, ela era baixinha. Ele era magricela, ela era cheinha. A pele dela era salpicada de sardas, a dele era lisa.

— E aí? — disse Esther.

Eugene ergueu os olhos.

— Eu *disse* à mãe que você ainda estava viva, mas ela já está procurando caixões na internet. A paleta de cores para o seu velório será rosa e prata, pelo que fiquei sabendo.

— Afe. Eu pedi, especificamente, que fosse um velório de bom gosto, em preto e marfim, umas *cem* vezes.

— Ela está vendo a apresentação de slides pra morte emergencial que fez no ano passado, acrescentando novas fotos. Ainda termina com "Time of Your Life".

— Deus, tão básico. Não dá pra decidir o que seria mais trágico, morrer aos dezessete anos, ou ter o enterro mais clichê de todos os tempos.

— Ah, vai, um enterro em rosa e prata não é clichê, é só *cafonérrimo.* — Os olhos de Eugene demonstravam uma preocupação verdadeira. — Você está bem?

Esther torceu os cabelos compridos; eles ficavam vermelho sangue quando molhados.

— Sim. Eu fui assaltada. Bom, não exatamente assaltada. Enganada. Por Jonah Smallwood. Lembra do garoto que me deixou plantada na escola, no Dia dos Namorados, durante o ensino fundamental?

— Aquele por quem você era desesperadamente apaixonada?

— O próprio. No fim das contas, ele é um talentoso batedor de carteiras. Acabou de roubar 55 dólares e minhas balinhas de frutas.

— Duas vezes desprezada. Espero que você esteja planejando vingança.

— Naturalmente, irmão.

Eugene levantou, passou o braço em volta do ombro dela, e eles entraram juntos, passando por baixo da ferradura pregada acima da porta, dos ramos de poejo pendurados no portal, e dos restos das fileiras de sal da noite anterior.

A morada dos Solar era uma antiga casa vitoriana, do tipo em que até a luz tinha um aspecto enevoado, desbotado. Era toda forrada com carpete de madeira escura, tapetes persas vermelhos e paredes em um tom único de verde empalidecido pela podridão. O tipo de casa onde os fantasmas se deslocavam dentro das paredes e os vizinhos acreditavam que os habitantes eram amaldiçoados. Para os Solar, as duas coisas eram verdade.

Se algum dia algum estranho tivesse permissão de entrar, estas seriam as coisas que notaria:

— Todos os interruptores eram mantidos na posição de aceso, presos com fita isolante. Os Solar adoravam luz, mas Eugene era o que mais gostava. Para a sorte dele, os corredores eram perfilados com fios de luz, enquanto luminárias e velas cobriam a superfície dos móveis e, com bastante frequência, boa parte do chão.

— Marcas das chamas do Grande Incêndio de Pânico de 2013, quando numa queda de energia elétrica Eugene disparou de seu quarto até o corredor derrubando aproximadamente duas dúzias das supracitadas velas, ateando fogo na parede de *drywall*.

— Os degraus que conduziam ao segundo andar eram bloqueados por um monte de móveis inúteis, em parte porque Peter Solar estava na metade das reformas deste andar quando teve o seu primeiro derrame e todo trabalho rapidamente parou, mas também porque Rosemary acreditava que o segundo andar era realmente assombrado. (Como se um fantasma fosse assombrar somente metade de uma casa e deixar educadamente os residentes relaxarem na outra parte, sem qualquer *atividade paranormal*. Fala sério.)

— Não havia nada nas paredes, fora os interruptores com fita isolante e as persianas para cobrir as janelas à noite. Nada de quadros. Nada de pôsteres. E, certamente, nada de espelhos. *Jamais*.

— Os coelhos na cozinha.

— O galo malvado chamado Fred, que seguia Rosemary Solar por todo lado e, segundo ela, era um duende vindo diretamente do folclore lituano.

Green Day estava *de fato* tocando baixinho na sala. Com seus quarenta e poucos anos, Rosemary Solar estava sentada no sofá, na frente da TV, assistindo à apresentação de slides do funeral de emergência que ela fizera, anos atrás, caso um de seus filhos viesse a morrer inesperadamente. Os cabelos castanhos caíam em seus ombros e ela tilintava quando se mexia, com seus punhos e dedos de passarinho apinhados de anéis e pingentes de boa sorte. As moedas costuradas em sua roupa – na bainha, mangas, costuradas do lado de dentro de cada bolso, com linha metálica – ressoavam como gotas de chuva.

Estas eram as coisas que Esther considerava aspectos característicos de sua mãe:

— Quando jovem, Rosemary tinha sido uma patinadora campeã no Roller Derby, chamada "The She Beast". Na fotografia, que era a predileta de Esther, ela estava fantasiada na pista e era quase idêntica a Eugene: o mesmo cabelo escuro, os mesmos olhos castanhos, a mesma pele clara sem a mácula das sardas que cobriam Esther. Era sinistro.

— Rosemary tinha sido casada antes, quando tinha dezoito anos, com um homem que deixou uma cicatriz fina em formato de "C" em sua sobrancelha esquerda. O homem e o seu destino nunca foram mencionados. Esther gostava de imaginar que ele tinha sofrido uma morte longa e dolorosa assim que Rosemary o deixou. Talvez ele tivesse sido comido por cães selvagens, ou lentamente cozido num barril de óleo.

— Horticultora por ofício, Rosemary tinha a habilidade de fazer as plantas crescerem com apenas um toque. Flores pareciam desabrochar na sua presença e virar-se em sua direção quando ela passava. Os carvalhos do gramado da frente ouviram quando ela sussurrou para eles dizendo-lhes para crescer. Sempre houve um toque de magia nela.

Esse último ponto era o que Esther mais gostava em Rosemary. Ela sentira isso desde criança e, mesmo depois de ter deixado de acreditar em fadas, no Papai Noel e nas cartas de Hogwarts, ela ainda sentia essa energia emanada pela sua mãe.

Esther pensava na magia como uma amarra. Um fio prateado invisível que unia seus corações, independentemente da distância. Era isso que fazia com que Rosemary fosse ao seu quarto quando Esther tinha pesadelos. Era o que fazia uma dor de cabeça, ou de dente, ou um enjoo passar quando ela pousava a palma da mão em sua testa.

Então chegou a maldição, como sempre chegava. Peter teve o derrame e passou a ficar recluso no porão. O dinheiro ficou apertado. Rosemary começou a jogar e, desesperada para não perder, foi lentamente sendo consumida pelo medo do azar. A amarra que unia mãe e filha começou a enfraquecer, foi morrendo. Esther não gostava menos da mãe, mas a magia havia começado a se desfazer e Rosemary vinha se tornando lenta, mas inteiramente – horrendamente – *humana*.

E, nesse mundo, há poucas coisas piores do que humanos.

Rosemary saltou do sofá e envolveu Esther num abraço estrangulado, com Fred, nada impressionado, preso embaixo do braço. A seu redor, o ar cheirava a sálvia e cedro. Sua roupa tinha aroma de artemísia e cravo. Seu hálito tinha um leve odor de poejo. Todas essas ervas tinham a finalidade de afastar o azar. Rosemary Solar tinha cheiro de bruxa, o que a maioria das pessoas da vizinhança achava que ela era e, talvez, o que ela gostava de achar também, mas Esther não era boba.

— Eu estava *tão* preocupada — disse Rosemary, afastando os cabelos molhados do rosto da filha. — Por onde você andou? Por que não estava atendendo o celular?

Esther desfrutou do carinho e da preocupação e sentiu vontade de se desmanchar nos braços da mãe, deixar que Rosemary a confortasse, como fazia quando ela era pequena. Mas as propriedades analgésicas desgastadas das mãos da mãe não bastaram para compensar o fato de ela tê-la deixado em apuros novamente, e Esther a afastou.

— Se você tivesse ido me buscar, como deveria, talvez eu não tivesse sido brutalmente assaltada a caminho de casa. — O furto de Jonah não contava exatamente como roubo, mas Rosemary não precisava saber disso. Às vezes, Esther gostava de fazê-la se sentir culpada.

— Você foi assaltada?

— *Brutalmente assaltada.* Você deveria ter ido me buscar.

Rosemary pareceu aflita.

— Eu vi um *gato preto.*

Não pela primeira vez, Esther teve a sensação de atração-repulsão que definia o relacionamento delas nos últimos anos. A atração fazia com que ela quisesse segurar o rosto de Rosemary e garantir que tudo ficaria bem. Ao mesmo tempo, havia a repulsão, esse negócio sinistro que vazava ácido em suas vísceras, porque não era justo. Não era justo que sua mãe tivesse se transformado nisso. Não era justo que todos os Solar tivessem sido condenados a viver com aquele medo ridículo.

— Vá dizer ao seu pai que você está bem — Rosemary acabou dizendo.

Esther foi até o elevador de carga da cozinha, encontrou a caneta e o bloco que viviam ali, e escreveu um bilhete que dizia:

*Estou bem. Por favor, desconsidere quaisquer correspondências anteriores que digam o contrário. Saudades. Com amor, Esther.*

Depois, ela enrolou o bilhete, colocou-o no monta-cargas e puxou a corda que levaria o pequeno elevador até o porão. Em outra época, esse aparato deve ter sido usado para transportar lenha para o boiler. Agora servia apenas para comunicação.

— Olá, Esther — ecoou a voz de Peter Solar, vão abaixo, um minuto depois. — Que bom saber que você não está mais desaparecida.

— Oi, pai — ela gritou de volta. — O que você está assistindo esta semana?

— Estou vendo *Mork & Mindy*. Nunca assisti quando passou. É bem engraçado.

— Que bom.

— Eu te amo, querida.

— Também te amo.

Esther fechou a porta do monta-cargas e seguiu para o seu quarto. No corredor, as centenas de velas chiavam conforme as gotas de água de seus cabelos e sua roupa respingavam. O quarto se parecia um pouco com aqueles abrigos radioativos dos filmes pós-apocalípticos onde toda a arte do Louvre e do Rijksmuseum e do Smithsonian são armazenadas na tentativa de salvar o que se pode da humanidade. A maior parte dos móveis pertencia aos seus avós: a cama de armação preta de ferro, a escrivaninha de teca, o baú entalhado que seu avô trouxe de algum lugar da Ásia, os tapetes persas que cobriam grande parte do piso de madeira. Tudo que ela pôde salvar da casinha singular que eles tinham. Ao contrário do restante da casa que, com exceção dos interruptores com fita isolante, das luminárias e das velas, era nua e esparsa, as paredes de seu quarto eram cobertas de pinturas emolduradas, tapeçarias indianas, prateleiras pregadas, e quase nem dava mais pra ver o papel de parede por trás.

E fantasias. Fantasias por todo lado. Fantasias explodindo para fora do armário. Fantasias em vários estágios de desenvolvimento pendendo do teto. Fantasias presas a três manequins vintage, imensas saias rodadas, vestidos pretos cintilantes e tiras verdes de um couro tão macio que pareciam chocolate derretido nas mãos. Penas de pavão, colares de pérolas e relógios de bronze de bolso, cada um mostrando um horário diferente. Uma máquina de costura Singer – de sua falecida avó – coberta de faixas de veludo e seda prontas para serem cortadas em moldes. Uma dúzia de máscaras penduradas em cada mastro da cama. Uma cômoda inteira com gavetas dedicadas a maquiagem – potes de purpurina dourada, sombra azul-turquesa, pó de osso branco para o rosto, látex líquido e um batom tão vermelho que os olhos queimavam só de olhar.

Eugene geralmente se recusava a entrar ali porque toda aquela tralha fazia o quarto parecer mais escuro do que realmente era, mas também porque o interruptor não estava preso com fita isolante na posição de aceso e, teoricamente, poderia ser desligado por um espírito vingativo a qualquer momento se ele estivesse inclinado a tal. (Espíritos vingativos eram uma grande preocupação para Eugene. Isso era algo em que ele pensava com frequência. Muita frequência.)

Esther pousou seu cesto e começou a tirar sua capa molhada antes de perceber uma aparição em pé, perto de um cabide de casacos lotado, no canto dos fundos do quarto. Hephzibah Hadid estava meio escondida pelo monte de echarpes, de olhos arregalados, parecendo um fantasma que tinha sido visto por acidente.

— Meu Deus, Heph — disse Esther, colocando a mão no peito. — Nós já falamos sobre isso. Você não pode simplesmente ficar aqui, à espreita.

Hephzibah lançou um olhar lamentoso e saiu do canto.

Nos três primeiros anos de amizade entre elas, Esther realmente se convenceu de que Hephzibah era sua amiga imaginária. Na realidade, Hephzibah não falava com ninguém, e os professores nunca a chamavam pelo seu nome *justamente porque* ela não falava com ninguém, apenas flutuava ao redor de Esther e a seguia por todos os lados, algo com que ela não se importava, já que se sentia uma criança sem atrativos, com poucos amigos.

Tudo em Hephzibah era esguio e magro: cabelos finos, membros bem magrinhos, e todo aquele negócio de cabelos cinzentos e olhos pálidos da Bar Refaeli.

Antes que Esther tirasse a capa, Hephzibah agarrou-a e deu-lhe um abraço forte – um raro sinal de afeição – antes de voltar para o canto e lançar um olhar de "O que houve?". Ao longo de uma década de amizade, elas até que se deram bem com a comunicação sem palavras.

Esther sabia que Heph *podia* falar. Certa vez, ela a escutou casualmente falando com os pais, mas Hephzibah tinha se dado conta e ficado sem falar com ela por um mês. Ou, em vez disso, não tinha não falado com ela. Tanto faz.

— Eu fui roubada por Jonah Smallwood. Lembra daquele garoto da turma da sra. Price que me fez gostar dele e depois sumiu?

Hephzibah lançou um olhar asqueroso ao qual Esther interpretou como "Sim, eu me lembro". Depois, ela suspirou como quem diz "Ele te enrolou de novo?"

— Sim, enrolou. E me surrupiou 55 dólares, roubou a pulseira da minha avó, meu iPhone e minhas balas de frutas. — Hephzibah parecia enfurecida. — Sim, eu sei, as balinhas foram um golpe e tanto. Também estou furiosa.

— Nós ainda vamos à festa, certo? — ela sinalizou. — Por mais que elas fossem boas na comunicação quando crianças, ficou claro que, já adolescentes, talvez precisassem de um sistema mais complexo do que fazer mímicas. Então, os pais de Hephzibah pagaram para que os três – Heph, Eugene e Esther – aprendessem a linguagem de sinais.

Esther não queria ir à festa. Ela não queria participar desde o começo. Festas significavam pessoas e pessoas significavam olhos e olhos significavam observação penetrando em sua pele como pequenos gorgulhos julgadores, e ser julgada significava ficar sem ar em público, o que só levava a mais julgamento. Mas Heph cruzou os braços e sacudiu a cabeça em direção à porta da frente, um gesto que Esther interpretou como "Esse é um pedido não negociável de amizade".

—Ah, o.k., o.k.Tudo bem. Vou me arrumar.

Hephzibah sorriu.

— Talvez a gente deva levar o Eugene — ela sinalizou.

— Verdade. Se a minha mãe sair… Sem chance de o deixarmos aqui sozinho.

Eugene não suportaria ficar no escuro, mas ele tampouco aguentaria ficar em casa sozinho, à noite. As coisas vêm atrás de você, quando você está sozinho – ou, pelo menos, é o que ele dizia.

Então, Esther foi buscar o irmão.

O quarto de Eugene não se parecia em nada com o dela: paredes nuas e nenhum móvel para além da sua cama de solteiro posicionada bem no meio do quarto, exatamente embaixo da luz do teto. Eugene estava deitado em seu colchão fino, lendo, cercado por uma dúzia de luminárias e três vezes a quantidade de velas, como se estivesse em seu próprio velório – onde, de certa forma, ele estava. Todas as noites, quando o sol se punha, Eugene meio que desbotava e era substituído por uma criatura oca, que se deslocava silenciosamente pela casa, tentando absorver todas as partículas de iluminação para que sua própria pele reluzisse o suficiente para afastar a escuridão.

— Eugene — disse ela —, você quer ir a uma festa?

Ele ergueu os olhos de seu livro.

— Onde?

— Perto daquela antiga refinaria de níquel. Vai ter fogueira.

Para Eugene, o fogo era a única fonte confiável de iluminação e ele o louvava mais do que qualquer homem das cavernas. Ele nunca saía de casa sem a sua lanterna, pilhas extras, um isqueiro, fósforos, gravetos, um trapo encharcado de óleo, varetas de centelha, um arco e broca, uma pederneira, e vários acessórios possíveis para fazer fogo. Graças aos Escoteiros, ele era capaz de acender uma fogueira desde os oito anos. Eugene seria um excelente acréscimo a qualquer equipe de sobrevivência ao apocalipse, não fosse seu incômodo por não conseguir ficar ao ar livre sem qualquer feixe de luz, do anoitecer ao raiar do dia.

Eugene assentiu e fechou seu livro.

— Eu vou com você à festa.

Esther colocou uma fantasia de Wandinha Addams e lá foram eles, os três adolescentes mais estranhos da cidade: um fantasma que não conseguia falar, um menino que odiava o escuro, e uma menina que se vestia como outra pessoa, aonde quer que fosse.


Uma hora depois, a refinaria de níquel surgia à vista como um castelo de metal e ferrugem, com o interior reluzente pela brasa do carvão na lareira acessa, e sombras que tremulavam pelos vidros das janelas enquanto os adolescentes dançavam como mariposas ao redor das chamas.

— Bom, vamos dar um toque de esquisitice nesse lugar — disse Esther, conforme eles caminhavam em direção ao galpão.

Às vezes, artistas faziam exposições e exibições de filmes *avant-garde* na refinaria e casais iam até lá para fazer suas fotos para o álbum de casamento. Porém, na maior parte do tempo, o local era usado por aspirantes a Bansky e alunos de ensino médio se embebedando nos fins de semana. Uma cerca de ferro temporária havia sido posta na frente da entrada do galpão, como se isso fosse o suficiente para evitar a entrada de uma horda de adolescentes raivosos em busca de diversão no último fim de semana das férias de verão. O canto já havia sido cortado e arregaçado com cortadores de cerca. Eles eram raposas entrando sorrateiramente no galinheiro. Eles sempre encontrariam um jeito.

A música transbordava dos alto-falantes portáteis. O riso e o falatório eram amplificados pela vastidão do galpão. A cerca de cinco metros da cerca, Esther atingiu o campo de força. Heph e Eugene deram cinco passos cada um antes de perceberem que ela não estava mais caminhando ao lado deles. Os dois pararam e olharam pra ela.

— Vão indo na frente — disse Esther. — Eu vou pegar um pouco de ar aqui, por alguns minutos.

Heph e Eugene se entreolharam, mas não disseram nada. Hephzibah não falava, então isso não foi surpreendente, mas Eugene não disse nada porque isso o tornaria um mega-hiper-hipócrita.

— Manda pra dentro o seu líquido da coragem e vem encontrar a gente — ele acabou dizendo. Em seguida, entrelaçou seu braço no de Heph e eles entraram.

— Certo, ansiedade social — Esther disse a si mesma, abrindo uma das garrafinhas de vinho quente que tirou da coleção da mãe. — Hora de se afogar.

Ela deu três goladas. O gosto que vinha depois era algo exótico e podre, mas ela não ligava, porque adolescentes não consumiam álcool por suas qualidades apetecíveis, mas sim porque era uma ferramenta útil para deixá-los mais bacanas e engraçados e menos desastrosos socialmente.

A pior é que a ansiedade não afeta simplesmente o seu modo de pensar, ou o seu jeito de falar, ou a sua maneira de agir perto do outros. Ela afeta os seus batimentos cardíacos. A sua respiração. O que você come. Como você dorme. A ansiedade parecia uma âncora cravada nas suas costas, com uma ponta em cada pulmão: uma atravessando o coração, e outra a coluna, com o peso fazendo sua postura curvar-se à frente, arrastando você até as profundezas lodosas do solo marinho. A boa notícia era que, depois de um tempo, era possível se acostumar com isso. Acostumar-se ao resfôlego, à sensação de estar à beira de um ataque cardíaco que te segue por toda parte. Você só precisa pegar numa das pontas à mostra em seu esterno, sacudí-la e dizer "Escute aqui, babaca. Não estamos morrendo. Temos uma porrada de coisa pra fazer".

Esther tentou isso. Ela respirou fundo algumas vezes, tentou expandir seus pulmões em meio às contrações esmagadoras de suas costelas, o que não ajudou muito, porque a ansiedade era cruel. Ela então tomou um pouco mais de vinho e esperou que o álcool entrasse na briga com seus demônios, porque ela era uma garota de dezessete anos totalmente sensata e saudável.

## CAPÍTULO 3
# O GAROTO DA FOGUEIRA

**Esther andou de um lado para o outro** ao longo da entrada para o galpão equilibrando-se em cima de uma viga de ferro enferrujada, caída do telhado, olhando ocasionalmente para as sombras compridas projetadas no concreto pela luz tremulante da fogueira. Ela pensava em entrar na festa. Ela talvez até quisesse entrar. Afastou-se da viga e puxou o pedaço solto da cerca, no buraco da entrada, tentando se forçar a passar. *Encontre o Eugene. Encontre a Hephzibah. Você vai ficar bem.*

Mas então, um grupo de garotos bêbados e cambaleantes do segundo ano veio em sua direção, ela soltou a cerca, fechando-a, e saiu correndo para o escuro feito um guaxinim assustado. Ela não conseguia questionar os motivos pelos quais estava ali fora, pois não tinha nenhuma resposta boa. Como explicar a estranhos que há um campo de força em volta deles, uma barreira invisível zunindo em volta de gente que ela não conhece e que a repele?

Esther subiu um vão de degraus apodrecidos que, colados com fita isolante, levavam ao segundo andar do galpão na sequência de um labirinto de corredores, e espanou um quadrado no chão para sentar. Ela tomou um belo gole do vinho e olhou em volta, agora que seus olhos tinham se acostumado com a baixa luminiosidade. A luz da fogueira penetrava pelos buracos no chão. Eugene não conseguiria sobreviver muito tempo naquela sala fosse porque a luz era mínima e tremulante, ou porque outros – provavelmente adolescentes – haviam passado por ali e rebocado as paredes com tinta vermelha, como se fosse sangue. As palavras "DÊ O FORA DÊ O FORA DÊ O FORA" estavam escritas, repetidamente, em borrões feitos com os dedos. Eugene teria um ataque de pânico e/ou entraria espontaneamente em combustão.

Esther estava ligeiramente mais corajosa e, talvez, levemente embriagada. Ela se deitou de bruços, ao lado de um dos maiores buracos com visão para festa e, enquanto bebia, ficou desenhando na poeira, observando a pequena fileira de insetos pretinhos descendo pelo seu antebraço e parando nas pontas de seus dedos. Ela não se importava de ficar ali, às margens, de onde podia assistir a tudo de cima. Eugene estava perto do fogo, também bebendo uma garrafa de vinho roubada de Rosemary. Esther observou o seu irmão por algum tempo, tentando entender como ele se encaixava no estranho quebra-cabeça social que ela mesma não conseguia compreender.

Eugene tinha uma popularidade fácil, misteriosa, que o aturdia tanto quanto a Esther. Teoricamente, ele deveria ser um alvo primordial para adolescentes escrotos: era meio feminino, vestia-se de forma esquisita, e era profundamente interessado em temas como demonologia, religião e filosofia. Era inteligente, quieto, atencioso, delicado, e – talvez, acima de tudo – seu nome era Eugene. O ensino médio poderia ser um pesadelo real para ele, mas não era.

Daisy Eisen estava tentando desesperadamente paquerá-lo, completamente alheia ao fato de que o olhar dele desviava dela a todo momento e fixava-se num cara negro, majestoso, que contava uma história a um grupo de pessoas do outro lado da fogueira. Esther observou-o por um tempinho, atentando-se aos seus movimentos animados, ao jeito como ele subiu numa bigorna para que todos pudessem vê-lo, a como ele segurava uma bebida em cada mão e estalava os lábios enquanto contava sua história alegre. O cara se movia como a sombra numa peça, como um ator no palco em um século do passado. Dava pra ver por que Eugene estava hipnotizado.

Então, ele virou.

E, pela segunda vez naquele dia, ela o reconheceu.

Reluzindo sob as chamas aquecidas da lareira, estava Jonah Smallwood. Até dali dava para ver que o hematoma inchado em seu rosto tinha sumido e que o corte em seu supercílio havia sarado, o que significava que ou ele era *a)* um Highlander ou *b)* um artista com maquiagem bem decente – ambas as opções igualmente implausíveis.

Esther não costumava ser inclinada a rompantes violentos, mas por alguns segundos ela pensou em quebrar sua garrafa de vinho na parede e levar o caco para espetar os intestinos de Jonah. Contudo, ela se lembrou de que sangue era o item número quarenta da sua lista quase definitiva de piores medos, sentiu um pouco de enjoo, e resolveu apenas socá-lo. Ela abandonou a garrafa, desceu, passou pela cerca de ferro e seguiu marchando até a fogueira, com sua fúria temporariamente desalojando a âncora da ansiedade de seu peito e lhe dando uma coragem extraordinária.

Jonah não a reconheceu imediatamente, porque ela estava vestida de Wandinha Addams, e esse era o efeito desejado com as fantasias. Confusão. Desorientação. Camuflagem dos predadores.

Quando ela estava a três palmos dele, a ficha caiu. Jonah ligou o rosto dela à lembrança "a garota que eu roubei no ponto de ônibus e deixei lá para morrer", disse "Merda!" e cambaleou, descendo da bigorna, deixando cair uma de suas bebidas. Ele ia escapar como um raio, mas era tarde demais. Esther já estava ali. Ela o agarrou pela frente da camisa e o suspendeu no ar. Nunca havia agredido ninguém na vida, não com a intenção de realmente machucar. Seu golpe pegou dois centímetros acima do alvo pretendido – o olho esquerdo –, e meio que deslizou lentamente pela lateral da testa dele antes de derrapar como uma brisa suave, subindo pelo cabelo.

— Você me bateu no cabelo — disse Jonah, como se ele estivesse totalmente desconcertado por esse fato.

— Você roubou meu dinheiro! E as minhas *balinhas de fruta!*

— Estavam deliciosas. — Ele pronunciou cada sílaba de um jeito que fez o olho de Esther tremer como o de um vilão num desenho animado.

E foi quando surgiram as sirenes.

— Que merda! Corre!

Embora ela tivesse acabado de lhe dar aquele soco fraco do lado esquerdo da cabeça, Jonah soltou o outro drinque, segurou a mão dela e puxou-a, seguindo para os fundos do galpão. A primeira coisa que passou pela cabeça de Esther foi Eugene, que não conseguia correr, que não conseguia deixar a luz da fogueira. Mas os policiais já estavam muito próximo a eles, gritando, com os fachos das lanternas em todas as direções. Ecoava o som dos latidos dos cães dos policiais e dos gritinhos empolgados dos adolescentes que conheciam a refinaria de níquel como seus próprios lares, conheciam os segredos do lugar, as fendas escondidas, os labirintos de passarelas suspensas, e os buracos na ferrugem dos aquecedores suficientemente grandes para que alguém passasse engatinhando e se escondesse. Eles sabiam que eram rápidos o bastante para fugir, por isso uivavam e riam até que, enfim, ficassem em silêncio, como se a refinaria os tivesse engolido por inteiro, um a um. E lá estavam Esther e Jonah respirando ofegantes, silenciosamente, com a consciência de que apesar de terem corrido tinham sido vistos e de que a fuga era questionável.

Seu segundo pensamento foi que ela não deveria estar fugindo, de jeito nenhum. Ela deveria parar, virar, esperar pelos policiais e identificar Jonah Smallwood como o criminoso batedor de carteiras que lhe surrupiara os 55 dólares e um pacote de balinhas que ela ansiosamente aguardava para comer algumas horas antes. Mas ela não o fez. Ela correu e correu e correu e Jonah não largou sua mão. E então eles estavam do lado de fora, junto a uma touceira de árvores, entrando – e depois cambaleando – pela vegetação rasteira. Ela caiu por cima dele, com seu joelho direito entre as coxas dele, seu peito junto ao dele, sua mão ainda na mão dele.

O facho de uma lanterna passou por cima da cabeça dela. Um cão rosnou. Jonah a puxou pelo crucifixo – acessório importante em qualquer fantasia de Wandinha Addams –, tão perto que o nariz dela estava pressionado na pele do pescoço dele e não havia outra escolha que não a de inalar o cheiro dele repetidamente. Não o perfume do seu xampu ou do amaciante de roupa, ou da colônia (ou – sejamos honestos, afinal ele era um garoto adolescente – do seu desodorante corporal Axe), mas o cheiro *dele*, aquele cheiro que você sente quando entra no quarto ou no carro de alguém e não é exatamente um cheiro ruim ou bom, é apenas o cheiro *desse alguém*. A sua essência. Normalmente, você precisa conhecer a pessoa durante anos até saber qual é o cheiro dela. Tem que excluir o perfume, o suor, o xampu e o sabão em pó. Mas ali estava ele, deitado de peito aberto, diante dela.

Os policiais se aproximavam. Jonah pressionou o dedo nos lábios dela, puxando-a mais para junto dele, tentando tornar os dois corpos menores do que eram, o que era difícil, porque ele era alto, ela era larga, e ela sentia o sangue pulsando com tanta força e tão ruidosamente em suas veias, que devia estar como um farol no escuro. Ao passo que ela respirava Jonah, uma coisa curiosa acontecia: a âncora alojada em suas costas afrouxava ligeiramente, deixando seus pulmões se estenderem ao máximo. Quando você sente ansiedade, você realmente não consegue respirar fundo. Suas costelas tornam-se pequenas demais para deixar que seus pulmões murchos se expandam para mais do que a metade de seu tamanho.

No entanto, após alguns segundos calmos no escuro, Esther não estava preocupada com dinossauros *Velociraptors*, nem com pumas, nem com uma possível invasão alienígena, que eram suas preocupações habituais antes de adormecer, à noite. Ela não estava particularmente preocupada em ser presa, porque Jonah não parecia nem um pouco alarmado.

O facho de uma lanterna pousou no rosto deles, o nariz dela ainda estava no pescoço de Jonah e o dedo dele ainda estava pousado sobre os lábios dela. Jonah abriu um sorriso magnífico.

— Boa noite, policial — ele disse, num tom agradável, como se essa pose fosse a menos comprometedora de todas em que ele já havia sido flagrado por alguém da lei. — Algum problema?

— Vocês invadiram propriedade particular — disse o policial, que ainda não era nada além de uma voz grave e uma luz radiante no escuro.

— Minha nossa. Nós só saímos pra uma noite de observação de pássaros. Dizem que a rara coruja-das-torres foi vista por aqui. — Jonah disse e, quando o policial o puxou pelo colarinho, continuou: — Ei, ai, ei, tudo bem, tá bom, cara, Jesus.

Mais policiais surgiram e Esther também foi colocada de pé, na direção das lanternas, na frente do galpão, por uma mulher troncuda (possivelmente uma ex-lutadora de MMA em jaulas).

No fim das contas, Eugene nem tentou correr da polícia, e assim ninguém prestou muita atenção nele. Ele estava em pé deleitando-se com as luzes vermelhas e azuis ao lado de uma das três viaturas, com as mãos nos bolsos, como se estivesse esperando pra encontrar alguém na Starbucks e não esperando para ser preso.

*Se esconde*, Esther tentou expressar através de uma mímica com a boca. Eugene olhou em volta e sacudiu os ombros, depois caminhou de volta até a fogueira, onde continuaria até o amanhecer, sem conseguir deixar esse círculo de luz até que o sol nascesse. A polícia não o percebeu. Ela ficava preocupada que outras pessoas não o vissem. Às vezes, com a luz certa, quando ele virava num determinado ângulo, ela podia jurar que Eugene era transparente. Sabe aquelas lembranças esquisitas que você tem da infância, aquelas que você não sabe explicar, aquelas lembranças pela metade, impossíveis, do fim de um sonho? Um livro voando sozinho de uma prateleira, a respiração embaixo d'água, uma mancha negra com dentes e garras e olhos brancos no fim de um corredor. Todas as lembranças que Esther tinha eram de Eugene. Quando eles eram menores, quando ele estava muito triste ou muito assustado seu corpo piscava como se ele tivesse sendo projetado na realidade, mas não fizesse parte dela. Como se ele pudesse se desligar, quando quisesse.

Um menino feito de vaga-lumes.

Ronda Rousey empurrou a cabeça dela para dentro da viatura como se fosse a cabeça de um pobre homem, e Esther viu o irmão desaparecer em pleno ar, só por um instante. Depois, Jonah foi enfiado no banco traseiro ao lado dela. E foi assim que, na mesma noite em que a roubou, Jonah Smallwood acompanhou Esther Solar em sua primeira prisão.

Afinal, eles não estavam realmente presos, como deveriam ter suposto pela ausência das algemas e da leitura da Advertência Miranda.

Os policiais os levaram para a cidade, para a delegacia, e os colocaram em celas de detenção separadas, local a que se referiam como "suítes de apreensão". A cela de Jonah estava vazia, mas a de Esther abrigava uma mulher bem magrinha, de peruca ruiva, que estava arrancando casquinhas do braço. Ela se apresentou como Maria, a mãe de Deus.

Esther tentou explicar à Ronda a grande injustiça que lhe haviam feito, e que Jonah deveria ser acusado pelo roubo e ela deveria ser libertada, mas Ronda ignorou-a e disse apenas: "Um telefonema".

Esther não estava com seu celular (obviamente) e não conseguia se lembrar do número de nenhum parente, só o de seu avô, o que não ajudava muito. Então, ela ligou para Hephzibah:

**Esther:** Hephzibah, eu fui presa e preciso que você peça a minha mãe para ela vir me soltar.

**Hephzibah:** (silêncio)

**Esther:** Eu imagino que o fato de você ter acabado de atender o seu celular significa que você conseguiu fugir quando os policiais invadiram o local.

**Hephzibah:** (silêncio)

**Esther:** Eu sei que a minha mãe vai ficar no cassino, tipo, até o amanhecer, mas você precisa dizer a ela onde eu estou, está bem?

**Hephzibah:** (silêncio)

**Esther:** Além disso, eu deixei o Eugene sozinho na refinaria. Você pode, por favor, ir até lá e pegá-lo?

**Hephzibah:** (silêncio)

**Esther:** Agora eu vou voltar ao meu papel de criminosa.

**Hephzibah:** (silêncio)

**Esther:** Certo, foi uma boa conversa.

O policial a levou de volta até a cela. Quando ela chegou, foi se deitando de bruços no chão para não ter que falar com Jonah, que estava sentado nos fundos de sua jaula, de pernas cruzadas, de frente pra ela.

— Eu não deitaria aí, se fosse você — disse Jonah.

Ao que ela respondeu:

— Eu vou sobreviver?

Ao que ele respondeu:

— Pense em todo mijo e vômito e sangue que já caiu nesse chão. Você sabe que eles não pagam esse policiais direito pra limpar isso.

— Ele está certo, sabia — tagarelou a mãe de Jesus. — Eu fiz xixi aqui na semana passada.

— Está mesmo cheirando muito a urina. — Esther sentou e imitou a pose de Jonah, com as costas junto às grades. Jonah foi levado para fora da cela para fazer o seu telefonema, que – a julgar pela quantidade de berros e palavrões – não transcorreu tão suavemente como o dela.

— Sabe, eu estive pensando em você, desde que te roubei, essa tarde — disse ele, quando se sentou novamente. O policial na mesa perto das celas olhou por cima dos óculos, erguendo as sobrancelhas. — É uma metáfora pra... é, uns negócios de sexo — Jonah explicou rapidamente. O policial estreitou os olhos e olhou de volta para o seu celular.

— Sobre como você quer perdão pelo seu crime hediondo?

— Não, sobre a sua família estranha sobre a qual você fez uma apresentação no ensino fundamental.

— Ah. — Esther tinha se matriculado na East River High School porque, além de Hephzibah, ninguém de sua turma do quarto ano ia estudar lá e, consequentemente, ninguém se lembraria da sua redação do quarto ano sobre a maldição da família Solar.

— É... como é mesmo a esquisitice deles? São todos intolerantes à lactose, algo assim?

— É exatamente isso. Eles não podem com leite.

— Que nada, não é isso. São fobias, certo? Todos eles têm um grande medo. Medo de aranhas, alturas, tudo isso. Amaldiçoados pela própria Morte. E qualquer que seja o motivo do medo que têm, aquilo será o que os irá matá-los um dia.

— Como é que você se lembra disso?

— Eu prestava muita atenção em você quando eu tinha oito anos. Tipo, *muita*.

Esther corou, depois contou a Jonah sobre as duas regras da maldição, que eram:

1. A praga podia recair sobre um Solar em qualquer estágio de suas vidas, a qualquer momento, sem aviso, como uma doença adormecida no sangue, esperando para atacar. Reginald, seu avô, não tivera pavor de água até os trinta e poucos anos, quando a Morte lhe disse que um dia ele iria se afogar. O medo que Eugene tem do escuro, por outro lado, se desenvolveu quando ele era criança.

2. Aquilo que você teme irá consumir a sua vida até que acabará por matá-lo.

— E você? — perguntou Jonah. — Do que você tem medo?

— De nada.

— Você não pode ser o floquinho de neve especial, decepcionando o restante da família amaldiçoada. Quer causar vergonha aos seus parentes de sangue?

— Não tem graça.

— É, eu me lembro da sua redação. Seus primos têm medo de abelhas. Seu tio tem medo de germes. Seu avô tem medo de água. Seu pai era veterinário e ele ainda não sabia qual era o seu grande medo.

— Agora meu pai já sabe qual é o medo dele. Ele tem agorafobia. Não sai do porão há seis anos.

— Bom, aí está. Você tem que ter medo de alguma coisa.

— Não que eu saiba.

— Claro que tem. É só descobrir o que é.

— Isso é realmente muito inspirador.

— Obrigado.

Eles não falaram mais, até que Holland, pai de Jonah, chegou para soltá-lo (bom, tecnicamente, para buscá-lo, porque ele não estava preso). Holland era como um Jonah maior e mais cheio. Ombros maiores, mais cheios, barriga maior, mais cheia, cabelos maiores, mais cheios.

— E aí, pai. A gente pode dar uma carona pra Esther? — Jonah perguntou, quando a Ronda Rousey dos pobres o soltou de sua jaula. Holland olhou Esther de cima a baixo com um olhar malvado e virou as costas para sair, o que aparentemente significava "sim", porque Jonah disse:

— Vem.

O carro de Holland era uma caminhonete cor-de-abóbora dos anos 1980, com bancos de couro em um tom caramelo repletos de rachaduras que arranharam as pernas de Esther. Ela não disse nada, apenas deu instruções para o caminho de sua casa. Quando eles desaceleraram na frente da velha casa vitoriana, Jonah disse "Meu pai do céu santíssimo!". Como sempre, a casa emanava a luz que lançava as longas sombras dos carvalhos até o outro lado da rua. Os olhos-gregos sussurravam na brisa, cantando baixinho, sinistramente, falando do terrível destino que recairia sobre qualquer um que desejasse mal aos Solar ou se aventurasse a chegar perto demais. Esther desceu do carro antes mesmo que ele parasse. Esse era o motivo para que ela nunca convidasse amigos da escola para virem aqui.

— Esther, espere! — Jonah gritou. Ela não esperou, mas ele era mais rápido que ela e alcançou-a por entre as árvores. — Ei, eu tenho algo pra você. Eu vendi a pulseira e o dinheiro já era, mas você pode ficar com isso de volta. — Ele remexeu no bolso e devolveu o iPhone para ela.

— Nossa, obrigada.

— Desculpa por te roubar.

— Ah claro, com certeza.

— Te vejo por aí, Esther.

— Não se eu puder evitar.

Jonah soprou um beijo e depois saiu correndo, ao passo que o carro de seu pai descia a rua.

Esther destravou o celular. Tudo tinha sumido. Todas as suas fotos, seus contatos, seus aplicativos. O aparelho havia sido reformatado e estava como viera de fábrica, pronto para ser vendido no mercado ilegal. Somente um único contato havia sido salvo: "Jonah Smallwood", cujo nome vinha acompanhado de um coração vermelho em emoji seguido pelo seu número de celular abaixo. O dedo dela pairou sobre o botão de "apagar". Você não deveria guardar números telefônicos de sujeitos mal-encarados que lhe roubaram e abandonaram num ponto de ônibus, ou que a deixaram plantada, no Dia dos Namorados, com oito anos de idade, mesmo que eles se parecessem ao Finn, de *Star Wars*, se vestissem como o Fantástico Sr. Raposo, e cheirassem a uma colônia entorpecente.

Esther não tinha muita certeza da razão pela qual deveria guardar o número dele, mas provavelmente tinha a ver com o fato de que jamais voltaria a vê-lo.

Contudo, apenas dezesseis horas e sete minutos passariam antes de que isso provasse estar totalmente incorreto.

# CAPÍTULO 4
# FIOS DE LUZ E ASSASSINOS EM SÉRIE

**Como ela já sabia,** sua casa reluzia, porém estava abandonada. Esther entrou na cozinha e vasculhou as gavetas em busca do livro onde Rosemary escrevia todos os telefones deles, para o caso de emergências. Coelhinhos pequenos e ariscos pulavam aos seus pés, torcendo para serem alimentados. Assim como a maior parte das coisas que Rosemary trazia para a casa – o chá de camomila com que ela lavava as mãos antes de jogar nas máquinas caça-níqueis, as folhas de sálvia que levava na carteira, as moedas costuradas em sua roupa, a ferradura, aquele maldito galo duende perverso –, os coelhos eram para dar sorte. Para esse efeito, a maioria das pessoas anda com uma pata de coelho, mas "por que comprar uma única pata, se você pode comprar o coelho inteiro e ter quatro vezes a sorte sem derramamento de sangue?", ponderou sua mãe.

Esther ligou para Rosemary do telefone fixo, mas ela não atendia. Ela verificou todos os cômodos do térreo, mas a mãe não estava em nenhum deles. Rosemary achava que a casa era assombrada, porém, os únicos fantasmas do lado de dentro dessas paredes eram, na verdade, os seus pais. (Isso não significava que Esther iria até lá em cima xeretar – era assim que os filmes de terror começavam.) Ela tentou falar com Eugene e Heph, em seus celulares, mas ambos caíram direto na caixa postal.

O que ela fez em seguida atestava o quanto amava o imbecil do seu irmão: encontrou a bicicleta dele que estava abandonada na garagem há muito tempo, encheu os pneus, repaginou o visual com meia dúzia de faróis de bicicleta encontrados no quarto de Eugene, e depois enrolou um fio de luz em volta do seu pescoço e dorso apenas como precaução. Você já viu algum filme de terror em que alguém é assassinado com um fio de luz pendurado piscando loucamente? Claro que não. Ninguém quer assassinar gente ridícula. Isso desperta muitas perguntas da polícia. Além disso, ninguém se esqueceria de ter visto a Wandinha Addams toda enfeitada com fios de luz. Assassinos querem, tipo, mendigos e prostitutas. Pessoas que somem no pano de fundo e das quais ninguém irá se lembrar de ter visto, das quais ninguém dará falta.

*Dela*, ninguém se esqueceria de ter visto.

Lá fora, o início da madrugada estava escuro e quieto. Esther passou pedalando lentamente pelo 7-Eleven, porque devia ser o único lugar ainda aberto e, portanto, o único "onde ela teria sido vista" caso alguém realmente resolvesse matá-la. Ela pensava muito nisso. Tipo, e se Jonah Smallwood fosse a última pessoa a tê-la visto viva (fora seu assassino, obviamente)? O que a polícia faria com o filme granuloso que a mostrava passando de bicicleta com um fio de luzes piscantes em volta do pescoço? Será que eles simplesmente iriam concluir que ela tinha ficado doida de pedra e pulou, com bicicleta e tudo, de algum penhasco? Provavelmente. Seu cadáver mutilado não seria descoberto por meses. Anos, talvez.

— Trate de se recompor, Esther — ela murmurou.

As luzes fortes do 7-Eleven foram sumindo e ela ia seguindo por ruas escuras. Depois, nem era mais por ruas, ela só seguia rumo à região industrial da cidade, onde ninguém além dos assassinos em série e dos adolescentes bêbados frequentava.

— Vai se foder, Eugene — ela repetia, enquanto baixava a cabeça e pedalava o mais rápido possível com o coração disparado no peito. — Vai se foder, Eugene. Sério, vai se foder, Eugene.

Quando finalmente chegou à refinaria, a luz de dentro estava apagada. Nada de chamas do carvão, nada de adolescentes gritando, nada de sombras compridas dançando nas janelas. Esther soltou a bicicleta e entrou pela cerca. As luzes em seu peito quase não penetravam a escuridão pesada. Duas silhuetas estavam juntas, perto das brasas que ainda queimavam. Hephzibah estava com o braço em volta dos ombros de Eugene e sussurrava em seu ouvido, cantando, talvez para mantê-lo calmo enquanto a fogueira apagava. Ao redor deles, Eugene tinha armado um círculo de lanternas, uma ilha de luz viva na sombra. Um estranho que se deparasse com aquela cena poderia tê-los confundido com espíritos: a menina pálida com os cabelos pálidos, de vestido pálido, cantando baixinho canções de amor e de morte, e o menino vestido como uma lembrança desbotada, tremendo sob a luz fantasma.

Eugene havia tentado fazer terapia algumas vezes quando era mais novo, quando a família tinha dinheiro para esse tipo de coisa, antes que Rosemary começasse a apostar todo o dinheiro extra nas máquinas caça-níqueis. Contudo, a veemência com que ele acreditava em suas ilusões – a consistência delas, a profundidade de detalhes que ele usava para descrever os monstros que via no escuro – assustou todos os terapeutas que ele consultou. As coisas que ele falava encheram a cabeça deles com pavores que talvez eles tivessem ouvido ou sentido quando eram crianças, coisas que eles passaram a vida se convencendo de que não eram reais, coisas que a maioria das pessoas consegue parar de perceber depois de chegar a determinada idade. E ali estava um garoto com menos de onze, doze ou treze anos convencendo-os de que aquelas lembranças impossíveis eram verdade.

Ninguém dormia no escuro depois de sessões com Eugene Solar.

Hephzibah avistou Esther chegando à entrada do galpão e sorriu radiante, acenando para ela, mas não falou nem cantou mais. Esther costumava ficar aborrecida por Heph só cochichar com Eugene. Por ele saber como era a voz dela, por ele realmente *saber* e ela não. Esther levou alguns anos para perceber que Heph era apaixonada por ele. Que a magia que um dia havia flamejado ardentemente na mãe deles continuou viva em Eugene, e seu encanto sobre Heph resultara no que nenhum terapeuta jamais conseguiu: fazer com que ela falasse.

— Obrigada por voltar pra ficar com ele, garota — Esther disse à Heph.

— De nada — ela sinalizou.

Esther sentou-se do outro lado de Eugene e também passou o braço em volta dele de modo a deixá-lo protegido no meio das duas para que, como sempre, os demônios pudessem comê-las antes. Eles ficaram ali juntinhos até o amanhecer, Heph e Esther de mãos atadas atrás das costas de Eugene, e os dedos de Eugene segurando um ramo de milefólio arrancado do jardim de Rosemary na tentativa frustrada de encontrar coragem no cheiro forte e adocicado da urtiga do diabo. Quando o céu finalmente clareou, ele se levantou, foi até lá fora e, sob a luz cinzenta, respirou, respirou e respirou profundamente, zangado consigo próprio, exausto e, acima de tudo, chocado por ter sobrevivido a outra longa noite no escuro, como sempre.

— Vamos lá, seu belo esquisitão — disse Esther ao ficar de pé, nas pontas dos pés, para pousar o queixo no ombro dele. Embora eles tivessem aparências e sentimentos diferentes, e discordassem sobre a maioria das coisas, ela nunca conseguiria pensar em Eugene como nada menos que metade de sua alma. — Vamos levá-lo pra casa.

## CAPÍTULO 5
# MORTE E LAGOSTAS DO TAMANHO DE CAVALOS

**Quando os gêmeos** finalmente chegaram em casa, Rosemary não perguntou onde eles haviam passado a noite, porque Rosemary não estava lá. Peter, o pai deles, ouviu os passos e gritou lá pra cima, mas eles não responderam. Esther mandou-lhe um bilhete pelo pequeno elevador de carga. A maioria dos adolescentes estaria encrencada por ignorar os pais, mas não era provável que Peter saísse do porão tão cedo para vir discipliná-los.

Alguns anos atrás, Eugene havia bolado uma série de estratégias para tentar tirar Peter de sua toca e passou uma semana:

– Disparando o alarme de incêndio e fingindo engasgar-se com fumaça no alto da escada que desce para o porão.

– Fritando algumas fatias de bacon e deixando o prato no alto da escada que desce para o porão.

– Arremessando bombas fedorentas do alto da escada que desce para o porão.

Gollum continuou em sua caverna e as crianças Solar não temiam mais a retaliação parental, nem do pai, nem da mãe.

O que eles perderam de Peter Solar: um homem que adorava trilhas, poesia e levar os filhos ao zoológico, onde explicava-lhes detalhadamente cada um dos projetos de conservação que estava sendo realizado. Um homem que os levava às vendas de quintal, comprava binóculos para eles e partia em expedições com uma semana de duração para observação de pássaros. O homem que os ensinou a jogar xadrez, lia para eles na hora de dormir, e sentava ao lado de suas camas para afagar-lhes os cabelos quando ficavam doentes.

Peter Solar. Esse era quem eles haviam perdido.

Eugene levou um cobertor para o quintal dos fundos e descansou no restinho de sol que passava pelos carvalhos num sono agitado. Ele dizia que as criaturas que vinham atrás dele, em seus sonhos, detestavam a luz do sol, assim, quando ele dormia – o que não era frequente – geralmente era no sol. Esther tirava cochilos em sua cama entrando e saindo daquele torpor pesado e preguiçoso que vem com o sono diurno, o tipo que a fazia achar que Jonah Smallwood (coração vermelho) lhe enviara uma mensagem perguntando o que era navarrofobia.

> JONAH SMALLWOOD ♥:
> O que é navarrofobia?

Esther se sentou como um raio. Jonah Smallwood tinha lido – e ainda estava lendo – sua lista quase definitiva de piores medos.

Antes de responder, ela entrou nos contatos e deletou o coração ridículo que estava ao lado do nome dele.

> ESTHER:
> Medo de campos de milho. Traga essa lista de volta *imediatamente*. E não olhe pra ela de novo.

> JONAH:
> Você realmente tem medo de todas essas coisas? Algumas são bem bobas. Como alguém pode ter medo de mariposas?

> **ESTHER:**
> NÃO. OLHE.

> **JONAH:**
> Tá bom, tá bom. Vou deixar aí hoje à noite.

> **ESTHER:**
> Coloque na caixa de correio e depois apague o meu número,
> seja abduzido por alienígenas e nunca mais volte a este planeta.

> **JONAH:**
> Eu olhei. Não pude evitar.

Antes de voltar a dormir, Esther enviou cinco fileiras de emojis zangados.

À tarde Rosemary acordou Esther e Eugene e os levou para visitar o avô, Reginald Solar, no Lilac Hill: uma construção que aparentava ter sido uma prisão, mas agora tinha um leve cheiro de queijo e um forte cheiro de morte. Se Tim Burton e Wes Anderson tivessem um filho fora do casamento um dia, e esse filho crescesse e se tornasse um arquiteto ou designer de interiores focado em construir ou decorar exclusivamente casas de repouso tristes, a Casa de Repouso e Centro de Reabilitação Lilac Hill seria a obra-prima dessa criança: lustrosa, com piso verde-oliva, cadeiras plásticas cor de laranja e minúsculas lagostas rosadas estampadas no papel de parede apesar do fato de que *a)* a cidade ficava uma hora de carro do litoral e *b)* a maioria dos residentes não conseguiria encarar uma lagosta cara a cara até a morte.

Em sua melhor forma, Reginald Solar daria uma surra em uma lagosta do tamanho de um cavalo, mas isso teria sido antes de a demência o atacar sorrateiramente durante o sono. (Ele continua dizendo que ela jamais teria lhe cravado as garras se ele estivesse desperto.)

Eles caminharam pelos corredores brilhantes em direção ao quarto de Reg. Eugene deslizava silenciosamente de uma janela a outra para previnir-se de um súbito corte de energia. Na mão, como sempre ocorria em prédios não confiáveis (ou seja, prédios que não estão com os interruptores ligados e presos com fita isolante, e que tenham um gerador, além de outro de reserva), ele carregava uma lanterna. O mesmo tipo de lanterna industrial amarela e preta que Peter usava ao receber chamados quando ainda saía de casa.

O corredor estava repleto de conchas em forma de pessoas, todas elas curvadas em cadeiras de rodas, de algum modo parecendo confusas, como se aranhas já estivessem fazendo teias em seus cabelos.

— Eu poderia administrar esse lugar com um pequeno exército de lagostas — murmurou Esther consigo mesma. — Trinta ou quarenta lagostas e eu seria a rainha. — Quanto mais ela pensava nelas, nos olhinhos miúdos, na abundância de pernas, no jeito que se moviam e no como suas garras doeriam, mais desconfortável ela ia se sentindo. Se Jonah não tivesse roubado sua lista quase definitiva de piores medos, ela talvez acrescentasse as lagostas, só para garantir.

Reginald Solar, que um dia fora um detetive durão da divisão de homicídios, agora era dono de um cérebro não operacional e de um corpo com pele de papel. Esther sempre ficava chocada em ver a piora de seu avô a cada vez que ela o encontrava. Como se ele fosse uma estátua de argila deixada ao ar livre e, toda vez que chovia, mais e mais dele era lavado, deixando cavidades profundas por todo seu corpo e uma poça de tudo que ele foi um dia aos seus pés. Ele estava com um gorro vermelho – o último que a vovó havia tricotado pra ele antes de morrer –, sentado diante de um tabuleiro de xadrez, jogando (e perdendo) um jogo com ninguém.

— Oi, vô — disse Eugene, sentando na cadeira vazia na frente de Reg.

Reg não disse nada, não reconheceu a presença dele, apenas ficou olhando para o tabuleiro até fazer o único movimento que o levava direto ao xeque-mate.

— Você sempre ganha, seu cretino — ele murmurou para Eugene. Tecnicamente, Reginald ainda estava vivo, apesar da sua alma ter morrido vários anos antes, deixando para trás um cadáver magro a ser arrastado lentamente até o túmulo.

— Conte-nos sobre a maldição — disse Eugene, ao remontar o tabuleiro. Apesar de todas as outras coisas que lhe fugiram da cabeça, como num desmoronamento, Reg conseguia descrever o punhado de vezes que ele pessoalmente encontrou a Morte com uma clareza perfeita, então essa era a única coisa que Eugene perguntava.

— A primeira vez que encontrei o Homem Que Seria a Morte... — ele começou a contar, com a voz embolada, rouca, e os olhos distantes. A história saía de maneira mecânica, já não era mais lembrada com o estilo e o fervor de antes, embora as enfermeiras dissessem que era um milagre que ele ainda se lembrasse de algo. — A primeira vez que o encontrei — ele disse, novamente, tentando formar nos lábios e na língua, as palavras que o cérebro já não reconheciam — foi no Vietnã.

Reg passou a tarde lentamente contando a história com o máximo de detalhes que sempre dava: a umidade da floresta, as cores vivas da Saigon dos tempos de guerra, a doçura do chocolate quente vietnamita e do Homem Que Seria a Morte – um homem mais jovem, com o rosto marcado, tão cansado pela guerra quanto o restante deles. Eugene descansava em uma cadeira perto da janela, com as pálpebras finas fechadas sob o sol. Esther estava no chão, com a cabeça numa almofada e o corpo embrulhado num manto de plumas porque hoje ela era Valkyrie Freyja, a deusa nórdica da morte.

Enquanto o avô falava, estas eram as coisas que ela se lembrava dele:

— O modo como o resto do mundo o vira como um detetive de homicídios linha dura, mas ela só o conhecera como o vovô: o homem que cultivava jardins de orquídeas e a deixava colher flores mesmo quando ninguém mais tinha permissão para isso.

— O modo como os únicos animais de que ele gostava eram os pássaros, até que Florence Solar salvou um cachorrinho (que Reg não queria manter, de jeito nenhum). O modo como o cãozinho andava atrás dele pela estufa, enquanto ele cuidava de suas orquídeas, e como ele fingia detestar o fato de que o cachorro era obcecado por ele. O modo como o bichinho ficou sem nome, e como apesar de se referir a ele como "Vá embora" o avô o deixava cochilar em seu colo, quando assistia TV, e dormir no chão, ao lado de sua cama, todas as noites.

— O modo como ele ria. Como ele jogava a cabeça pra trás quando achava algo muito engraçado. Como ele limpava o olho direito, com o indicador, conforme ia parando de rir, tendo ou não lágrimas de felicidade.

A lembrança do riso talvez fosse a que mais entristecesse Esther. Ela não tinha nenhuma gravação do som e, depois que Reg partisse, a risada sobreviveria apenas como um fragmento em sua memória imperfeita, onde poderia facilmente ser distorcida ou esquecida de vez. Quando uma lágrima escapou de seu olho direito, ela usou o indicador para limpá-la e repassou o fragmento da risada do avô, já incerta do quão verdadeira ainda era.

Quando a história terminou, ela levantou, se espreguiçou, pousou os lábios na testa encerada de Reg e ele perguntou se ela era um anjo ou um demônio para lhe arrancar a alma. Foi quando eles o deixaram.

## CAPÍTULO 6
# A MALDIÇÃO E O CEIFADOR

**À noitinha, o sol começou** seu mergulho agourento nas montanhas, como uma bola de níquel vermelho-fogo afundando-se no céu, e a residência dos Solar se preparou para outra noite nas trincheiras. Outra batalha contra a escuridão eternamente transgressora. Um procedimento que acontecia todas as noites, há seis anos.

Eugene estava acendendo velas como um maníaco, passando pelos corredores da casa armado com fósforos e seu isqueiro novo favorito: um dragão que cuspia fogo pela bunda. Era um processo demorado. De vez em quando ele olhava pela janela e dizia "Porra. Puta que pariu. Essa porra desse pôr do sol", ou algo parecido, e continuava a acender o isqueiro feito um doido, apertando a língua do dragão sorridente que cagava labaredas azuis. Às vezes ele perguntava à Esther que horas eram, ela olhava o celular, dizia "17h32" ou "17h45", e a cada vez que ela dizia um horário, independentemente de qual fosse, Eugene xingava e andava mais depressa, acendendo as velas sem sequer tocá-las. Toda a iluminação que ele havia guardado em sua pele emanava das pontas dos seus dedos para os pavios. Não é muita gente que consegue acender uma vela apenas com a força do pensamento, mas Eugene Solar conseguia. A casa inteira zunia de eletricidade, reluzia com a luz do fogo, e exalava pavio queimado e cera derretida.

O papel de Esther nesse ritual psicótico era a segurança: ela fechava todas as janelas, puxava as cortinas, polvilhava fileiras de sal atravessando os portais e certificava-se de que a porta da frente estava bem trancada. Ela estava prestes a concluir essa última tarefa, com a mão a centímetros da maçaneta, quando várias batidas fortes do outro lado da porta surgiram. Foi assustador. Todos da vizinhança sabiam que não deveriam ir à casa dos Solar (ninguém jamais atendia), o que significava que a pessoa batendo na porta era, provavelmente, um invasor violento. Esther estava analisando suas opções – chamar a polícia, pegar uma faca na cozinha, esconder-se no porão com o pai –, quando, enfim,– o invasor violento gritou.

— Esther! Esther! Abre aí! — disse uma voz familiar.

Jonah Smallwood estava na sua porta, aos prantos. Ela ajoelhou junto ao vão para correspondência.

— Eu não vou cair nessa de novo — disse ela. — Roubar minhas balinhas de fruta uma vez é uma vergonha. Roubar duas vezes…

— Abre essa porcaria dessa porta! — disse Jonah.

— Coloque a lista na entrada de cartas e…

Jonah esmurrou a porta outra vez.

— Vamos, é uma emergência!

O que uma pessoa com ansiedade ouve: *Estou aqui para matar você e sua família.* Esther olhou atrás dela, mas Rosemary e Eugene tinham sumido engolidos pela casa depois da primeira batida. Eles não sairiam de seus esconderijos até que a barra estivesse limpa.

Então, sabendo que o risco era só seu e sentindo-se *relativamente* certa de que Jonah não era do tipo assassino, ela respirou fundo e abriu a porta.

— Eu a atropelei com a minha moto! — disse Jonah, correndo para dentro. Com as mãos em concha, ele segurava o que, à primeira vista, ela pensou ser um *ushanka*, um daqueles chapéus russo de pelo, mas, na verdade, era uma gatinha toda molenga. No quintal da frente estava a motocicleta bege de Jonah, caída ao pé das árvores, com os pneus ainda girando.

A gatinha claramente não estava respirando.

— Acho que ela está morta — Esther disse, pousando delicadamente as mãos por cima das de Jonah.

— Não está morta! — Ele recuou afastando-a da gatinha e a aproximou de seu peito.

— O que você quer que eu faça?

— Seu pai é veterinário, não é?

— Jonah, ele não... ele não sai do porão há seis anos. Acho que não viu um só estranho durante todo esse tempo.

Jonah Smallwood, a seu favor, não pareceu achar isso nada estranho, como ocorria com a maioria das pessoas que ficava sabendo do estado de Peter Solar.

— Onde fica o porão? — ele perguntou.

Então, ela o levou até a porta laranja por onde seu pai um dia entrou, numa manhã fria de terça-feira, seis anos antes, e nunca mais saiu. Eles desceram a escada juntos, as plumas da capa dela levantando a poeira da madeira. Até lá embaixo, os interruptores eram colados com fita isolante, na posição de ligados, pois Eugene ainda visitava o pai.

O porão, que agora era a vida de Peter Solar, tinha a aparência do que se espera de alguém que não deixou o local por seis anos. As paredes haviam sido forradas com metros e metros de tecido vermelho, para que o espaço tivesse uma *vibe* meio de salão de ópio. Os únicos móveis eram os que já estavam ali embaixo, no dia em que ele decidiu que nunca mais iria embora. Uma mesa de ping-pong, um sofá que devia ser estiloso nos anos 1980, quatro banquetas de bar, todas diferentes, e um televisor preto e branco. Tudo cercado pela tralha habitual de um porão: uma escada, três luminárias, uma pilha de jogos de tabuleiro, sacos de roupa velha marcados para serem doados, anos atrás, à Legião da Boa Vontade, tacos de golfe, um violão, duas árvores de Natal artificiais (ambas decoradas e acesas o ano inteiro, pois Peter adorava o Natal), a vitrola de Reginald e dúzias de pilhas oscilantes de livros e jornais.

Seis anos antes, Esther achava tudo isso legal. Ela olhava para o porão, via a Sala Precisa, de Harry Potter, e acreditava que seu pai era um bruxo excêntrico, digno de uma posição em Hogwarts. Agora ela podia sentir o cheiro anêmico de uma pele humana que não via a luz do sol há meia dúzia de anos, e ver a fina camada de oleosidade sobre a tumba na qual sua vida havia se transformado.

Quando Esther tinha onze anos, Peter Solar descera até o porão, uma tarde, para ligar o segundo gerador, conforme Eugene havia pedido. Talvez ele estivesse profundamente de luto por seu irmão, o tio Harold, que há pouco tempo havia sucumbindo ao medo de germes; talvez o pavor de sofrer um derrame o tivesse levado ao conforto do escuro; ou talvez simplesmente fosse a sua vez de ser vítima da maldição. Qualquer que fosse o caso, o que aconteceu foi isso: ao pé da escada, ele teve um ataque de pânico e se viu impossibilitado de subir mais que o segundo degrau. Naquela tarde, Peter desistiu de seu emprego, contratou um encanador para fazer funcionar o banheiro do porão, pediu comida enlatada suficiente para passar por dois apocalipses e jurou nunca mais voltar para cima.

Até agora o juramento continuava valendo.

Peter estava sentado no sofá, bebericando um destilado doméstico, vestindo um robe de banho xadrez, calçando chinelos, e ouvindo cantigas natalinas. Antes de seu "enterro", ele estava sempre arrumado de forma impecável: cabelos penteados para trás, com gel, e um bigode vintage sempre viradinho pra cima. Durante o primeiro ano, ele havia se preocupado em manter uma boa aparência. Depois as pessoas deixaram de visitá-lo. Primeiro, os seus colegas de trabalho, depois os seus melhores amigos e, por fim, a sua própria irmã. Desde o começo eles o consideraram uma causa perdida. Esther, Eugene e Rosemary levaram pelo menos mais dois anos fazendo visitas, mas também acabaram deixando de ir vê-lo. Era muito doloroso assistir a sua transformação, em câmera lenta, em algo grotesco.

Agora, Peter Solar era um homem selvagem. Seus cabelos estavam emaranhados. Sua barba estava toda desgrenhada e pontilhada de pelos grisalhos. Antes magro, agora ele estava enorme.Não exatamente gordo, mas largo, imenso. Ele parecia ter saído de uma lenda, pensou Esther. Um viking depois de uma jornada solitária ao mar, desgastado pelo sal e o sol.

O lado esquerdo de seu rosto estava caído, tinha começado a petrificar, e sua mão esquerda estava curvada junto ao corpo. Outro derrame, os médicos achavam. Esse havia sido pior que o primeiro. Três meses se passaram até que alguém soubesse. Peter sentia que havia algo errado, mas tinha tanto medo de sair do porão que nunca se atreveu a pedir ajuda. Três meses e dois derrames. Era difícil ficar ali embaixo sabendo disso. Por mais que Esther o amasse, toda vez que o via (o que não era frequente), ela se lembrava do homem que conhecera. O homem que ela não conseguiu salvar.

Meses haviam se passado desde a última vez que ela se atreveu a olhar os restos danificados de seu pai.

— Pai... — disse ela, e ele virou, com a luz refletindo no lado petrificado de seu rosto. Peter tinha os olhos dela. Ou melhor, ela tinha os dele. Olhos tempestuosos. Olhos que a deixavam de coração partido.

Jonah já estava abrindo caminho por entre as pilhas de tralha, na direção dele.

— Eu a atropelei com a minha moto! — disse Jonah, pressionando a gatinha molhada no peito do homem selvagem.

Muito tempo havia se passado desde a última interação de Peter com um estranho. E mais tempo ainda havia se passado desde que atuara como veterinário. Esther tentou se lembrar de quando tinha sido a última vez que vira o pai tratando de um animal. Os gêmeos tinham dez, talvez onze anos, e ele os levara para uma volta de bicicleta, no playground perto da casa deles. No caminho de casa, Esther encontrou um pássaro machucado na sarjeta, abandonado depois de ser atingido por um carro.

O pardal estava em mal estado e, em retrospecto, Peter provavelmente sabia, desde o início, que ele morreria, mas não conseguiu dizer à filha. Em vez disso, ele pegou o pássaro, levou-o para casa, e eles passaram a noite inteira juntos, só os dois, alimentando o bichinho e mantendo-o aquecido e confortável. Esther batizou o pardal de Lucky. Ele morreu de manhã. Seu coraçãozinho não conseguiu continuar batendo. E Peter ficou abraçado à filha, em seu colo, enquanto ela chorava em seu ombro.

Pouco tempo depois, ele entrou no porão e tudo mudou.

Esther ficou imaginando se ele teria um ataque de pânico diante da invasão inesperada de seu espaço seguro, mas ele não o fez. Ela observou os dois a distância: viu Peter pousar seu potente drinque, desviar o olhar dela para Jonah, para a gatinha em suas mãos, e mandar (devagar, com a fala ligeiramente embolada, por conta dos derrames) Jonah buscar a sua maleta de veterinário embaixo de uma pilha de jornais. Ela o viu encontrar a origem do sangramento e contê-lo, viu quando ele insuflou o pulmão danificado da gatinha, quando deu-lhe analgésicos, suturou e enfaixou a pata quebrada e disse que, embora não pudesse ter certeza absoluta, estava certo de que a gatinha não tinha nenhum ferimento mortal, apenas um traumatismo grave que poderia deixá-la com uma lesão cerebral permanente. Durante alguns dias ela ficaria muito sensível, mas poderia se salvar. Peter fez tudo isso somente com uma das mãos, pedindo ajuda a Jonah quando não podia fazer algo sozinho.

— Ponha sua mão aqui, bem devagarzinho — Peter disse. Jonah pôs a palma sobre as costelinhas da gatinha. A mão dele subiu e desceu, subiu e desceu com a respiração rápida. A gatinha miou meio grogue, respondendo ao toque dele.

— Parece um gato de rua — disse Peter, ao entregar a gatinha para Jonah, que a segurou como se fosse de vidro. — O pelo dela está grudento, ela está desnutrida e tem uma infecção nos olhos. Esther — disse ele, virando-se para a filha —, nós ainda devemos ter substituto de leite de gato lá em cima, na garagem. Acha que pode trazer aqui embaixo?

O primeiro impulso de Esther foi dizer "O que faz você pensar que sabe alguma coisa do mundo lá de cima?", mas essa era a primeira vez que ele demonstrava interesse por alguma coisa além da porta laranja que levava ao porão em mais de meia década. Então ela disse "Claro" e deixou Jonah, agora embalando a gatinha machucada como se fosse um bebê, sentado ao lado do seu pai no sofá dos anos 1980.

Ao longo da hora seguinte, Peter ensinou Jonah como alimentar a gatinha com o suprimento de leite já vencido, como limpar seus olhos infeccionados, como tratar suas pulgas e desembaraçar seu pelo, assegurando-se de mantê-la aquecida e garantindo que ela continuasse a respirar.

Esther olhava Jonah com cautela nesse espaço. Seu pai já tinha perdido tudo. Perder ainda mais para um batedor de carteira seria imperdoável. Então, ela ficou de olho nos dedos compridos para ter certeza de que eles não entrariam nos bolsos do robe de seu pai, ou de que se aproximariam demais do relógio de ouro no pulso dele, mas Jonah parecia totalmente desinteressado em qualquer coisa que não fosse a gata. Ela acabou relaxando na presença dele. Sentia-se estranhamente... calma.

— Você pode levá-la pra casa? — Peter perguntou a Jonah.

— Que nada. Acho que não é a melhor ideia — disse ele, enquanto afagava o focinho dela. — Não é um lugar muito bom, neste momento.

— Eu tenho certeza de que a Esther não se importaria em ajudá-lo, cuidando dela aqui.

E foi assim que ela se viu empacada com a responsabilidade de cuidar da porcaria da gata de Jonah, a quem ele batizou de Pulgoncé Knowles.

Naturalmente.

Antes que eles deixassem o porão, Peter pôs a mão boa no ombro de Esther.

— Foi bom te ver — disse ele. Por um momento, pareceu estar pensando em abraçar a filha, mas, em vez disso, hesitou e ergueu o copo de gim para ela.

— Foi legal te ver também — disse ela, forçando um sorriso. Em sua cabeça, ela repetia *Eu sinto muito, muito, muito*, embora não soubesse direito pelo que sentia. Por não o visitar com mais frequência? Por pensar, nos dias em que mais sentia falta do homem que ele foi, como seria mais fácil explicar sua ausência se ele estivesse simplesmente morto? — Quer subir pra jantar?

Foi a vez de Peter forçar um sorriso.

— Da próxima vez, talvez.

Esther queria muito salvar seu pai, trazê-lo de volta da meia morte que sua vida se tornara. Toda vez que ele a lembrava que não podia ser salvo, o coração dela despedaçava mais um pouquinho.

\* \* \*

— Quer ficar pra comer? — ela perguntou a Jonah quando eles já estavam lá em cima, porque ela não sabia de que outra maneira confortá-lo por sua gatinha com possíveis danos cerebrais, algo que você não ia querer pesando na consciência. Foi assim que, depois de furtar as coisas de Esther no ponto de ônibus e de ter sido preso com ela no dia anterior, Jonah conheceu os familiares dela e os acompanhou à mesa, onde ela teve que afastar duas luminárias, uma dúzia de velas, e raspar um pouco da cera acumulada há vários anos para abrir espaço para o prato dele. Ele não disse nada sobre seu pai habitante do porão, nada sobre a fita isolante nos interruptores, nada sobre a forma como Eugene deixava a palma da mão um tempo ligeiramente excessivo acima da chama da vela, quase sem reagir, enquanto sua pele começava a queimar e criar bolhas. A única coisa em que ele *não* estava se saindo muito bem era em *não* parar de encarar o galo empoleirado no ombro de Rosemary.

Na lista de coisas estranhas em sua residência, Fred, o imenso galo preto com penas cor de fogo no rabo, era sem dúvida o item mais esquisito. Rosemary o comprara da moça lituana da tinturaria por mil dólares há três anos e, desde então, Fred vinha aterrorizando a casa. Por que alguém paga mil dólares por um galo? Porque, segundo a mulher que o vendera, Fred na verdade não era um galo. Fred, o galo, era um Aitvaras: um duende sobrenatural capaz de trazer boa sorte aos que vivessem com ele.

Até agora, Fred não tinha feito muita coisa além de ser um galo, mas isso não impediu que Rosemary acreditasse, veementemente, que ele traria "sorte e fortuna" ao lar se ela o tratasse bem, e que ele entraria em combustão espontânea e viraria uma centelha quando morresse.

Jonah mastigava devagar, encarando Fred. Fred o encarava também, inclinando a cabeça de um lado para o outro, porque é isso que galos fazem.

— Então, Jonah — disse Rosemary, puxando aquela conversa fiada introjetada em suas veias quando você procria, ou algo assim. — O que você faz em seu tempo livre?

— Faço maquiagens de efeito especial — Jonah respondeu, com a boca cheia de lasanha pronta queimada, especialidade de Rosemary. — Sabe, como ferimentos de tiros, cortes na testa e hematomas, essas coisas. — Jonah olhou para Esther com uma expressão arrependida. Ela apertou os olhos e pressionou a língua do lado de dentro dos dentes. Esse *merdinha*. O rosto inchado e o corte no supercílio eram falsos.

— Mas que habilidade útil de se ter — Esther disse lentamente.

Jonah piscou.

— É útil, sim, de vez em quando.

— É isso que você quer fazer quando crescer? — perguntou Rosemary.

— Mãe, ele não tem sete anos.

— Desculpe, quis dizer, quando você se formar.

— É, acho que eu quero trabalhar com cinema. Tento treinar o máximo que posso, usando tutoriais do YouTube. Estou aprendendo a fazer próteses agora, tipo os narizes falsos de *O senhor dos anéis*. Meu pai detesta, diz que eu nunca vou ganhar dinheiro, mas eu estou economizando para a escola de cinema, mesmo sem ele saber.

— Ah, a Esther faz bolos pra economizar para a faculdade. Você trabalha?

— É... é mais uma ação de empreendedorismo.

Esther não conseguiu segurar a língua.

— O que ele quer dizer é que ele furta pessoas indefesas em pontos de ônibus.

Jonah pareceu encabulado, mas sacudiu os ombros.

— Quer dizer, pelo menos, você sabe que suas mercadorias roubadas serão destinadas a uma causa de caridade.

Naquele momento, Fred resolveu mostrar seu lado diabólico e pulou do ombro de Rosemary dando um mega chilique no meio da mesa (provavelmente porque Pulgoncé estava dormindo no colo de Jonah e, portanto, recebendo mais atenção que ele). Velas e luminárias voaram pelo ar e pratos acabaram quebrados no chão, com as refeições pela metade espalhadas pela mesa, na madeira e nas paredes. Depois do ato perverso, Fred grasnou, bateu as asas, e saiu ciscando rumo à cozinha para atormentar os coelhos.

Depois que ele saiu, Rosemary ergueu as mãos sobre a cera derramada e a lasanha espalhada, de olhos fechados.

— Tem alguma coisa grande a caminho — ela disse, num tom agourento. — Isso é um mau sinal.

— Um mau sinal para o meu estômago — acrescentou Eugene, enquanto ajoelhava para tirar o seu jantar do chão.

— Acho melhor você ir — Esther disse a Jonah.

Estranhamente, ele nem reclamou.

Lá fora, a noite estava quente e o ar pesava com a umidade. Os grilos cantavam nos carvalhos. Os olhos-gregos cantavam baixinho.

— Você às vezes odeia sua família? — perguntou Esther.

Jonah riu.

— Bom, o tempo todo. Acho que você pode amar as pessoas e reprovar o que elas fazem. Sua família... Eles são esquisitos, mas te amam.

— Eu sei.

— Então, o que é esse negócio? — ele perguntou, pegando a lista quase definitiva de piores medos que havia roubado dela no ponto de ônibus. A lista tinha seis anos, estava gasta e puída nas dobras, com a escrita que detalhava seus medos quase ilegível (3. *Baratas*), até o registro ligeiramente mais legível que ela tinha feito no dia em que Jonah roubara sua lista (49. *Mariposas e homens-mariposa*). Ao longo dos anos, ela tinha colado pedaços extras de papel e de cartolina colorida para ter espaço suficiente para registrar todas as coisas que pareciam assustadoras o bastante para um dia se tornarem um grande temor. Havia fotografias, pequenos diagramas, definições impressas da Wikipédia e mapas de ruas/cidades/países/oceanos a serem evitados a todo custo.

— Medos não podem se tornar fobias se você não os tem — ela explicou, pegando o documento frágil dele. A lista era um mapa de estradas dos últimos seis anos da vida dela: o escuro aparecia como número dois, mais ou menos na mesma época em que Eugene desenvolveu sua fobia da noite. Alturas estava no número 29, depois que eles foram a Nova York pela primeira vez e ela teve um ataque de pânico no topo do Empire State. Medo a medo, Esther havia construído uma lista com tudo que a maldição poderia usar para pegá-la, cada fraqueza que podia ser aproveitada para traçar seu caminho até sua corrente sanguínea. Ela não podia viver como Eugene, ou seu pai, ou sua mãe, sua tia, seu tio (quando ainda estava vivo), ou seus primos, ou seu avô.

Três membros da família Solar já haviam sido levados pela maldição:

1. O tio Harold, irmão de Peter, tinha medo de germes e havia morrido de uma gripe comum. Eugene disse que essa foi uma profecia que se cumpriu, que aconteceu pelo fato de Harold passar duas décadas tomando antibióticos desnecessários, vedando sua casa a vácuo para que o ar externo não pudesse entrar, e usando máscaras cirúrgicas em todo lugar que ele ia. Seu sistema imunológico ficou tão frágil pela falta de exposição à infecção que um vírus moderado foi o suficiente para liquidá-lo.

2. Martin Solar, primo de Esther, tinha medo de abelhas. Quando tinha quatorze anos, ele mexeu numa colméia durante o acampamento de verão e, em seguida, tropeçou num barranco ao tentar fugir das picadas. Eugene afirmou que foi o barranco que o matou, não as abelhas.

3. O Vá Embora, cachorro de Reg, tinha medo de gato – exatamente o animal que o perseguia quando ele correu pra estrada e foi parar na frente de uma picape.

Sim, os Solar morriam de seus medos. Esther não podia deixar-se mergulhar tão fundo, ficando tão morta de medo de algo a ponto daquilo dominar-lhe a vida e, por fim, levá-la à morte. Então, toda vez que ela sentia uma pontada de medo profundo ao pensar em alguma coisa, ela colocava aquilo na lista e, depois, evitava eternamente o item. Se você não fica pensando na ansiedade, não se deleita com aquilo, ela não pode dominar você.

— Eu estou tentando ser mais esperta que a maldição — disse ela.
— Estou tentando me esconder da Morte.

— Você não acredita de verdade nessa merda de superstição.

— Se eu acredito que meu avô realmente encontrou a Morte uma porção de vezes e, de alguma forma, isso amaldiçoou nossa família pela eternidade? — Ela queria dizer que não, mas era difícil mentir para Jonah Smallwood com seus olhos imensos e seus lábios tão injustamente fartos. — Acredito, sim. Eugene acha que é só uma lenda tola, e que os Solar são pré-dispostos a doença mental, mas... Reg Solar é um contador de histórias bem convincente.

— Então seu avô diz que a Morte é uma pessoa de verdade?

— Sim. Eles foram, sei lá, tipo amigos, eu acho. Conheceram-se no Vietnã. Desde então, se trombaram algumas vezes.

— Então, tente encontrá-lo. Fale com ele. Faça com que ele tire a maldição.

— Você quer que eu saia *procurando* a Morte?

— Claro. Se você realmente acredita que a Morte é só um cara andando por aí, algum cara que realmente *conheceu* seu avô, você pode encontrá-lo, conversar com ele.

— Isso faz realmente um sentido incrível.

— Por que o espaço no alto está vazio? — A tinta do número um tinha borrado, com uma mancha de café, e o numeral estava meio comido por mariposas (motivo pelo qual elas figuravam no número 49 da lista, os insetos sem-vergonha e peludos).

— Um grande medo — ela explicou. — É com isso que você é amaldiçoado. Um grande temor pra reger sua vida e depois tirá-la. Meu avô tem medo de água. Meu pai, de sair de casa. Eugene, da escuridão. Minha tia tem medo de cobra. Minha mãe, de azar. Se eu deixar esse espaço vazio e colocar todo o restante abaixo...

— Nada pode tocá-la?

— Exatamente. A lista me mantém viva. Não tenho mais medo de nenhuma dessas coisas, mais que qualquer outra. Elas atuam como uma barragem. Um tipo de dique para manter o grande medo distante.

— Você se esqueceu do Katrina? Diques rompem.

— Obrigada, Dr. Phil.

Jonah desceu os degraus da varanda e caminhou por entre as árvores, na direção de sua motocicleta. Esther foi atrás dele.

— Para onde você foi? — ela perguntou. — Quando você sumiu?

Jonah sacudiu os ombros.

— Mudei de escola. Crianças fazem isso.

— Ficou tudo muito ruim depois que você foi embora. As pessoas ficaram cruéis novamente sem você lá.

— Do que você está falando?

— Lembra de quando a gente se conheceu?

— Nós éramos da mesma turma, da sra. Price.

— Ninguém nunca falava comigo, nem com a Heph. Antes de você, os garotos costumavam me dizer o quanto eu era horrível. Cabelo ruivo, milhões de sardas. Eu seria vítima de bullying eternamente. E a Hephzibah era um alvo ainda mais fácil. Os garotos tropeçavam nela, batiam, só pra tentar fazê-la falar. Ninguém sentava perto da gente, diziam que as minhas sardas e a mudez dela eram doenças que não queriam pegar.

— Crianças são babacas.

— Aí, um dia, no recreio, você se sentou com a gente. Você não disse nada, só comeu seu lanche e encarou cada pessoa que passava, desafiando a mexer com a gente. Em uma semana, você era um dos meus melhores amigos.

— Eu me lembro disso. Nós éramos as aberrações. Tínhamos que andar juntos.

— Então você partiu. Eu e a Heph voltamos a ser aberrações sozinhas. Nós precisávamos de você e você desapareceu.

— Não sei o que dizer, Esther. — Jonah passou as mãos nos cabelos. — Desculpa por não ter estado lá, mas não foi minha escolha. Eu tinha oito anos. Não era minha função proteger vocês.

Esther pensou em sua família enquanto o viu ir embora. Eugene morreria na escuridão. Seu pai morreria no porão. Seu avô iria se afogar. E um dia desses, Rosemary Solar se cortaria num espelho quebrado, ou tropeçaria num gato preto, ou passaria por baixo de uma escada e um peso gigantesco cairia do alto, em cima dela.

Um grande medo para reger sua vida. Um grande medo para tomá-la. Não há como fugir de seu destino e nenhum meio de salvar os membros de sua família do destino deles. Isso era o que o avô de Esther lhe dizia desde que ela era criança.

A menos que... a menos...

— Por onde você começaria... — ela apressadamente perguntou a Jonah, enquanto ele erguia a motocicleta do pé das árvores — ... se estivesse procurando a Morte? Se quisesse encontrá-la pra pedir um favor, por onde você começaria?

Jonah parou para pensar, depois respondeu à pergunta dela com outra pergunta.

— O que você vai fazer amanhã?

Ela pensou em mentir. Seria fácil dizer "Ah, eu vou me mudar para o Nepal, para o último ano, para aprender os hábitos dos xerpas" e deixar que Jonah se esquecesse da existência dela. Mas naquele instante, ela se lembrou do cheiro dele no galpão, na noite anterior, e de como ele ficou triste quando achou que Pulgoncé estava morta em seus braços, e a verdade é que – embora ele a tivesse roubado e abandonado para uma caminhada de três horas, sozinha, na chuva –, ela não queria se despedir dele. De novo, não. Ainda não.

Então, ela disse:

— Vou procurar a Morte.

E ele disse:

— Parece bom.

— Oi?

— Você conhece aquele ditado que diz que "Todo dia você deve fazer alguma coisa que te assuste?"

— Sim.

— É assim que nós encontramos a Morte, eu acho. Todos têm medo de morrer, certo? Talvez, isso seja o que atraia a Morte. Talvez isso seja o que o traga até você. O medo. Então, é isso o que faremos: nós o encontraremos, conversaremos com ele e faremos com que remova a maldição.

— E nada de grandes medos?

— Nada de grandes medos. Voce topa?

Esther pesou suas opções. Por um lado, havia a morte certa para ela e para todos que ela amava. Durante seis anos ela tinha evitado tudo que lhe causasse até mesmo o menor arrepio na espinha na tentativa de salvar a própria vida. Sem evitar a sua maldição, ela não poderia exterminá-la, e mergulhar de cabeça no medo parecia beirar a insanidade.

Mas havia uma possibilidade, por menor que fosse, de que ela pudesse salvar a todos. Salvar Eugene do escuro. Salvar a mãe do azar. Salvar o pai do porão. Salvar o avô do afogamento – e esse era um risco que valia a pena correr.

Uma pequena centelha do que mais tarde ela reconheceria como coragem percorreu-lhe a espinha quando ela assentiu e disse "Sim".

Esther notou que, embora uma brisa suave soprasse por entre as árvores, os olhos-gregos estavam em silêncio, como se eles aprovassem a presença de Jonah Smallwood na casa. Quando ele foi embora, ela acrescentou *lagostas* à sua lista, no quinquagésimo lugar. Depois, entrou e verificou oito vezes se todas as portas estavam trancadas antes de ir dormir.

# CAPÍTULO 7
# 1/50: LAGOSTAS

**Na manhã seguinte,** Esther acordou cedo, vestiu o uniforme amarelo-gema de comissária de vôo dos anos 1960 que fora da sua avó, e ficou esperando Jonah chegar. Depois, ela andou pela casa por meia hora e resolveu mandar uma mensagem para ele dizendo que estava doente, porque provocar a Morte talvez não fosse uma ideia tão boa, no fim das contas.

> ESTHER:
> Peguei sarampo. Por favor, não venha.

Jonah não respondeu, então ela imaginou que tivesse se livrado e nunca mais teria que vê-lo, o que a deixou aliviada, mas também ligeiramente... triste? Era o último domingo antes da volta às aulas, depois das férias de verão, e ela tinha muito doce para fazer caso algum dia quisesse fugir da força gravitacional que a puxava para dentro do buraco negro que era sua cidade. Porém, uma pequena parte dela estava curiosa em relação a Jonah. Uma pequena parte dela se sentia calma quando ele estava por perto. Uma pequena parte dela sentia falta dele quando ele não estava presente.

Nem dez minutos se passaram e surgiu o som inconfundível da motocicleta estacionando do lado de fora da casa. Ela saiu correndo até a varanda.

— Você algum dia se veste como uma pessoa normal? — foi a primeira coisa que Jonah disse quando a viu.

Esther deu uma olhada nas roupas dele.

— Você tem consciência de que parece que andou fazendo compras em brechós com o Macklemore, certo? — Então, ela se lembrou de que estava severamente infectada e fingiu tossir. — Eu te disse, estou com sarampo.

— Você não está com sarampo.

— Eu estou *muito doente*, com sarampo.

— Você *não* está com sarampo.

Esther jogou as mãos para o alto.

— Tudo bem! Essa é uma ideia idiota. Eu não quero fazer isso.

— Essa não é uma desculpa que eu estou disposto a aceitar.

— O que é uma desculpa que você está disposto a aceitar?

— Que você tem que urgentemente trocar o estofamento de um sofá.

— Essa é uma desculpa estranha.

— É, mas não é uma que você possa usar nesse momento, então vou ficar com essa. Além disso, você acha que eu vou simplesmente sair correndo e abandonar o meu bebê desse jeito? Onde está a pequena Pulgoncé? Diga a ela que o papai está aqui.

— Argh. Tudo bem. Entre. Ela está na sala.

Esther acreditava que o diagnóstico de traumatismo dado por Peter provavelmente seria algo mais permanente. A língua de Pulgoncé já estava para fora da boca e a cabeça meio torta, então, quando ela andava (o que, com o gesso, ela ainda não fazia bem), ela seguia em diagonal, como se a cabeça pesasse mais de um lado. Jonah pareceu não notar. Eles ficaram sentados na sala e alimentaram a gatinha com o substituto de leite, usando uma seringa, gota a gota.

Enquanto alimentava Pulgoncé, ele olhava em volta, observando as paredes vazias, os punhados de velas e montes de luminárias em cada canto da sala, a montanha de móveis empilhados bloqueando a escada, os ramos de ervas secas pendurados acima de cada janela e porta, o coelho que tinha fugido dos confins da cozinha e agora estava roendo um pé do sofá.

— Imagino que vocês não tenham muitas visitas, né? — disse ele.

— Ah, não, nós sempre damos festas. É que as pessoas não param de trazer luminárias de presente. Isso está realmente se tornando um problema.

— Deixa eu ver a sua lista — disse ele, e ela deixou. Jonah desdobrou o papel delicadamente e olhou, fazendo comentários como "hmmm", "certo", "não sei o que é isso, mas tudo bem" e, finalmente, "bom, dessa eu tô fora. Isso é assustador pra cacete!"

— Nós vamos trabalhar de trás para a frente — ele disse ao devolver a lista para Esther, que não estava entendendo muito bem o que estava acontecendo.

Jonah acomodou Pulgoncé em sua caminha e entregou um capacete a Esther.

Eles rodaram por um tempinho – ou seguiram na motocicleta com o motor dando estouros – e foram parar na periferia da periferia da periferia da cidade. O dia estava quente, com o fim do verão ainda se arrastando. Por lá não havia muita coisa além de grama alta, queimada pelo sol, como se eles estivessem embaixo d'água. Jonah parou na frente de uma placa que dizia "PROPRIEDADE PARTICULAR. INVASORES SERÃO PENALIZADOS".

— Pra onde estamos indo? — Esther perguntou quando desceu da motocicleta (nada graciosamente), o seguiu passando pela placa e adentrou por arbustos. Seu cérebro escolheu aquele instante para lembrá-la que o Assassino do Zodíaco nunca havia sido capturado e, embora Jonah fosse ligeiramente jovem demais para ter assassinado oito pessoas nos anos 1960, para uma pessoa ansiosa a lógica não importa. Ela tirou as chaves da bolsa e prendeu-as nos dedos, para o caso de ele tentar estrangulá-la. Eles caminharam por dez minutos, depois quinze, seguindo uma trilha que ia deixando arranhões nas pernas de Esther e puxando longas mechas de cabelos ruivos da sua boina de aeromoça. Então, no momento em que eles pararam, ela parecia uma comissária de bordo sobrevivente de um acidente aéreo.

Próximo a eles, ouvia-se o som da água batendo na costa. Os arbustos foram se abrindo e a água clara do lago mostrou-se diante deles.

Não havia mais ninguém ali. A luz do sol passava pela névoa do meio da manhã, que pairava sobre a água, e lançava um tom âmbar em tudo. A praia de cascalho branco estava pontilhada de resquícios do lago: algas, conchas, pedacinhos de vidro verde que vinham com as ondas. O vento assoviava. A água batia devagar. Era encantador, ao estilo da abertura de um filme de terror.

— Você não vai me assassinar, vai? — ela perguntou, mas Jonah já estava se organizando (tomara que não para assassiná-la). Ele pegou sua câmera GoPro do bolso e prendeu na cabeça.

— Fico me perguntando onde você arranjou isso — disse ela.

— Eu *achei* — disse Jonah.

— Sei, achou na mochila de alguém.

— Isso é preconceito.

— É um comentário baseado puramente em observações passadas e experiência pessoal.

— Vamos — disse ele, já tirando a roupa, toda a sua roupa, ficando só de cueca samba-canção, o que Esther *não* estava disposta a fazer porque *a)* estrias, celulite e toda aquela chatice de imagem corporal e *b)* ela não sabia que nudez parcial seria exigida hoje e, consequentemente não tinha usado sua Calcinha Muito Boa, que guardava especialmente para Encontros Potencialmente Sexuais, cujo marcador atualmente mostrava zero. Não que isso consistisse em um Encontro Potencialmente Sexual em qualquer sentido, gênero ou forma.

Esther alisou a frente de seu vestido.

— Eu permanecerei vestida, muito obrigada.

Ao que Jonah respondeu:

— Como preferir! — E saiu correndo de volta para a praia, vasculhando a grama alta e arrastou um barco a remo pintado de azul-claro e branco, bem parecido com um bolo fondant. — Você pode ficar flutuando nisso — disse ele, quando voltou até ela, ofegante, com os olhos castanhos arregalados de empolgação. Esther achava ridículo que alguém com um queixo tão forte e a barba malfeita pudesse parecer tão jovem e vulnerável.

— Como é que você sabe que isso estava aí? — ela perguntou.

— Minha mãe costumava trazer a gente aqui, quando éramos pequenos.

E foi assim que, no fim de uma manhã quente de verão, dois dias depois que ele a roubou, Esther Solar saiu remando um barco no lago com Jonah Smallwood vestida de comissária de bordo.

O barco tinha espaço para dois, mas Jonah seguiu nadando e ele foram indo, indo, até que a névoa engoliu a terra e restou apenas eles: dois humanos solitários no abismo radiante. A água era profunda, límpida e, de vez em quando, Jonah mergulhava com a GoPro presa em sua cabeça enquanto nadava no meio dos cardumes de peixes prateados e o seu corpo tornava-se uma sombra comprida nas profundezas. O fundo do lago estava forrado de algas que balançavam, o tipo de local que geralmente é habitado por imensos tubarões brancos (improvável num lago, Esther sabia – mas ela tinha medo deles até em piscina) e aquela população marinha estranhíssima de Harry Potter. Esther estava muito feliz por estar dentro do barco.

Lá longe, a costa havia se tornado uma ilha minúscula de pedras brancas para fora da água, como um único dente de tubarão. Eles amarraram o barco e Jonah sentou-se no raso, olhando para a margem rochosa do lago. Esther também olhou e viu dúzias de corpos cobertos por conchas verde-opacas e azuladas. Lagostins.

Lagostas de água fresca. O último medo acrescentado à lista. Jonah ia botar um crustáceo em cima dela.

Ela bateu com as mãos nos olhos, com tanta força que a pele doeu:

— Nem se atreva a pensar em trazer um desses negócios pra perto de mim.

— Lagostas são sereias para os escorpiões — disse Jonah, deslizando para dentro da água. — Por que você tem medo delas?

— Um: elas têm garras. Dois: elas causam intoxicação alimentar. Três: elas parecem com aquelas criaturas de *Alien*. Quatro: elas têm aqueles olhinhos miudinhos. Cinco: elas fazem aquele barulho quando você as cozinha.

— Que barulho?

Esther reproduziu o som chiado que lagostas fazem quando estão sendo cozidas.

Jonah sacudiu a cabeça (ou, pelo menos, ela imaginou que ele sacudiu a cabeça, pois ainda estava tampando os olhos com as mãos).

— Experimente mergulhar na água fervendo pra ver o som que você vai fazer.

O barco balançou um pouquinho. Esther espiou por entre os dedos. Uma lagosta tinha sido colocada no banco de frente para ela, com seus olhinhos pretos e miúdos fixados nos dela. *Eu vou matar todo mundo que você ama*, provocou a lagosta. Suas antenas remexeram. Esther levantou depressa demais. Perdeu o equilíbrio. Caiu de costas na água. A lagosta, ela imaginou, estava satisfeita. Chocada com a temperatura fria e a profundidade da água, Esther voltou à superfície resfolegando, com um pânico súbito pela possibilidade de haver tubarões no lago, ou um cardume de piranhas, ou um daqueles parasitas carnívoros que penetram em sua uretra quando você faz xixi e, tipo, botam ovos em seus rins, sei lá.

— Esther? — disse uma voz, bem baixinho.

*A lagosta*, foi seu primeiro pensamento irracional. *Ela sabe meu nome.* E depois: *pelo amor de Deus, não faça xixi.*

Ela se remexeu para pisar nas pedras e afastou os cabelos encharcados dos olhos. As pedras estavam escorregadias demais, mas ela segurou na lateral do barco e se ergueu. Duas lagostas estavam suspensas como marionetes na outra beirada do barco.

Então, a voz de Jonah ecoou com aquele sotaque britânico terrível que lembrava o Clérigo Impressionante de *A princesa prometida*:

"Duas lagostas, iguais em dignidade,
nesse belo lago, onde vemos nossa situação,
de um rancor antiquíssimo irrompe uma nova rebelião,
onde o sangue límpido suja suas garras de civilidade".

— *O que* você está fazendo? — exclamou ela. Esther não via quase nada de Jonah, apenas seus dedos escuros e compridos fazendo as lagostas dançarem e se beijarem até dramaticamente cometerem suicídio (ou seja, pularem de volta para a água). Tudo isso enquanto alterava as falas de *Romeu e Julieta* para o tema aquático.

— Lagosta Shakespeare — disse Jonah. — Obviamente.

— Oh, garras felizes — disse a Lagosta Julieta, com sua voz estridente, ofensivamente feminina. A lagosta Romeu já tinha sido jogada de volta na água, onde rapidamente seguiu para as pedras, indubitavelmente ávida para contar sua incrível história de sobrevivência para os outros. — Esta é minha bainha. Há ferrugem e me deixará morrer.

— Jonah representou a lagosta Julieta se apunhalando com a própria garra. Depois, ela também resfolegou, caiu para trás na água, e mergulhou fundo, fundo, rumo ao piso branco arenoso.

Jonah se ergueu e passou os braços por cima da lateral do barco, imitando a pose de Esther, com um sorriso malicioso.

— Você não tem graça — disse ela.

— Então, por que você está sorrindo? — ele perguntou.

Bom, ela realmente tinha admitir que esse era um argumento muito bom.

Depois de que as lagostas foram privadas de sua dignidade e resignaram-se ao próprio destino, elas não pareciam tanto com criaturas alienígenas. Os dois passaram a hora seguinte na água. Esther estava inteiramente vestida, de sapato e tudo. Eles mergulharam para ver por quanto tempo conseguiam prender a respiração, quantas lagostas conseguiam pegar com a mão, com quantas conseguiriam forrar o fundo do barco. Subiram no alto do monte rochoso e atiraram na água como se fossem balas de canhão, deixando o corpo imergir até o fundo e todo o ar ser sugado dos pulmões. Depois, esperaram submersos pela Morte, que não apareceu.

No fim, o barco a remo fervilhava de olhinhos pretos miúdos e antenas remexendo. Esther e Jonah estavam ofegantes, com os pulmões doloridos, mas vivos. Quando a névoa se dissipou, eles ficaram boiando no finzinho do calor do sol de verão. A Morte não foi atrás deles, e Esther não deixou de notar que Jonah não era nada feio, o que ela achou mais irritante do que deveria, principalmente porque não se deve ficar achando um cara "levemente atraente" quando ele te abandonou depois de te roubar.

Eles jogaram grande parte das lagostas que pegaram de volta para a água – todas, menos duas azaradas. Quando ficaram com fome, remaram até a costa, e Esther acendeu uma fogueirinha na praia. (Eugene, naturalmente, havia passado seus conhecimentos sobre fogueiras para ela.)

Jonah desapareceu e voltou dez minutos depois com uma panela, dois pratos, talheres, velas, um cobertor de piquenique, um pão e um punhado de temperos não muito admiráveis, incluindo molho para lagosta.

— Eu encontrei uma casa no lago — ele se explicou.

— E estava... *deserta?* — ela perguntou, esperançosa.

— Sim. Eu certamente não arrombei pra entrar.

— *Jonah*.

— O quê? Nós só estamos pegando emprestado, eu prometo. Tudo será devolvido depois disso. Eles nem saberão. Além disso, as portas nem estavam trancadas. Gente que não tranca as portas é rica demais pra se importar que alguma coisa seja roubada.

— Sei, ou, veja bem, talvez eles vivam num terreno bem grande e esperam que ninguém invada.

Eles debateram, por um tempo, se as lagostas sentiriam dor, se seria humano jogá-las na água fervendo, ou se deveriam primeiro cortar as cabeças, ou algo assim. Não chegaram a nenhuma conclusão quanto a uma forma amigável de matar os crustáceos. Então, jogaram as lagostas de volta na água, e elas se apressaram indo para o fundo o mais depressa que suas perninhas as levavam.

Esther e Jonah decidiram comer o pão com molho para lagosta em lugar de comer as próprias.

— Sabe, a gente poderia fazer isso — disse Jonah, entre uma mordida e outra. — Todo domingo, pelo próximo ano. Cinquenta medos. Cinquenta semanas. Cinquenta vídeos. — Ele deu uma batidinha na GoPro. — O que você acha?

— Por que, exatamente, você está filmando?

Jonah ergueu um dos ombros, num gesto casual.

— Um dia talvez eu use essas filmagens pra me candidatar a bolsas de estudos na escola de cinema. Aí, meu pai teria que me deixar ir.

— É bom que eu não veja nada disso na internet. Jamais. Prometa pra mim.

Jonah colocou a mão em cima do coração dela.

Esther pensou na oferta que ele estava fazendo: a chance de ter alguém ao seu lado enquanto ela trabalhava ao longo da lista. Uma chance, por menor que fosse, de viver uma vida sem medo. Mas o desafio era mais difícil do que Jonah fazia parecer. Para ela, a maldição era real, um peso que ela carregava todos os dias. Aquilo que um dia viria a matá-la provavelmente estava em algum ponto da lista. Evitar isso significava buscar uma vida longa. Enfrentar isso significava medo, ruína e, eventualmente, a morte. Só porque as lagostas acabaram não sendo seu grande medo, isso não significava que as cobras, a altura, ou as agulhas não seriam e que quando ela soubesse, aquilo não iria dominá-la e consumi-la de dentro pra fora.

— O medo arruinou as vidas de todas as pessoas que eu amo — ela disse, finalmente. — Eu não quero ser como eles. Não quero descobrir qual é o meu grande medo. É melhor viver com medo do que nem viver.

— E se você não tiver medo de nada?

— Foi você quem disse que todo mundo tem medo de alguma coisa.

— Sim, mas e se o seu grande medo for tipo, o Cometa Halley, ou algo assim, e você passar a vida inteira evitando um monte de coisas boas por nenhum motivo. Parece um desperdício.

Esther nunca tinha pensado nisso dessa forma, e tinha que concordar que ele fazia sentido. Ainda assim, o risco era grande demais.

— Não posso — ela disse. — Simplesmente não dá.

Jonah não riscou o item 50 da lista. *Lagostas* estavam fora dela agora que haviam sido conquistadas. Em vez disso, ele rasgou a folha e enfiou o pedacinho de papel na boca, mastigou e engoliu.

— Você vai mudar de ideia. Quando assistir à filmagem, vai mudar de ideia.

A Morte não veio atrás deles na praia, nem quando Jonah estava voltando de motocicleta para casa, nem mais tarde, quando eles não sofreram intoxicação alimentar depois de comer o molho de lagosta.

Assim que Esther imaginava em sua cabeça: durante a maior parte daquele dia, a Morte esteve ocupada com um carro-bomba em Damasco e com uma viúva particularmente teimosa que se recusava a deixar sua mortalha. Mantos negros caiam como piche por cima de um esqueleto conforme ele seguia silenciosamente pelo corredor da ala paliativa de um hospital. Com dois metros e meio de altura, uma foice na mão e um corvo pousado no ombro, sua escuridão se avolumava até preencher o corredor do chão ao teto, mas as enfermeiras e visitantes que passavam não notavam nada.

Em uma cama de hospital, uma mulher de cabelos brancos, agora pouca coisa além de uma poeira animada, acordou assustada e ficou observando, com os olhos arregalados, algo que ela sentia mais do que enxergava. Ela estendeu a mão, tentando apertar o botão de chamada, mas não adiantava. Havia chegado a hora. O Ceifador estava ao pé da cama, com sua capa esvoaçando como se estivesse debaixo d'água, embora não houvesse vento. A mulher ergueu a mão na direção da Morte. Ela estendeu a mão, para abraçá-lo, pronta para que a dor fosse – ah não, espere aí, na verdade... ela fez um sinal obsceno.

O Ceifador passou a noite ao lado da cama da mulher, tamborilando seus dedos de esqueleto na beirada metálica da cama dela e, ocasionalmente, olhando para o relógio. A única coisa que havia para ler era uma revista barata com as Kardashian na capa. A Morte suspirou, pegou a revista e começou a folhear.

Seria uma longa noite.


Na manhã seguinte, Esther foi arrancada do sono por alguém batendo à porta da frente (a campainha tinha sido desligada muitos anos antes, mais ou menos à mesma época em que foi retirado o tapete escrito "Bem-vindo"), um barulho capaz de fazer todos os habitantes de sua casa sentirem calafrios. Todos os ruídos que haviam permeado a atmosfera segundos antes – o canto dos pássaros, o barulho da manteiga fritando numa frigideira, Eugene cantarolando – silenciaram, como se a própria casa tivesse parado de respirar. Era uma tática de defesa, como um animal perseguido na floresta usaria. Permanecer imóvel. Permanecer em silêncio. Esperar a ameaça passar. Tal estratégia geralmente era utilizada para evitar ser tragado em conversas com religiosos que batem à porta, ou cabos eleitorais.

Esther também havia se tornado parte desse silêncio coletivo. Ela permaneceu imóvel em sua cama, sem respirar, até que os passos do intruso desceram os degraus da varanda e atravessaram o gramado salpicado de carvalhos. Então, o som distante de uma motocicleta ligando ressoava abafado pelas árvores e pelo vidro da janela de seu quarto. A casa acordou de novo. Eugene correu pelo corredor. Fred cacarejou. Rosemary religou o fogão. Esther imaginou a mãe engatinhando para fora de onde ela gostava de se esconder, saindo do espaço embaixo da pia que ela esvaziou depois de assistir a *O quarto do pânico* pela primeira vez.

Alguém abriu a porta da frente. Em seguida, um grito de Eugene:

— Esther, entrega!

Esther saiu da cama e foi encontrar seu irmão na cozinha. Em sua mão havia uma caixa embrulhada em jornal. Nela, tinha escrito em preto:

*"Tudo que você quer está do outro lado do medo."*
*Jack Canfield*

> ESTHER:
> Eu não vou assistir ao vídeo.

> JONAH:
> Por que não?

> ESTHER:
> Porque eu não vou mudar de opinião.

> **JONAH:**
> Você vai mudar, sim. Ô, se vai.

Esther não assistiu ao vídeo. Ela não ia se deixar influenciar.

## CAPÍTULO 8
# O BANDIDO DO ARMÁRIO

**Naquela manhã,** Esther fez seu café com Red Bull, em vez de água.

— Eu gostaria de poder ingressar na quarta dimensão — ela explicou a Eugene. Ele franziu o rosto enquanto ela bebericava sua mistura química, sentada no chão da cozinha, de pernas cruzadas. Diante dela, numa toalha de piquenique, estava tudo o que ela havia preparado na noite anterior e pretendia levar para vender escondido naquela semana: uma dúzia de brownies de chocolate, um bolo de hortelã, duas dúzias de biscoitos, duas dúzias de bolinhos de arroz e uma torta inteira de caramelo. Ela embrulhou cada pedaço separadamente e guardou tudo que conseguia carregar em sua mochila.

No fim do ano passado, um salto inexplicável na obesidade adolescente (apesar das mudanças no refeitório) gerou boatos, em meio aos professores, de que Cakenberg estava vendendo guloseimas açucaradas à população estudantil. Esther não podia dar-se ao luxo de ser flagrada. Ser pega significaria suspensão, e suspensão significaria o fim de seu pequeno negócio. No ano passado, ela tinha feito um lucro decente – ainda não o suficiente para levá-la à faculdade e tirá-la dali, mas o bastante para uma poupança emergencial.

Quando a fornada estava pronta para ser contrabandeada, ela se vestiu como Eleanor Roosevelt. Três voltas de pérolas no pescoço, cabelos presos sem os cachos no rosto, pernas vestidas com meia-calça e sapatos marrons práticos, apropriados para a época de guerra. Esther gostava de se vestir como as mulheres poderosas – isso a fazia sentir-se poderosa também, como se vestisse a personalidade delas. Era preciso sentir-se formidável no primeiro dia de aula. Quem melhor do que Eleanor Roosevelt para entrar nessa batalha? (Bom, talvez Genghis Khan, mas o objetivo era sobreviver ao dia com dignidade, sem violentar e assassinar toda a população de alunos ou tomar seus armários à força bruta, para garantir que a subsequente geração de alunos do último ano compartilhassem de seu DNA. Eleanor parecia uma opção mais segura.)

No trajeto para a escola, Eugene parecia mais quieto que o habitual, o que significava que ele não estava falando nada. Sempre que eles paravam num sinal de trânsito, ele apertava o polegar com força, no ponto sensível queimado na palma da mão, embora nem se encolhesse de dor. Às vezes Eugene entrava numa sombra em sua própria cabeça, onde nem a luz mais radiante conseguia alcançá-lo. Esther não sabia como ajudá-lo, então ela simplesmente pousou a mão em seu antebraço enquanto ele dirigia, e torceu para que isso fosse o suficiente para comunicar o quanto ela o amava.

No percurso para a escola, eles passaram na casa de Heph para buscá-la, e ela caminhou de sua casa até o carro alta e desengonçada, fantasmagórica como sempre.

— Como foi a sua aventura com Jonah? — ela perguntou, sinalizando.

— Eu não tenho mais medo de lagosta — Esther respondeu.

Hephzibah arregalou os olhos.

— Deu certo? Que fantástico!

— Não se empolgue demais. Não farei isso outra vez.

— Por que não?

— Porque é perigoso demais ficar tentando o destino dessa maneira.

Hephzibah lançou um olhar reprovador, mas Esther virou o rosto antes que ela pudesse fazer outro sinal, com algo excessivamente sensível ou inspirador, sobre ela enfrentar seus medos.

Quando Eugene virou as esquinas conhecidas que os aproximava cada vez mais perto do território escolar, Esther começou a suar.

Sempre acontecia assim. Todo dia de aula. Primeiro, o suor, depois a inquietação, depois, o coração disparado e a mão que fechava seu pescoço e sufocava suas palavras antes que elas conseguissem sair de sua boca. Esther se imaginava como sabia que seus colegas de sala a viam: horrenda, imperfeita, e esquisita demais para ser paquerada. Cabelos ruivos, desgrenhados e pendendo até abaixo dos quadris, pois o comprimento lhe dava uma sensação de segurança e ela tinha muito medo de cortar. A pele repleta de sardas, não aquelas bonitinhas nas bochechas, que algumas pessoas tinham, mas pontos tão fortes e escuros que a faziam parecer ter uma doença. Roupa costurada à mão, com pontos falhos e frouxos como ela.

Para tentar se acalmar, Esther desdobrou e leu o bilhete que Rosemary havia escrito pra ela. O mesmo bilhete que ela escrevia no começo de cada ano letivo.

*A quem interessar possa:*

*Por favor, liberem Esther da participação de quaisquer debates em aula, apresentações e atividades esportivas. Não chamem seu nome, nem a escolham na aula, nem leiam seu trabalho na frente de outros alunos ou se esforcem para reconhecer a sua existência, de maneira geral.*

*Afetuosamente,*

*Rosemary Solar*

Esther segurou o bilhete com força e respirou fundo. Mais um ano de gente a encarando. Mais um ano de gente rindo. Mais um ano tentando desesperadamente sumir.

Quando chegou à escola, ela foi direto até o seu armário, antes da primeira aula, para guardar seus doces. Assim não precisaria passar o dia com cheiro de criminosa da baunilha.

— Seu filho da puta sorrateiro — ela murmurou consigo mesma quando abriu o armário.

Solitária, no meio de seu armário fechado seguramente com um cadeado estava uma única balinha de framboesa de seu pacotinho.

## CAPÍTULO 9
# O TERRÍVEL SEGREDO DE DAVID BLAINE

**O restante da semana foi assim:** na terça-feira, Esther colocou um segundo cadeado em seu armário, além do primeiro, dessa vez usando um com combinação, algo que Jonah não poderia abrir. À tarde, ela descobriu mais três balinhas no armário, junto com a pulseira roubada de sua avó. Os cadeados não aparentavam ter sido mexidos.

Na quarta-feira, apareceu o seu cartão da biblioteca, uma edição de *Romeu e Julieta* (que agora tinha duas lagostas de trajes elizabetanos, em vez de gente), e sete balinhas.

Na quinta-feira, Eugene ajudou Esther a lacrar seu armário com ímãs industriais e um novo cadeado. A essa altura, a lenda de Jonah Smallwood – aparente ladrão mestre – havia se espalhado pela escola e um grupinho de gente se juntou em frente ao armário dela, depois da última aula, para ver se ele tinha conseguido arrombar hoje. Esther detestava ser observada, até que ela percebeu que não era ela que estavam observando. Eles estavam ali pelo show de mágica. Dentro de seu armário, uma dúzia de balinhas de fruta e 55 dólares dentro de um envelope.

— Esse cara é bom — disse Daisy Eisen.

— Eu estou sentindo uma *vibe* de David Blaine — Eugene disse, seriamente. Os gêmeos acreditavam piamente que Blaine era capaz de fazer mágica verdadeira.

— É possível — Esther concordou, sorrindo.

Na sexta-feira, graças a Deus que ela tinha tirado toda a sua carga de doces para venda, porque agora até alguns membros do corpo docente tinham vindo assistir a abertura de seu armário. Naquela manhã, ela tinha passado fita isolante para fechar e evitar que fosse aberto. O armário permanecia intocado, mas quando ela cortou e tirou a fita com uma tesourinha de unha emprestada por sua professora de inglês, uma pequena avalanche de balinha de frutas derramou no chão. A multidão vibrou. Ali, colocado entre seus livros de biologia e matemática, estava a caixa que ele entregara em sua casa na manhã de segunda-feira.

— Eu tenho bastante certeza de que isso constitui assédio — ela disse, ao tirar a caixa embrulhada em jornal, com a citação ridícula escrita.

— Só se você não estiver gostando — Hephzibah sinalizou.

— Meu Deus, Hephzibah, você é tão sábia. — Porque ela estava, sim, gostando. Ver o trabalho manual de Jonah era como ter seu show de mágica particular todos os dias.

Esther pôs a caixa na bolsa e foi pra casa de carro com Eugene e Heph, imaginando se Jonah Smallwood havia sido polvilhado com algum pó encantando quando era criança.


Já em seu quarto, ela mandou uma mensagem pra ele:

> **ESTHER:**
> Você invadiu a minha casa?

> **JONAH:**
> Não! Sua mãe pegou a caixa no seu quarto. Não fui bisbilhotar nada.

> **ESTHER:**
> Como você soube que eu ainda não a tinha aberto e que eu tinha decidido nunca nunca mais te ver de novo?

> **JONAH:**
> Porque se você não tivesse feito isso, já teria me mandado uma mensagem dizendo: "Te vejo no domingo".

> **ESTHER:**
> Que presunçoso.

> **JONAH:**
> Abra a caixa.

> **ESTHER:**
> É bom que isso não seja a cabeça decapitada de Gwyneth Paltrow.

Esther desembrulhou o jornal. Dentro da caixa havia um pendrive.

> **ESTHER:**
> Você está tentando infectar o meu laptop com um vírus?

> **JONAH:**
> Meu plano de vilão foi desmascarado.

> **ESTHER:**
> Eu quase posso jurar que isso não vai me fazer mudar de ideia.

> **JONAH:**
> Palavra-chave: quase. Agora assista à porcaria do clipe, mulher.

Então, ela assistiu. Ela plugou o pendrive no laptop e quando o vídeo abriu, ela apertou play.

Era um clipe curto – dois minutos e trinta e sete segundos, para ser precisa, mas era lindo. Aonde Jonah havia adquirido as habilidades cinematográficas necessárias para que a filmagem da GoPro parecesse um trailer de filme, ela não tinha certeza, mas ele as tinha e ele fez.

O plano de fundo era mudo e enevoado, mas Esther estava vívida. Ela brilhava como o sol, coberta de manteiga. Seus cabelos pareciam açúcar. Seus olhos eram balas azuis. Ele tinha editado a filmagem para criar uma história curta, como se eles fossem intrépidos adolescentes mergulhando no desconhecido para enfrentarem seus medos.

Jonah procurou filmar Esther nos momentos em que ela não sabia que estava sendo filmada. Quando ela ficou boiando na água, ao lado do barco, com os cabelos espalhados ao seu redor, como uma sereia, parecendo especialmente estranha porque estava inteiramente vestida, calçada e com uma lagosta em cada mão. A deusa dos crustáceos, nossa senhora dos exoesqueletos. Na última cena ela estava na varanda da frente, sorrindo para a câmera com os cabelos umidecidos parecendo um *sobert* e as sardas realçadas em suas bochechas.

— O que somos nós, Esther Solar? — Era a voz de Jonah saindo da tela.

— Comedores de medo — disse ela. Só que não foi ela que disse ou, pelo menos, ela não se lembrava de ter dito essas palavras. Ela se lembrava de ter achado esquisito quando Jonah comeu o papel, mas essa Esther... essa Esther da tela era meio loba, com o hálito quente e imensos olhos de fogo. Ela nunca se vira dessa forma. Às vezes, quando se olhava no espelho, ela parecia ir sumindo nos contornos. Não como Eugene, não como ele sumia e surgia em lampejos. Os contornos dela eram suaves, sua cor era fraca e, às vezes, pequenas partículas dela sumiam no ar. Mas nesse vídeo, não. Nesse vídeo, ela estava inteira e sólida e a coloração tinha sido enfatizada de um jeito que as sardas em sua pele pareciam um punhado de folhas do outono.

*1/50*, dizia a última tela.

"Todo domingo, pelo próximo ano". Jonah havia dito, no lago. "Cinquenta medos. Cinquenta semanas. Cinquenta vídeos. Cinquenta chances de encontrar a Morte pessoalmente e pedir a remoção da maldição".

Esther pegou seu celular e mandou uma mensagem para ele contendo apenas quatro palavras:

Te vejo no domingo.

# CAPÍTULO 10
# 2/50: MARIPOSAS

O **49º medo** da lista quase definitiva de piores medos de Esther Solar eram mariposas, graças às repetidas vezes que assistiu *A última profecia* e *O silêncio dos inocentes*, e a um encontro particularmente traumático que teve com o inseto comum no colégio. (O inseto voou para dentro de sua boca.)

Esther estava sentada na varanda da frente, na chuva, com os cotovelos pousados nos joelhos, vestida de Jacqueline Kennedy Onassis. Sua lista quase definitiva de piores medos estava dobrada ao seu lado. *49. Mariposas e homens-mariposa* estavam circulados.

Jonah encostou sua moto e correu pela chuva, com as mãos sobre a cabeça. Esther ficou aliviada ao ver que ele não tinha, de fato, se vestido de homem-mariposa, e ficou muito grata.

— Ora essa, Jackie O — disse ele, ao vê-la. — Não é muita gente que fica bem de luvas brancas nos dias de hoje. — Então, ele se sentou ao lado dela. Não tão perto a ponto de encostar, mas o suficiente para que ela sentisse o seu calor enquanto sua pele secava a roupa úmida. Ele tinha um cheiro intenso e, assim como ela, estava vestido para outra década, com calça de veludo cotelê cor-de-laranja, uma camisa de seda azul-clara com babados, e o cabelo com uma moita no alto da cabeça.

— Tenho bastante certeza de que te disse que eu ia estofar um sofá hoje — disse ela, dando um tapinha em seu celular. Esther tinha mandado uma mensagem pela manhã, quando acordou num ataque de pânico, dizendo que teria que vê-lo outra vez. Parecia valer a tentativa. Como ele não respondeu, ela se conformou com o fato de que Jonah Smallwood era um parasita difícil de alguém se livrar e veio sentar na varanda para esperá-lo, num estado cada vez maior de desânimo.

— Motivo pelo qual eu comprei isso — disse ele, abrindo o zíper da mochila e girando uma pistola de grampo nos dedos.

— Você vai me deixar pular um medo?

— Negativo.

— Que desculpa eu posso tentar na semana que vem?

— Você precisa grafitar propriedade pública.

— Isso não é justo. Você sabe que eu não faço isso.

Jonah sorriu.

— Sim, esse é o objetivo.

Corta para: uma cena em que Jonah e Esther estão de costas, agora dentro da casa dela, ajoelhados na frente de um sofá maltrapilho. Ele vira pra ela, de perfil, e diz:

— Você realmente saiu pra comprar um sofá só pra não ter que enfrentar seu medo de mariposas?

Esther vira pra ele. Os rostos dos dois estão muito perto.

— Eu o encontrei na rua e arrastei por dois quarteirões, até a minha casa, mas, sim.

— Isso é horrível. Esse sofá certamente faz parte de alguma cena de crime.

— Por isso que nós temos que trocar o forro — disse ela, segurando a pistola grampeadora vazia e apertando duas vezes o gatilho.

Três horas e meia mais tarde, Jonah, Eugene e Esther estavam sentados no sofá com forro novo. Era horrendo, todo cheio de calombos, amarelo, uma monstruosidade floral. Eles não eram estofadores muito bons. Ou, talvez, eles fossem excelentes estofadores, mas o sofá estivesse além da redenção.

De qualquer maneira, a situação não era boa, em termos de sofá. Mas Pulgoncé não parecia ligar muito. Ela estava sentada no ombro de

Jonah, ronronando como um cortador de grama ligado à toa, enquanto ele brincava com suas orelhas, distraído. Um fio de baba pendia do canto da boca da gatinha.

Eles estavam assistindo *A última profecia* e compartilhando uma vasilha de pipoca.

— De onde veio esse sofá horripilante? — Eugene perguntou, entre uma bocada e outra de pipoca. Esther e Jonah sacudiram os ombros, sem desviar da televisão. Estava naquela parte em que aquele cara, o Gordon, recebe a profecia da pia que diz que o número 99 vai morrer. Jonah pausou o filme.

— Vocês querem mesmo que eu acredite que vocês têm medo de uma pia falante? — ele perguntou.

— Aquela pia, com a ajuda das mariposas, previu o assassinato de 99 pessoas — disse Esther.

— Não se deve brincar com pias videntes — Eugene acrescentou.

— Essa pia punk tem que sentar e reavaliar suas escolhas de vida. Vamos. Chega de procrastinar. Vamos encontrar umas mariposas.

— Tem certeza de que não quer primeiro assistir *O silêncio dos inocentes?* — Esther perguntou esperançosa.

— Tenho.

— Tudo bem. Mas se a minha pia começar a fazer profecias, você será o primeiro a saber.

— Eugene, cara, você quer vir junto? — disse Jonah.

— Aonde vocês vão?

Jonah cochichou algo no ouvido dele. Eugene estremeceu.

— Deus, não.

E foi assim que Esther soube que seria ruim.

Eles chegaram ao santuário das borboletas no meio da tarde. Havia uma imensa estrutura de vidro, com uma estufa tão entulhada de plantas que mais parecia parte do set de *Jurassic World: O mundo dos dinossauros*. A entrada era cobrada, mas Jonah disse que não achou que fosse. Então, em vez de pagar, eles encontraram uma porta lateral e, com o coração de Esther protestando e batendo loucamente, entraram escondidos, sem pagar.

— Só pra ficar registrado, eu estou profundamente decepcionada com esse desrespeito absoluto das regras — disse ela, mas Jonah mandou que ela ficasse quieta, enquanto prendia a GoPro na testa.

— Será que daria pra você ficar quieta por dois segundos pra ver onde você está?

Então, ela se calou. E olhou onde estava.

Acima deles havia um teto arqueado de vidro, com centenas e centenas de estilhaços presos por uma moldura branca. Havia um terraço, um lago, uma pequena ponte acima de um córrego, uma escultura assustadoramente grande de uma mariposa, touceiras de samambaias e flores, e uma área com gramado onde crianças brincavam. E havia borboletas *por todo lado*. Em sua maior parte alaranjadas – monarcas, como se lembrou vagamente de que eram chamadas na época do ensino fundamental –, eram tão abundantes que faziam as árvores parecer que já estavam no outono.

Jonah fez o seu show habitual: ele a conduziu pelo santuário narrando sobre cada uma das espécies de borboletas que eles viam, com uma imitação nada mal de David Attenborough. Esther riu.

Até eles chegarem às mariposas.

As mariposas, babacas anti-sociais que eram, tinham sua pequena seção nos fundos do santuário por dois motivos:

1. Mariposas eram más e, portanto, provavelmente estavam tramando a derrubada de borboletas, mais atraentes, por isso precisavam ser controladas como qualquer vilão que se preze.

2. Ninguém ia ao santuário para ver mariposas e as mariposas sabiam disso, o que só contribuía para a maldade delas.

Na verdade, era um círculo vicioso. O ódio só levava a mais ódio, mas ela não podia evitar. Mariposas eram perversas.

Eles se aventuraram no território das mariposas e ela já estava respirando mais ofegante, porque nenhum inseto tinha o direito de ser tão *parrudo*. Elas eram imensas e peludas e tinham pernas com aparência poderosa e antenas cabeludas. Havia uma porção de espécies, de todos os tamanhos. Havia até algumas daquelas que trazem caveirinhas nas costas, o que, pra ela, já era prova suficiente de que mariposas eram presságio de ruína e ninguém deveria mexer com elas.

Esther se esforçava para se movimentar o mínimo possível. Jonah, por outro lado, estava fascinado.

Uma mariposa peluda e branca voou para perto e pousou na mão dele, esse troço peludo com olhinhos pretos. Jonah afagou-a. Passou um dedo em suas costas, como se fosse um cachorrinho em miniatura.

— Meio que parece um Pokémon — disse ele, segurando-a diante dos olhos para inspecioná-la mais de perto. — Traga-me as águias — ele sussurrou. — Mostre-me o significado da pressa! — Então, ele a impulsionou no ar e ela foi embora voando para fazer seus passatempos de mariposa, como entrar na boca de cadáveres e aterrorizar cidadezinhas.

— Tolkien conhecia muita coisa, mas ele não sabia nada sobre as almas sombrias das mariposas. Sem chance de uma mariposa ter ajudado Gandalf — disse Esther. — Essa é a parte menos crível de Terra Média.

— Sua vez — disse Jonah, apontando a maior mariposa do recinto fechado, uma monstruosidade marrom com desenhos nas asas que dariam um belo pôster da Urban Outfitters.

— Eu não vou tocar aquele troço.

— Isso é o que ela diz sobre você também.

— Que nojo.

— Vamos, elas não são inconstantes. Não vai pular no seu rosto, nada assim. É com as borboletas que você tem que ficar atenta.

— Eu faço isso, mas com uma condição.

— Está bem.

— Você me conta como conseguiu abrir meu armário, todos os dias.

— Um mágico nunca revela seus segredos.

— Então, ainda bem que você é batedor de carteira, não mágico.

Jonah sorriu enquanto a mariposa grande subiu em sua mão, bateu as asas imensas algumas vezes e se acomodou.

— Hephzibah me deu as combinações para os cadeados e me ajudou com a fita.

— Aquela doninha. E os ímãs?

— Eugene é um bom agente duplo.

— Estou cercada de traidores.

Jonah estendeu a mão pra ela, com a mariposa.

— Ambos acham uma ideia muito boa que você enfrente seus medos.

— Hipócritas! — Ela gritou, depois pôs a mão sobre a boca para a) evitar vomitar, b) evitar ficar sem ar e c) evitar berrar. — Ai, meu Deus — ela disse, por entre os dedos. — É tão grande.

— Isso também é o que ela diz sobre você.

— Pare, ou eu vou te dar outro soco.

— Por favor, poupe-me da dor. — Como fez com a mariposa anterior, Jonah passou o dedo nas costas dessa. Ao olhar em seus olhinhos, Esther imaginou que o inseto não fosse tão perverso assim.

— Pobres mariposas, sempre levam a pior — disse Jonah. — Todos estão sempre falando das borboletas e de seus efeitos. E quanto as mariposas? O que acontece se elas baterem suas asas? Tudo que as mariposas ganham é um filme do Richard Gere.

Ele estendeu novamente a mão com o inseto para Esther e ela deixou que o inseto subisse em sua mão. A seu próprio favor, pelos minutos seguintes o bicho não fez nada a não ser ficar ali, tranquilo. Quando ela finalmente admitiu que, tudo bem, talvez as mariposas não fossem tão ruins assim, talvez fossem até meio bonitinhas, Jonah atraiu-a novamente para seus dedos e colocou-a de volta num galho de árvore.

— Vamos nessa? — disse Jonah.

— A tortura já terminou? — perguntou ela. — Porra, claro.

Conforme eles seguiam para a saída, na ala principal das borboletas, uma criança tropeçou e trombou na base de uma árvore, o que fez as monarcas levantarem vôo formando um enxame laranja. A estufa inteira parecia decolar, como se a gravidade tivesse sido momentaneamente suspensa. Todos os adultos no ambiente correram para ajudar a criança aos berros (e, portanto, claramente viva), enquanto Esther e Jonah viravam em círculos lentos, olhando a nuvem que se avolumava no alto. Ela ergueu a mão no meio do tufão tão intenso e frenético, que se perguntou se aquilo não a queimaria. Elas se deslocavam como pássaros lentos, subindo em direção ao sol, como uma única criatura. Uma borboleta pousou nos dedos dela, que estavam esticados, depois outra, e outra, antes de também subirem e entrarem no tufão.

Alguns minutos se passaram, antes que todas as borboletas se aquietassem o suficiente para pousar, mais uma vez trazendo um outono prematuro à estufa.

— Isso — disse ela —, foi insano.

— Ei! Ei! Vocês dois! Vocês precisam ir até o escritório da frente e pagar seu ingresso!

— Ai que merda, corra! — disse Jonah, já disparando na direção da saída.

Esther não era uma corredora. Ela era o tipo de garota mais para o arremesso de peso. Mesmo assim, em momentos de absoluta necessidade, ela conseguia improvisar, e como ir para cadeia pela segunda vez em algumas semanas não parecia valer a visita ilícita a uma estufa de borboletas, ela foi atrás de Jonah. Ele escancarou a porta, eles saíram na chuva torrencial e correram, correram e correram. Ela percebia que tinha muita correria associada a esse garoto, mas Jonah estava adorando, disparado pela chuva, batendo os calcanhares, enquanto eles seguiam na grande fuga. Esther se esforçou para evitar que os peitos pulassem, mantendo as mãos no decote.

Eles fizeram uma pausa embaixo de uma árvore, e esperaram para ver se o cara das borboletas tinha vindo atrás deles, mas quem ia perseguir dois adolescentes infratores embaixo de chuva, ganhando apenas um salário mínimo? Além disso, quantas pessoas estão tão desesperadas para ver borboletas a ponto de invadir um santuário de borboletas? Não podem ser muitas.

Esther tirou suas luvas brancas. Seu chapéu redondinho tinha se perdido em algum lugar pelo caminho. Seu traje de Jackie O estava encharcado.

— Por que eu sempre acabo toda molhada quando você está por perto? — disse ela, enquanto torcia as luvas. Jonah despencou de cara na grama, sem conseguir respirar, de tanto rir, antes que Esther perceber o que havia dito. — Ai, Deus. Ai, Deus — ela murmurou, rapidamente voltando pra chuva, com as bochechas queimando.

Em meio à respiração ofegante, Jonah gritou:

— Espere, espere! — Ela não esperou, mas o cretino a alcançou e mergulhou o rosto em seu ombro ainda rindo.

— Desculpe fazer você se molhar o tempo todo — disse ele.

— Não tem graça! — Ela recuou o ombro com força. — Você não tem graça!

— É um *pouquinho* engraçado.

— Eu vou pra casa.

— Você vai caminhar até lá, na chuva? Porque eu não tô a fim de pegar minha lambretinha até que eles tenham fechado.

— Foi isso que eu fiz na noite em que você me *assaltou*.

— *Pungueei*, Esther. Eu *pungueei* você. Não diga que assaltei. Você faz parecer que eu sou um ladrão. Punguear exige *finesse*.

— Tanto faz. Vou ligar pra minha mãe. Talvez ela possa dar uma carona pra nós dois. — Esther sabia que Rosemary não atenderia se estivesse nas maquininhas, mas, mesmo assim, ligou para ela três vezes. — Não consigo falar com ela.

— Você pode vir até a minha casa, se quiser. Até a chuva parar. Não fica longe daqui. Nós podemos ir a pé.

— É?

— Só que… não é *legal*.

— A minha casa também não.

— É, mas é diferente.

— Você que sabe.

Jonah coçou a lateral do pescoço. Esther pensou, por um instante, que ele fosse dizer não. Mas depois ele ergueu os olhos da calçada e sua incerteza havia sido substituída por um sorriso. Um sorriso que, pela primeira vez, ela notou conter um pouco de tristeza.

— Vamos tirar você dessa roupa molhada — disse ele, esfregando o tecido da manga dela entre os dedos. — Talvez você deva trazer uma troca de roupa das próximas vezes. Sabe, se vai sempre ficar molhada perto de mim.

— Será que algum dia você vai me deixar esquecer isso?

— Acho que não, Solar. Não mesmo.

## CAPÍTULO 11

# SHAKESPEARE, ESTRELAS E UM OPTIMUS PRIME AQUÁTICO

**No fim das contas,** o "não fica longe" era um exagero. A casa de Jonah não era muito mais perto do centro da cidade que a de Esther, mas a subdivisão era mais nova. Sua rua era agradável, mas sua casa parecia mais triste e desgrenhada que o restante, como uma das primeiras para onde você se muda no começo de *The Sims*, quando você não tem dinheiro, tem seis filhos e nenhuma outra escolha.

Eles não entraram. Correram pela chuva até o quintal dos fundos. O espaço estava sem cuidado algum. O mato alto ultrapassava a cabeça de Esther.

Jonah deixou-a entrar pela porta de tela de sua varanda dos fundos.

— Bom, esse é meu reino — disse ele, tirando a jaqueta molhada.

Esther tirou sua jaqueta, que pingava, e torceu os cabelos tentando focar em alguma coisa para começar uma conversa. Ela não ficou encarando o buraco do tamanho de um punho na parede de gesso, nem como as telas haviam sido sobrepostas com cartolina e fita isolante. Seus olhos haviam sido fisgados pelas paredes e o teto. Cada centímetro de espaço estava pintado. O teto era uma cena marinha, com redemoinhos em verde e coral cintilantes. Se o quadro fosse o oceano, se chamaria *Noite Estrelada*. Às margens, havia sereias, peixes, tubarões e, estranhamente, Optimus Prime de rabo. Jonah viu que ela estava olhando.

— Não é tão ruim quanto parece. Nós só tentamos ficar aqui fora e não atrapalhar o Holland — disse ele, ao puxar cobertores do alto de uma prateleira. — Minha irmã Remy gosta de pinturas, então eu pinto pra ela as coisas que ela quer. Às vezes, isso significa dar guelras a um Transformer.

Ali estavam as histórias da própria infância de Esther misturadas com as fábulas de um garoto que *a)* tinha crescido depressa demais ou *b)* tinha um gosto impecável em entretenimento, dependendo de sua perspectiva do que é apropriado para alunos do ensino fundamental. Havia uma foto de Vincent Vega apontando uma arma para a cabeça de Oscar the Grouch; Ryuk, de *Death Note* num canto; e Deadpool cantando canções natalinas com Justin Bieber.

Até partes do chão haviam sido pintadas para que parecesse que as paredes eram cachoeiras.

E atrás dela, pintada na porta que levava ao restante da casa, estava o Ceifador da cabeça de Esther: de manto escuro, pingando piche, com a foice delicadamente pousada em suas mãos de ossos compridos. Porém, como em todas as outras histórias nas paredes, essa tinha sido modificada, misturada, ridicularizada. A Morte usava uma coroa de flores alaranjadas e roxas e, ao redor de seu pescoço, havia uma placa que dizia "CURTI TANTO QUE OS FILHOS DA P*** QUEREM ME ENCONTRAR". Duas figurinhas dançavam aos seus pés, amarrando seus dedos de osso com barbante: uma menina pequena, com cabelos cor-de-pêssego, e um garoto pequeno de pele escura. Ambos traquinas. Ambos destemidos da Morte.

— Ah, sim. A mais nova edição — disse Jonah, e sua voz estava estranha, quase como se ele estivesse… envergonhado? Desde quando Jonah Smallwood ficava *envergonhado*? Ele limpou a garganta. — Eu, é… meio que pintei esse pra você.

Esther já tinha imaginado isso, porque embora o Ceifador ocupasse a porta inteira, era a menina – menor que um antebraço – que brilhava com mais ênfase. O contorno de seu corpo era em um tom dourado, e até as inúmeras sardas que pontilhavam sua pele reluziam.

Esther estava bem certa de que a maioria das adolescentes havia fantasiado em ter um garoto pintando uma porcaria de um mural com elas, mas isso era um território perigoso. Murais eram como uma droga de fuga para os sentimentos, e ela não podia ter nada disso. Perdê-lo da primeira vez havia sido muito ruim e aquilo lhe ensinara uma lição de vida valiosa: se você não deixasse as pessoas se aproximarem, elas não poderiam magoá-lo ao partirem. Foi isso que ela fez e era o que pretendia continuar fazendo.

Mas não dava para dizer isso a alguém que a pintou num mural. Não dava para jogar o gesto de volta na cara e dizer "Desculpe, mas eu sou muito abalada emocionalmente para o meu gosto para ser incluída em murais". Então, enquanto ele colocava um cobertor nos ombros trêmulos dela, ela disse "Que lindo". Porque era.

Lá fora, o sol ia se pondo e seus raios alaranjados eram filtrados pelas telas da varanda projetando longas sombras na parede, então eles estavam mais altos que o Ceifador. Por um instante, eles estavam bem próximos, o peito dela quase encostado ao dele, ambos maiores que a Morte, e ela imaginou que seria muito fácil beijá-lo, e achou que ele queria muito que ela o beijasse, mas não o beijou. Apesar do mural.

Quando o sol se pôs, eles acenderam a luz e ficaram deitados no chão, juntos, olhando para o teto. Jonah apontou todos os detalhes escondidos pela sala, que ela não havia notado da primeira vez. Ele contou que vinha trabalhando na pintura há anos, mudando partes da tela a cada período de algumas semanas. Lá em cima havia constelações, ondas ocultas quebrando: uma para sua irmã, uma para a mãe e outra para ele. Jonah apontou-as. Virgem. Escorpião. Câncer. Ele não podia estar sempre ali para ler para Remy ou ajudá-la com seu dever de casa, então, ele fez a segunda melhor coisa que podia: deu-lhe as estrelas.

— Fale-me sobre elas — pediu Esther, e ele falou, sorrindo para ele mesmo enquanto falava. Sua mãe, Kim, havia morrido num acidente de carro, nove anos atrás. Esther que só a vira algumas vezes, quando criança, lembrava-se dela como uma mulher baixinha, imponente, cujo riso era tão ridículo e contagiante que fazia todos em volta sorrirem. Jonah disse que ela gostava de vestir coral: roupas corais, sapatos corais, batom coral. Ela gostava da forma como a cor se destacava na sua pele negra, dizia que a fazia sentir-se como o sol nascendo.

Remy, agora com nove anos, era igualzinha à mãe: profundamente inteligente, um pouquinho rebelde, meio obcecada por Shakespeare. Durante o dia, ela era independente, mas à noite, precisava ficar perto de Jonah a uma distância que lhe permitisse segurar sua mão.

— Por que você usa fantasias pra ir a todos os lugares, Jackie O? — ele perguntou, quando terminou.

Esther não queria contar a verdade para Jonah. Contar que as fantasias eram, em parte, por causa dele. Depois que ele foi embora da escola e a deixou à mercê da crueldade dos colegas de turma, ela não conseguia mais suportar. Não suportava mais os xingamentos, o riso indelicado e a maneira como os olhos deixavam rastros quentes em seu corpo conforme percorriam a sua pele. As pessoas iriam provocá-la, independentemente do que ela vestisse. Então, em uma manhã, pouco tempo depois de Jonah ter desaparecido, Esther decidiu se vestir como alguém totalmente diferente: uma bruxa.

As crianças eram todas malvadas, mas, de alguma forma, quando ela estava fantasiada, aquilo doía menos. As palavras eram destinadas ao personagem que ela vestia no dia, não à própria Esther; os olhos e palavras deslizavam sobre ela, uma armadura para rechaçar olhares.

Depois, quando a maldição recaíra sobre seu irmão, mãe e pai, Esther continuou usando as fantasias como meio de se esconder do medo. A Morte estava procurando Esther Solar e, se ela nunca se vestisse como ela mesma, a Morte sempre teria dificuldades em encontrá-la.

Claro que Esther não contaria isso a Jonah. Então, ela lhe deu a única explicação que fazia sentido:

— Acho que não gosto de pessoas… olhando pra *mim*.

— Você tem uma maneira engraçada de demonstrar isso. — Ele passou os dedos sobre as pérolas no pescoço dela. — Você se destaca numa multidão. As pessoas olham pra você em todo lugar aonde você vai.

— É, mas elas não vêem a mim quando olham a fantasia. Elas vêem uma figura histórica ou um personagem de desenho animado, ou outra coisa qualquer.

— Eu vejo você.

Esther riu.

— Vê nada.

— Vejo sim.

— Então, você vê demais.

— Você quer ver o que eu vejo?

— O que você vai fazer, me desenhar como um de seus Optimus Primes?

— Por que não? — disse ele. Depois levantou e sumiu por trás da porta da Morte, entrando na casa escura. — Feche os olhos — ele disse, alguns minutos depois. Barulho de passos, uma porta fechando, o som de algo pesado sendo arrastado no chão de madeira. — Tudo bem, agora abra.

Esther abriu os olhos. Jonah tinha armado o cavalete no canto da sala e coberto com um lençol para que ela não pudesse ver o tamanho ou formato da tela.

— Quanto tempo vai levar? — disse ela. — Eu posso me mexer?

— Eu acho que vai levar um tempo, então, sim, você pode se mexer.

Uma garotinha saiu da casa – Remy, ela presumiu – e foi sentar no colo de Jonah enquanto ele pintava. Ela se parecia muito com ele: pele negra, cabelos escuros, lábios carnudos, imensos olhos castanhos que faziam com que ela parecesse ter sido desenhada para um filme da Disney. Remy deu uma risadinha ao desviar o olhar da tela para Esther. Jonah pôs o dedo nos lábios – não para mandá-la calar-se, mas pedindo que ela guardasse segredo –, ela sorriu abertamente, e desceu do colo dele para ir brincar no quintal dos fundos. Esther se aninhou no cobertor, sentou numa cadeira perto de uma das telas, no parapeito, e ficou olhando a irmã de Jonah, a criança mais silenciosa que ela já vira brincando.

Ela ficou imaginando como ele a pintaria. Como Eleanor Roosevelt? Como uma comissária de bordo dos anos 1960? Como a Chapeuzinho Vermelho? Optimus Prime com guelras? E então, começou a ficar preocupada. E se a versão que ele pintasse não fosse nada como ela se via? Pior ainda, e se ele a pintasse exatamente como ela se achava, toda sardenta e estranha e ansiosa com tudo? Na verdade, ela queria ver o que Jonah via, porque ela não sabia mais. Ela não sabia o que restara por baixo das fantasias que ela usava todo dia.

Foi uma sessão curta, apenas vinte minutos, porque a porta da frente bateu, uma luz foi acesa dentro da casa e veio o som pesado de passos no corredor que deram um susto em Jonah e o fizeram dizer "É melhor você ir".

— Posso ver? — Esther perguntou, quando ele soltou todas as tintas e pincéis num canto, e cobriu com um lençol.

— Ainda não está pronto.

— Quando ficará pronto?

— Quando você estiver pronta pra ver.

— Você é tão enigmático.

A tempestade tinha passado há muito tempo e as roupas deles estavam quase secas. Então, ela soltou o cobertor e saiu pela porta dos fundos com ele. Remy ficou observando. Esther acenou dando tchau, mas Remy não acenou de volta.

— Espere por mim no fim da rua — disse Jonah, ao deixá-la sair pelo portão lateral.

Esther perambulava pela noite quente e úmida, com a jaqueta pendurada no ombro, olhando as nuvens recuando e revelando as estrelas. Depois, ela ficou sob a luz de um poste, caminhando em círculos lentos, em volta do perímetro da luz. De vez em quando, ela deixava que as pontas de seus dedos adentrassem a escuridão para ver se podia sentir o que Eugene sentia na sombra.

Ele dizia que ela não era vazia. Havia coisas que se mexiam no escuro que só ele podia ver. Só ele podia escutar. Criaturas terríveis, magras, que ficavam à espreita nos cantos de penumbra de seu quarto, esperando que ele adormecesse. E no momento em que ele não conseguisse mais ficar de olhos abertos, elas viriam atrás dele. Às vezes, ele as via o observando. Às vezes, ele as sentia descansando pesadamente no pé de sua cama, até quando as luzes estavam acesas. Arrastando-se por cima de seu corpo. Sentando em seu peito e jogando os cabelos pretos longos em seu rosto.

Eugene dizia que era paralisia do sono. Um truque da mente. Esther sabia que era a maldição.

Um cachorro latiu na rua. Esther recuou a mão depressa, temendo que alguma coisa puxasse seus dedos e a levasse ao abismo.

— Está com medo que o escuro te morda? — disse Jonah, por trás dela, e ela levou um susto.

— Não faça isso. — Ela olhou de volta para a casa dele. — Por que estamos andando escondidos, como a família Von Trapp fugindo da Áustria?

— Me dá a lista.

Ela deu. Jonah arrancou o número 49. *Mariposas*, riscou um fósforo e botou fogo no pedacinho de papel em suas mãos.

— Não vai comer, dessa vez?

— Depois que eu comi aquele papel, me ocorreu que ele era super velho e horrendo. Se eu morrer de Ebola, ou algo assim, eu vou voltar pra assombrar você.

— Acho que não se pega Ebola comendo papel. — 49. *Mariposas* queimou e virou cinza em alguns segundos. Esther se sentiu sendo libertada de seu medo de mariposas. Eles dois ficaram vendo as partículas flutuando pelo céu noturno e ela pensou, pela primeira vez, que isso poderia, sim, dar certo. — Então, quando vou poder assistir à filmagem de hoje?

— Em aproximadamente 48 semanas.

— O quê?

— Esse é o combinado. Você não vai poder assistir às minhas habilidades cinematográficas geniais até o fim. Eu preciso de alguma ficha pra negociar e fazer com que você continue voltando todo domingo, Solar.

— Por que você está sequer fazendo isso? Quer dizer, o que você ganha com isso?

Jonah pareceu pensar cuidadosamente na resposta.

— Você viu a minha casa. Eu sei como é viver com medo. Não posso ajudar a minha irmã, ainda não, mas posso ajudar você.

Essa foi a melhor resposta que Esther poderia imaginar.

Eles seguiram caminhando de volta até o criadouro de borboletas e Jonah a levou pra casa, na noite abafada.

— Eu te vejo domingo — disse ele, quando estacionou na frente da casa dela, que estava reluzente como sempre, na rua escura.

— Desculpe. Estou ocupada esse domingo. Preciso urgentemente desfigurar patrimônios públicos.

Jonah sorriu.

— Isso eu só acredito vendo.

Esther entrou e, embora todas as luzes estivessem com os interruptores colados no modo ligado, e embora Peter fosse um molenga morador do porão, e embora Rosemary estivesse no cassino e não fosse voltar por horas, e embora Eugene dissesse que havia demônios esperando no escuro por todos eles, e embora Fred – o galo – estivesse na cozinha ciscando em busca de formigas e grasnando para os coelhos porque morria de medo deles, e embora o andar de cima estivesse bloqueado por carrinhos de supermercado e móveis e houvesse a existência potencial de um fantasma vingativo lá em cima, ela se sentia segura. Ela não temia a batida de portas da frente ou o som de botas pesadas, e apesar do quão esquisita era a sua família, ela nunca tinha parado para apreciar isso.

Naquela noite, ela só checou se todas as portas estavam trancadas cinco vezes antes de ir para a cama.

# CAPÍTULO 12
# O REI DA ARMAZENAGEM

**Como foi anteriormente mencionado,** Hephzibah Hadid era a melhor amiga de Esther desde o ensino fundamental. Como é que uma muda seletiva faz e mantém uma amizade? Bom, para começar, ela escolheu a criança mais esquisita da sala, com uma imaginação severamente ativa. Aos seis anos de idade, Esther Solar só tinha três coisas na cabeça:

1. Construir um castelo gigante de areia, encher o porão do referido castelo com máquinas de impressão de dinheiro e, dessa forma, iniciar sua ascensão à Imperatriz do Mundo.

2. Caso o forte não pudesse ser construído, ela se contentaria com um fosso à luz de velas embaixo da casa de seus avós. Ela fez planos e até começou a cavar. Aparentemente, ela foi facilmente dissuadida.

3. Tornar-se um Jedi.

Esther não tinha um domínio muito firme da realidade, portanto, aceitar que Heph era sua amiga imaginária não estava tão fora de possibilidade naquela época. Até descobrir que Heph era, de fato, um ser humano real, ela já tinha se apegado demais a ela para ficar zangada por elas terem acidentalmente se tornado amigas.

Então, como uma criança se torna um mudo seletivo? Esther havia procurado na Wikipédia e descobriu que o mutismo seletivo era uma disfunção social de ansiedade. Talvez agora você esteja pensando: "Bom, Hephzibah obviamente teve uma infância traumática, por isso que ela não fala na escola". Mas isso está errado. Crianças com mutismo seletivo não têm maior probabilidade de terem sofrido trauma do que as outras crianças, e elas quase sempre são mais autoconfiantes em outras situações (por exemplo, em casa). Além disso, os pais de Heph eram bem legais, mesmo não flutuando pela casa como fantasmas ilusórios, como ela fazia. As experiências mais traumáticas que eles impuseram à filha foram lhe dar o nome de Hephzibah (algo que, certamente, deve ter sido bem traumático) e deixar que ela se vestisse sozinha (novamente, bem traumático). Mas, fora isso, eles eram pessoas sólidas e Heph era normal e feliz.

Depois de descobrir que outras pessoas também podiam ver Hephzibah, Esther a convidava para ir à sua casa, durante as tardes, depois da escola, e como elas não conseguiam realmente se comunicar, elas jogavam uma porção de jogos de computador e assistiam a filmes. Esther tinha que dar a Heph o crédito por ela ter sido a centelha que deu origem ao seu gosto pelas fantasias. Isso foi no fim dos anos 2000, quando as pessoas ainda compravam aqueles discos arcaicos brilhosos chamados "DVDS". Se houve uma coisa que a ascensão cada vez maior do Netflix impactou negativamente, foi a abundância de extras nos DVDS, incluindo, entre outras coisas, os comentários e entrevistas com diretores e designers de figurinos.

Foi Heph que apertou o controle remoto já com vinte minutos corridos de uma maratona programada para 653 minutos de *O senhor dos anéis* e mudou o áudio para os comentários de Peter Jackson, Fran Walsh e Philippa Boyens, por acidente, mas as duas ficaram viciadas naquilo. Quase onze horas depois, elas saíram de um torpor de orcs e açúcar, sob o raiar do sol, e Esther soube que queria trabalhar com design de figurinos.

Quando elas chegaram ao ensino médio, Heph tinha perdido o interesse por filmes e estava obcecada por reatores nucleares de sal derretido Geração IV (ela decididamente seria uma super vilã) e pela ideia de se tornar uma física, portanto era razoável dizer que os interesses das duas havia chegado numa encruzilhada. O lado bom de ter uma amiga muda era que ela não tentava falar com Esther sobre urano tetrafluoreto e, em contrapartida, Esther não a perturbava falando do mais recente erro num figurino de um drama de época, então era mesmo uma combinação perfeita.

Essa era razão pela qual Esther mandou uma mensagem para Heph, na segunda-feira à tarde, depois do 3/50 (que havia sido pontes, ou, mais especificamente, *pular de pontes* – e Esther acabou se molhando *de novo*) para vir ajudar ela e o Eugene a limpar o depósito que o vovô havia alugado quando se mudou para Lilac Hill. Esther não tinha certeza absoluta de que demônio levava alguém com demência de Lewy a alugar um local para colocar todos os seus bens pessoais – a esperança de uma súbita e inesperada descoberta da cura, talvez? –, mas era isso o que Reginald havia feito e agora que o pré-pagamento do aluguel pelo espaço havia caducado, recaíra sobre seus netos a incumbência de olhar todas as coisas que ele havia guardado durante a vida e decidir o que deveria ser mantido ou jogado fora, tarefa deprimente demais para ser realizada sem Hephzibah e – ela decidiu, no último minuto – Jonah Smallwood.


As peças do Rei da Armazenagem estavam abrigadas num imenso galpão que tinha uma *vibe* estilo *Matrix*. Cada corredor era uma cópia sem graça do anterior, um ciclo interminável de déjà vu. O espaço alugado por Reg estava tão ao fundo do galpão que Esther começou a imaginar se eles conseguiriam encontrar o caminho de saída desse labirinto, até que finalmente se depararam com a porta azul de correr atrás da qual ele havia trancado todas as coisas que mais amou na vida.

— Acho bom que isso não seja como *O silêncio dos inocentes* — disse Esther. — Não sei se eu conseguiria suportar se descobrisse que Reg é um *serial killer*.

— Ou se ele fosse um *cross-dresser* apaixonado por loções — acrescentou Eugene.

— Estamos no século 21 — Heph sinalizou. — Seu avô pode ser um *cross-dresser*, se ele quiser.

— Isso é verdade — disse Esther. — Bom, aqui vamos nós.

Esther virou a chave na fechadura e correu a porta acima, tarefa nada fácil, porque o Rei da Armazenagem, embora fosse um administrador benevolente, não acreditava em lubrificação de rolamentos. Do lado de dentro, o espaço estava completamente escuro. Eugene se encolheu, recuando para o corredor, como se algo aterrorizante fosse saltar para agarrá-lo. Esther procurou por um interruptor de luz e, afinal, encontrou-o e pressionou-o, iluminando o pequeno espaço que estaria completamente vazio não fosse por uma caixinha de madeira no canto da sala.

— Eugene, está tudo bem — disse ela, ajoelhando para pegar a caixa.

— Mas que diabo é isso? — disse Eugene. Esther verificou a chave e confirmou que era a chave certa, que eles estavam no depósito certo, o mesmo que Reg havia alugado e onde havia amontoado todos os seus pertences mais estimados antes de ir para a casa de repouso.

Tinha sido um mês bem difícil aquele em que tiveram de reduzir o conteúdo da casa de seus avós a um espaço de 2m × 2m. Um pré-funeral, por assim dizer, o que era até mais deprimente que pós-funeral, porque a pessoa, que não tardaria a morrer, ainda estava pairando por ali e você tinha que se manter firme pelo bem dela. Independentemente disso, todos choraram muito ao ajudá-lo a rever sete décadas estranhas de lembranças para decidir o que valia guardar ou não. Bem trágico. Eles levaram muita coisa para entulhar em casa, como fotos, joias e parafernália adquirida em férias para destinos distantes. A maior parte dessas coisas estava agora no quarto de Esther. Mas catalogar a vida de outra pessoa enquanto ela está sentada a três palmos, e ter de dizer algo como "Bom, vô, eu sei que você adora esse rádio de pilha e passou os últimos trinta anos ouvindo-o todos os dias, mas nós realmente não temos lugar pra ele em casa, então ele terá que ir para a Legião da Boa Vontade" era *o pior*.

Para começar, você se sente como um abutre dando rasantes e abocanhando os melhores pedaços. Esther queria (e ganhou) a pulseira da avó. Eugene queria (e ganhou) a coleção de moedas de Reg. Os primos estavam lá pegando relógios de bolso, velhos livros e todas as taças de champanhe de cristal de Florence Solar. O tio Harold (à época, ainda vivo), emplacou o armário de bebidas. Peter (ainda não encerrado no porão) fez apenas um pedido: ficar com os óculos de leitura de seu pai, o que não poderia acontecer até o fim, pois Reginald ainda precisava deles ou, pelo menos, torcia para que pudesse usá-los, embora Esther não o tivesse visto lendo nada nos últimos três anos.

A maior parte dos móveis foi vendida para pagar Lilac Hill. Todos os faqueiros e louças que sua avó tanto adorava foram doados, assim como os ternos que Reginald não usava mais. A poltrona em que ele adorava sentar para ler seus romances terríveis de suspense. A *katana* que ele trouxe do Japão. Tudo tinha que ser dado, e foi dado.

Dia após dia, um cômodo após o outro, eles tiraram tudo da casa onde ele havia vivido e formado sua família, onde ele havia visto a esposa morrer, até que não haver nada além dos bolsões de ar velho presos às paredes. Eles arrancaram o papel de parede, tiraram o carpete, substituíram as luminárias, modernizaram os banheiros e, então, quando a casa estava sem mais nada do que a tornara seu lar, eles venderam o imóvel a um investidor da Grécia, cuja única exigência em relação à propriedade era que o orquidário no pátio dos fundos permanecesse intocado e repleto de flores. Os lucros foram divididos entre Peter e seus irmãos, a tia Kate e o tio Harold (ainda vivo), e Reginald mudou-se para Lilac Hill para esperar que o Ceifador viesse buscá-lo – algo que ele pareceu achar que não aconteceria realmente.

Esther foi falar com o atendente da recepção do galpão, um cara corpulento, de cavanhaque e um boné de caminhoneiro.

— É... nós viemos esvaziar o depósito do meu avô, mas não tem nada lá dentro — disse ela, empurrando a chave pra ele.

— Deixa eu checar no nosso sistema — disse o cara. Ele clicou, digitou e fez a busca. — Certo, alguém veio e esvaziou o local essa manhã. Nós deixamos cerca de uma dúzia de recados pra você, mas ninguém nos retornou... o outro portador da chave acabou vindo.

— Não havia nenhum outro portador da chave — disse Eugene.

O cara olhou novamente a tela de seu computador.

— Desculpe, mas parece que havia, sim, outro portador da chave. Ele foi registrado na mesma época em que seu avô abriu a ficha da armazenagem.

— Quem tem a chave? — perguntou Esther. — A tia Kate, talvez?

— Não tenho o nome ou detalhes de contato, somente sei que havia um portador e que ele retirou tudo hoje.

— Como é possível que uma pessoa aleatória simplesmente venha aqui quando quer e roube todas as coisas do nosso avô? — disse Eugene.

— Não *roubaram* nada, garoto. Tinham a chave. Seu avô obviamente não se opõe que essa pessoa tenha estado aqui.

— Como era essa pessoa?

— Muita gente passa por aqui, por muito motivos. Vocês já assistiram *Breaking Bad*? Eu tento não prestar muita atenção em nossa clientela. Negação plausível.

— Talvez isso o ajude a se lembrar — disse Eugene, empurrando uma nota de dez dólares pra ele.

O atendente suspirou e enfiou o dinheiro no bolso.

— Eu honestamente não me lembro. Minha memória está meio… confusa. Era um carinha baixo, de casaco preto. Tinha umas cicatrizes feias no rosto. Meio estranho, mas isso não quer dizer nada aqui nesse lugar.

Esther e Eugene se olharam. Eles raramente tinham telepatia de gêmeos, mas nesse momento ela estava bem certa de que eles estavam pensando na mesma coisa.

— Obrigada — disse ela. — Agora você pode fechar a conta. Não há mais nada.

Lá fora, os quatro atravessaram a rua e compraram picolés na loja de conveniência. Depois sentaram numa faixa de grama, perto da calçada, na sombra de uma árvore, com a caixa trancada no meio.

— Você ouviu o que ele disse — Esther disse a Eugene. — Cicatrizes no rosto. Só pode ser ele.

Eugene passou os dedos em cima da caixa.

— Qualquer um pode ter cicatrizes. Isso não é uma marca registrada do Ceifador, nem nada. Agora, se o balconista dissesse que ele estava de capa, com uma foice, e que tinha dedos esqueléticos, eu estaria mais inclinado a acreditar que era ele.

— Esperem, vocês acham que porque esse cara tinha um rosto marcado, ele era a Morte? — disse Jonah. Heph assentiu vigorosamente por ter ouvido a história quase tantas vezes quanto os gêmeos. — Há algo que eu não sei?

— É uma antiga lenda de família, que o nosso avô nos contava quando éramos crianças — disse Eugene. — Esther tem uma imaginação criativa demais. Reg nunca teve a intenção de que nós realmente acreditássemos.

Esther sacudiu os ombros.

— Às vezes, as pessoas contam histórias verdadeiras como se fossem falsas, porque isso lhes dá verossimilhança.

Eugene revirou os olhos.

— O que é isso? — disse ela. — O garoto que acredita em demônios não acredita na Morte?

— Eu acredito no que eu posso *ver*.

Jonah teve pouco trabalho para abrir a caixa trancada. Esther não viu exatamente como, mas o cadeado pulou aberto dos dedos dele em apenas alguns segundos. Dentro, eles encontraram um caderno cheio de recortes de jornais, a maioria sobre uma série de assassinatos não resolvidos e crianças desaparecidas: as irmãs Bowen (assassinadas), os irmãos Kittredge (quatro, todos desaparecidos), uma garotinha chamada Isla Appelbaum (assassinada), dois amigos de escola ainda desaparecidos, ambos apenas com sete anos, cinco semanas depois de terem sido vistos pela última vez caminhando juntos da escola para casa, em 1996, e Alana Shepard (assassinada). As manchetes diziam coisas como o "Ceifador suspeito do desaparecimento de Appelbaum" e "Nenhuma pista sobre o segundo assassinato do Ceifador". Dúzias e dúzias de recortes sobre esses casos e mais alguns de estados vizinhos. Na última página, num pedacinho pequeno de papel e quase sem detalhes havia um último recorte sobre um homem que havia se afogado na banheira.

— Talvez seu avô tenha sido um *serial killer*, no fim das contas — disse Jonah, enquanto folheava as páginas. — Jesus. Que caderno de recortes horrendo.

— Ele era detetive de homicídios — Eugene explicou, enquanto folheava o caderno de volta até a página das irmãs Bowen. — Esse caso foi dele. Nunca pegou o cara. Na verdade, isso meio que o deixou perturbado.

Jonah leu o artigo sobre as duas meninas pequenas que foram abduzidas de um local não muito distante de onde eles estavam sentados. Os primeiros assassinatos do então chamado Ceifador.

— Credo — disse ele. — Humanos são os piores.

— No último caso — disse Esther —, o de Alana Shepard, ficou confirmado que o assassinato havia sido cometido pelo mesmo cara.

— Cristo.

— É. Não é algo que dá pra esquecer muito depressa. Reg não tinha nada a ver com as mortes, obviamente, mas... ele se culpava pelos assassinatos. Principalmente o de Alana Shepard. Aparentemente, ele e a Morte saíram no braço por isso.

— O quê? Seu avô...?

— Deu um soco na boca da Morte — disse Eugene. — É o que ele diz.

— Fodão. De qualquer maneira, como é que um cara se torna amigo do Ceifador? — disse Jonah. — Talvez seja útil saber, levando em conta que isso é o que estamos tentando fazer.

— Tenho certeza de que não é uma ciência exata, mas ajuda se você for a algum lugar onde sabe que a Morte estará — disse Esther. — Em Saigon, durante a guerra, por exemplo. Se você vai encontrar o Ceifador em algum lugar, esse é um bom lugar pra começar.

— O Vietnã é o nosso cenário? — perguntou Jonah.

— Exatamente.

Pela primeira vez, Esther contou a Jonah o que sabia sobre o Homem Que Seria a Morte.

## CAPÍTULO 13
# O HOMEM QUE SERIA A MORTE

**A história** de como a família Solar teve cada um de seus membros amaldiçoados com um grande medo começou em Saigon, em 1972.

Era uma noite quente e tropical, nas ruas perfumadas da cidade onde todos se deslocavam numa espécie de lentidão entorpecida pelo calor do dia e por uma exaustão de longos anos de uma guerra sem fim. Em toda parte se via o passado francês da cidade: os pequenos bistrôs frequentados pelos diplomatas e suas famílias, as colunas brancas da agência neoclássica dos correios, as estátuas de mármore da ópera, de seios nus, as ruas perfiladas de árvores, e os terraços pintados com cores vivas, em construções germinadas que pareciam quadradinhos de doce derretidos pelo sol.

Os sinais da guerra estavam por toda parte, mas Saigon havia escapado do pior. A cidade estava maltrapilha, dilapidada, mas ainda tinha um toque de esplendor, com as ruas vivas, fervilhando de movimento. Pequenas mulheres vietnamitas sentadas em suas portas picavam carne em tocos de árvores presos entre os joelhos. Naquela época, como acontece agora, as bicicletas motorizadas apinhavam as ruas buzinando, roncando e rodeando umas as outras, uma avalanche caótica despencando em cascatas por todas as grandes avenidas e inundando igualmente cada ruazinha. Velhos com a pele do rosto queimada pelo sol consertavam suas bicicletas viradas de cabeça pra baixo, convidavam americanos para entrar em seus restaurantes, ou fumavam encostados aos capôs de seus táxis brancos e azuis-real, esperando por uma corrida.

Uma cidade inteira vibrava inquieta, com uma população ansiosa cuidando de suas tarefas noturnas, incerta de quando a guerra terminaria, ainda sem saber que os ocidentais tomariam a cidade em questão de alguns anos.

Foi num boteco enfumaçado e sem nome, frequentado pelos soldados, que Reginald Solar pôs, pela primeira vez, os olhos no jovem Jack Horowitz, que ainda não era a Morte, mas logo se transformaria nela. Naquele dia, o avô de Esther tinha acabado de chegar a Saigon para assumir o lugar de um colega tenente que perdera sua vida na semana anterior. Os membros do pelotão do falecido estavam entre os que bebiam no bar, naquela noite, embora não soubessem que seu novo comandante estava entre eles.

O Homem Que Seria a Morte estava sentado perto, sozinho. Eles o conheciam como o soldado Jack Horowitz, de dezoito anos, nascido no sul, criado numa fazenda, e o filho da puta mais esquisito que qualquer um deles já conhecera.

— Ele é uma porra de um feiticeiro, eu estou dizendo — disse o soldado Hanson, o único daqueles soldados cujo avô de Esther mencionou pelo nome.

— Ele é um vampiro — disse outro. — Precisa de uma estaca no coração.

Nenhum deles dizia verdadeiramente em que acreditavam com relação ao estranho Jack Horowitz: que ele era a encarnação da Morte. Talvez, não o Ceifador em pessoa, mas no mínimo um primo, um mau agouro enviado para assombrá-los pela selva e atuar como o farol para os cavaleiros pisotearem suas almas mortais. Como se pode imaginar, os soldados não estavam desacostumados com a presença da morte. Em 1972, a guerra estava bem perto do fim para as tropas americanas e todos os que ainda permaneciam no Vietnã já tinham intimidade com o Ceifador. Eles conheciam seu som, seu cheiro, seu gosto de carne queimada impregnado na língua. Às vezes, ele era ruidoso, um grito que acompanhava a dilaceração de membros ou os estilhaços que rasgavam a pele e os músculos mergulhando até os ossos. Às vezes, ele era silencioso, um ferimento infeccionado, uma fonte de água envenenada, o último fôlego dos pulmões cansados na hora das bruxas, quando todos dormiam, exceto o quase morto.

Sim, eles eram muito íntimos da morte, o que os deixava absolutamente convictos de que o jovem Jack Horowitz era um tipo de companheiro do crime. Havia três motivos para acreditar nisso:

1. Antes da chegada dele, até que eles não estavam se dando tão mal em comparação ao resto dos pelotões lotados ao redor. Eles haviam perdido homens, é claro, mas as perdas estavam bem abaixo da média. Então, Horowitz chegou e eles começaram a ser tragados para dentro da selva.

2. Horowitz havia sido atingido oito vezes. Oito vezes em que, sem gritar, sem se encolher, sem começar a suar, ele cravava a faca de combate na carne do braço, das pernas ou nas tripas, arrancava a bala e fazia o curativo. Nem esperava o cessar fogo. Simplesmente sentava no meio do fogo cruzado, com uma bala ou outra passando de raspão em seu capacete, e remexia um pouco nos ferimentos, remendando a carne aberta até poder zarpar pela selva como uma fuinha.

Essas coisas matariam a maioria dos soldados ou, no mínimo, os levaria para o hospital de evacuação com um bilhete só de ida para os EUA. Toda vez que Horowitz era ferido, o pelotão ficava aliviado. Certamente, *dessa vez*, o ferimento seria sério o bastante para despachá-lo pra casa.

Nunca era. Horowitz nunca voltava do departamento médico com mais que alguns pontos: as balas nunca pareciam deixar mais que um raspão. Da vez que eles tiveram certeza de que ele estava morto, quando duas rajadas o atingiram no peito, as duas balas não conseguiram entrar mais que um centímetro em sua pele. Algo no ângulo dos tiros teria desviado em seu esterno, embora o soldado mais próximo a ele tivesse *jurado* que viu os tiros arregaçando o peito de Horowitz.

**UMA LISTA (QUASE) DEFINITIVA DE PIORES MEDOS** 107

**3.** O jeito como Horowitz respirava, à noite. A maioria dos homens do pelotão não dormia – dormir de verdade – há meses. Eles ficavam deitados, à noite, em suas caminhas de armar, ouvindo a respiração silenciosa de Horowitz e, como se parecia ao som da morte, eles não conseguiam se concentrar em mais nada ouvindo o chiado entrando e saindo, entrando e saindo de seus pulmões desesperados.

No bar, naquela noite, também sentado sozinho, estava o Tenente Reginald Solar, já veterano experiente de guerra, com 35 anos. Como sua neta, ele tinha cabelos vermelhos, um rosto que rapidamente queimava no sol e nem um centímetro de pele que não fosse salpicado com sardas de uma dúzia de tonalidades diferentes. Ao contrário da neta, ele tinha orelhas grandes e um narigão que só ficaria maior ainda com a idade, mas ele tinha uma beleza um tanto incomum à época e ficava impecável com seu uniforme de oficial, como seus retratos da época comprovam.

O tenente Reginald Solar era chamado de Leiteiro pelas costas pelos homens que ele comandava, porque mesmo quando o luxo do álcool estava disponível, Reg preferia leite. Leite de vaca, leite de cabra, leite de coco – o que ele conseguisse arranjar. Filho de um alcoólatra violento, a bebida só passou por seus lábios uma vez, quando ele tinha dezoito anos e ficou curioso para ver como um líquido podia transformar um homem bondoso num monstro. Para sua surpresa, ficar bêbado não o deixou zangado, apenas triste, mas ele decidiu ficar longe da bebida mesmo assim.

Durante a guerra, a única coisa que lhe fazia tanta falta quanto sua esposa eram os milkshakes de morango, embora ele até gostasse do chocolate quente com canela que os vietnamitas faziam com leite condensado adoçado, bebida que ele estava degustando naquela primeira noite, quando encontrou o Homem Que Seria a Morte.

Havia cochichos supersticiosos de que o pelotão estaria amaldiçoado, mas Reg não era um homem de Deus, nem do tipo que acreditava em tolices (ele tinha visto muito da guerra para a primeira possibilidade, e era oficial há muito tempo para a segunda), portanto, ele aceitou ser transferido sem hesitar.

O que ele entreouviu, enquanto bebericava seu chocolate quente:

— Eu já vi flores e plantas murchando, quando ele passa. Estou lhe dizendo, ele é um bruxo, um ímã de balas, e uma porra de um azar terrível. Nós mesmos deveríamos fazer alguma coisa em relação a ele, já que o Charlie não dá conta do serviço.

— Eu acho que ele não morre. E se nós cravarmos uma faca nele e ele simplesmente fizer um curativo, como faz no mato, e depois for até a chefia?

Reginald olhou pra trás, para o homem de quem eles estavam falando. Para grande surpresa de Reg Solar, Jack Horowitz estava bebendo leite quente. Horowitz não parecia muito um vampiro, ou qualquer outro tipo de criatura sobrenatural. Ele era jovem, não passava de dezoito anos, tinha profundas cicatrizes de acne no rosto, como se a pele tivesse sido comida por cupim. Fora as cicatrizes, ele era comum. Ninguém que cruzasse com ele se lembraria da cor de seus olhos, ou de seus cabelos, ou do som de sua voz. Mas ele podia concordar que a) ele era baixo e magro, b) bem feio e c) perturbadoramente calmo.

Ao longo da noite, a preocupação com Horowitz foi ficando tão grande e as tramas contra ele tão elaboradas, que Reginald acabou chamando o jovem soldado de canto para falar com ele pessoalmente.

— Soldado Horowitz — ele chamou, seguindo-o para fora do bar. Reginald não era um homem que se assustava facilmente, mas o modo como Horowitz se mexia sem emitir qualquer som (suas pegadas não faziam barulho), bom, isso era no mínimo bem estranho.

— Tenente Solar.

Reginald gesticulou para um par de banquetas na lateral da rua, deixadas ali mais cedo, na noite, por homens de chapéus de palha com cigarros enrolados queimando os dedos.

— Por favor, sente-se. — Horowitz sentou. A cadeira não fez barulho ao ser arrastada no chão. — Como estão seus ferimentos? Ouvi dizer que recentemente você foi atingido no ombro.

— Ah, eu nem notei. Foi só de raspão.

— Importa-se se eu olhar?

— A triagem médica me aconselhou a mantê-lo coberto, pra evitar que infeccione.

— Tenho certeza disso. Mesmo assim, se não se importar...

— Sim, senhor.

Horowitz ficou em pé, tirou a jaqueta e levantou o curativo colado em seu ombro esquerdo. Por baixo havia um raspão de bala, do comprimento de um dedo. O ferimento, com apenas alguns dias, já era rosado e liso. Uma cicatriz.

— Você tem boa cicatrização — disse Reginald.

— Como eu disse, foi só de raspão.

— Você sabe por que pedi pra falar com você?

— Porque os outros homens acham que eu sou um feiticeiro e estão planejando me matar enquanto durmo.

Reg ficou surpreso, tanto pela honestidade, quando pela resposta direta.

— Você os ouviu? Eles não estão realmente planejando matá-lo.

— Ah, eu garanto que estão. Mas não há motivo pra alarme. A tentativa deles vai falhar.

Houve um instante de silêncio.

— Você é?

— Eu sou o quê?

— Um... bruxo?

Horowitz sorriu.

— O senhor não me parece um homem supersticioso, tenente Solar.

— Não sou. No entanto, você não respondeu à minha pergunta.

— Não sou bruxo.

— Parece que já teve muitas balas passando por um triz. Duas acertaram seu peito, pelo que ouvi.

— O que posso dizer? Tenho sido eternamente sortudo.

— A sorte tende a enervar os azarados, principalmente no meio de uma guerra.

— Está sugerindo que eu tente não ser sortudo?

— Talvez você deva procurar ser um pouquinho mais sortudo, pra não levar tiro algum.

Horowitz riu.

— Terei isso em mente, no futuro.

— Uma última coisa. Os homens, eu os entreouvi dizendo... mas não tenho certeza se pode ser verdade... Eles disseram que nunca o viram nem sequer apontar uma arma, muito menos apertar o gatilho?

— Ah, é verdade. Não matei ninguém. Não seria justo se eu descarregasse a minha arma.

— Perdão?

— Sabe, tenente, eu nunca erro. Se eu fosse atirar na selva, mesmo que nem mirasse, a minha bala encontraria o caminho do peito de um desses pobres homens vietnamitas.

— Essa é a finalidade. É isso que queremos de você.

— Não, tenente. Seria inteiramente injusto se eu lutasse nessa guerra. Eu sou imparcial.

— Por que diabo você veio ao Vietnã, se é imparcial?

— Bom, senhor, eu fui convocado, mas não pelos Estados Unidos. Fui convocado pela Morte.

Mais alguns instantes de silêncio se passaram.

— Pela Morte?

— Isso mesmo. Pela Morte. Pelo Ceifador. Ou como queira chamá-lo. Eu sou seu aprendiz e ele me mandou vir para cá pra eu aprender meu ofício.

— Como você foi convocado pela Morte?

— Não sei por que eu fui escolhido, só sei que fui. Toda noite, por um mês, a Morte deixava orquídeas no meu travesseiro, como um alerta de que estava vindo.

— Orquídeas?

— A Morte as odeia, aparentemente. Ele teme a força que elas têm, por isso as converteu em seu cartão de visita.

— Como foi que você passou no teste psicológico?

— Bom, eu não fiz o teste psicológico.

Reginald tirou os óculos de leitura. Esfregou os olhos. Jesus.

**UMA LISTA (QUASE) DEFINITIVA DE PIORES MEDOS** 111

— Olha, Horowitz, você não pode continuar agindo dessa maneira. Você está preocupando os outros soldados. Se continuar agindo como um maluco, isso pode levar um deles a furá-lo com uma faca. Isso não pode acontecer aqui.

— Eu fui mandado pra cá para ceifar uma alma em particular. Minha primeira tarefa. O senhor ficaria mais tranquilo se soubesse por quem eu vim?

Reginald remexeu-se em seu lugar.

— Isso não aborreceria algum tipo de equilíbrio cósmico? — ele perguntou, sentindo uma pontada de pânico percorrê-lo.

Horowitz o encarou por um tempo, depois assentiu.

— Suponho que sim. Ainda assim. Esse é um tipo de trabalho terrível.

— A guerra também é. Diga ao Ceifador pra sair do nosso pé, pode ser?

— Eu garanto, o meu mestre não me dá ouvidos.

— De qualquer maneira, pra que ele precisa de um aprendiz? Por que ele mesmo não faz o seu trabalho sujo?

— Eu vou me tornar a Morte, quando ele se for.

— Ah, é? Pra onde ele vai?

— A Morte está morrendo.

— A Morte não pode morrer.

— Que criaturas monstruosas os humanos seriam, se não pudessem morrer. Com a Morte, não é diferente. A Morte morre porque precisa, porque tudo morre. Ele está de férias no Mediterrâneo neste momento. Ouvi dizer que é uma época agradável do ano. Ele deixou a guerra a cargo de seus aprendizes, dos quais, como expliquei, sou um.

Reg ficou encarando Horowitz por um instante, sem conseguir pensar no que dizer.

— Certo, bom, então, me faça um favor e seja um pouco mais reservado, pode ser? Não fale sobre nada dessa merda de Morte com os outros. Dispensado.

Horowitz assentiu e seguiu pelo beco escuro, na direção das ruas movimentadas da cidade.

— Horowitz? — Reg chamou, quando ele já ia virando a esquina. — Espere um segundo.

— Sim, senhor?

— Se você realmente é aprendiz da Morte, então não deve ser muito difícil pra você me dizer... — Ele não pôde evitar o sorrisinho que se abriu em seu rosto. Só porque não acreditava, não significava que pudesse resistir a perguntar. — ... como eu vou morrer?

— É uma coisa terrível saber ao certo. O conhecimento é uma maldição que leva a maioria dos homens à loucura.

— Acho que vou saber lidar com isso.

— O senhor vai se afogar.

Reg teve que rir – ele era um excelente nadador.

— Bom, agora eu acho que nunca mais vou entrar na água.

— E, ao saber, o senhor já mudou seu destino e, com isso, sua morte. Bom, talvez.

O sorriso de Reg se abriu mais.

— O negócio do afogamento é piada, não é?

— Talvez. Mas o senhor arriscaria sabendo o que sabe?

— Humm. — Ele pensou por alguns instantes. Pensou nas ondas se erguendo no mar, e no jeito que o sal arde na garganta e no nariz depois que uma onda nos joga na praia. Pensou nos gritos, na ardência desesperada dos pulmões quando você mergulha fundo demais e pontos pretos começam a se formar em sua visão, enquanto você bate as pernas para voltar à superfície. As pessoas acham que um afogamento é tranquilo, mas Reg já tinha passado tempo suficiente na água para saber que é o contrário. Não era como ele queria morrer.

— Dispensado.

Jack Horowitz estava ausente sem permissão no dia seguinte, mesmo dia em que a guerra acabou para Reginald, porque ele levou um tiro no coração.

Recuperando-se num hospital improvisado antes de sua jornada de volta para casa, Reg pensou em Jack Horowitz e, depois, quando regressou aos EUA, ele pensou ainda mais nele. Sempre que ia à praia ou tomava um banho de banheira, ou ia pescar, uma ponta de medo surgia em sua mente. *O senhor vai se afogar*, sussurrava o medo toda vez que ele caía numa correnteza, ou era derrubado por uma onda, ou seu peito começava a doer por passar muito tempo submerso. *Assim que você vai morrer*. Por um tempo, a parte racional do cérebro de Reg argumentava com essa voz. Por um tempo, ela ganhou.

Afinal, Reginald Solar era um homem sensato. Ele não acreditava em fantasmas, em maldições e, principalmente, ele não acreditava no Ceifador.

Mas, e se?

E se?

Não tardou e o medo passou a ser mais forte, a voz racional foi ficando trêmula, e Reginald parou de ir à praia.

Deixou de pescar.

Não tomava mais banho de banheira.

De maneira lenta e certa, dia após dia a maldição de saber de seu destino se instalou em sua mente e passou a morar ali. Reg se mudou para longe da costa, passou a desviar dos bueiros, e não saía quando chovia. Ele evitava a água, alimentando seu medo, e o medo foi se fortalecendo um pouquinho mais a cada dia, de modo ligeiramente mais cruel, até entrar em metástase e transformar-se em algo imenso e horrendo, assumindo totalmente o controle de sua vida. Quando seus filhos nasceram, seu medo era tão gigantesco que ele o transmitiu a eles, de modo que cada um deles soubesse, sem saber como, exatamente como morreriam, temendo esse conhecimento com a mesma intensidade que ele temera.

Ele ainda se perguntava o que teria acontecido a Horowitz. Reg acreditava que ele simplesmente tinha desertado depois da escalada das ameaças dos colegas soldados. Porém, cinco anos após o fim da guerra, ele descobriu, através do soldado Hanson, embriagado e cheio de remorso, que um grupo deles havia amarrado e amordaçado Horowitz nas primeiras horas da madrugada, atado pedras aos seus pés e o jogado nas profundezas do rio Saigon. Horowitz, segundo Hanson relatou em meio às lágrimas, nem relutou, e concordou serenamente com tudo, como se estivesse indo para um passeio de domingo na praia.

Na época em que conversaram, Hanson estava morrendo de enfisema por fumar dois maços de cigarros por dia – um vício que ele adquiriu no Vietnã –, e todos os outros homens envolvidos no assassinato de Horowitz haviam perecido antes do fim da guerra. Não havia ninguém para ser levado a julgamento. Ainda assim, Reg foi até seus superiores e explicou o que havia acontecido, somente para ouvir que não havia qualquer registro de um soldado Jack Horowitz que tivesse servido na guerra, muito menos uma certidão de nascimento ou número de seguro social para comprovar sua existência, o que Reg julgou ser bem estranho (mas não o bastante para acreditar que o homem morto tivesse, de fato, sido um aprendiz da Morte).

Hanson morreu um mês depois, em dor excruciante, afogado, num leito de hospital, pelos fluídos de seus pulmões. Uma morte justa, pensou Reg.

Horowitz não teve túmulo, nem memorial, nem um lugar onde Reg pudesse demonstrar seu pesar pelo homem desafortunado que ele conhecera por meras horas. O homem cuja doença mental lhe custara a vida.

Foi um choque e tanto para Reginald quando Jack Horowitz, bem vivo, apareceu em sua porta em 1982 e o convidou para ser seu padrinho de casamento.

## CAPÍTULO 14

# 4/50: ESPAÇOS PEQUENOS

**Foi assim que começou.** Esther não estava totalmente certa de como ver Jonah apenas aos domingos passou a ser outra coisa, mas depois do dia no depósito do Rei da Armazenagem, ele passou a vir à sua casa durante quase todas as tardes para ajudá-la a assar seus doces. Ele ensinava Shakespeare para ela e Eugene, algo em que eles eram uma droga, e eles lhe ensinavam matemática, algo em que ele era uma droga. Eles ficavam sentados no sofá desconfortável e mal estofado, assistiam *O Babadook*, *Uma Noite Alucinante 2* e *Os Pássaros* pensando em novas maneiras para ludibriar a Morte, e faziam anotações na lista quase definitiva de Esther sobre todas as coisas temerárias que eles poderiam experimentar.

A gata caricata seguia Jonah por todo lado com a língua pendurada para fora da lateral da boca, mas ele a tratava como se ela fosse a melhor gata que ele já vira, aninhando Pulgoncé nos braços, como um bebê, falando com ela como se fosse uma pessoa e, de vez em quando, usando-a como uma echarpe, o que ela especialmente adorava.

Às vezes, Jonah ligava para Esther à tarde, antes que seu pai chegasse em casa, para conversar sobre a lista, ou sobre o caderno de recortes de Reginald, ou sobre o Ceifador ou quem teria levado tudo que havia no depósito de armazenagem e por quê. Ele nunca falava de sua escola, ou de seus pais, ou de sua casa, e Esther não se importava, porque também não queria falar de sua escola, de seus pais ou de sua casa. Ele a colocava no viva-voz enquanto repintava as paredes, ajudava Remy com seu dever de casa ou, então, trabalhava no retrato de Esther, e embora ela detestasse ligações telefônicas (elas figuravam no número 41 de sua lista quase definitiva), com ele do outro lado da linha ficava tudo bem. Não tão bem a ponto de tirar da lista – ela ainda não conseguia ligar para estranhos –, mas tudo bem.

Ela sempre percebia quando seu pai chegava em casa, porque Jonah murmurava um "Tenho que ir", ou a linha subitamente era cortada e Esther sabia que não deveria ligar de volta. Quando isso acontecia, ela passava o resto da noite pensando nele e em Remy, no ambiente onde as paredes eram vivas com movimento e cor, embora a casa a que pertenciam fosse morta, escura e vazia.

No domingo do 4/50, Jonah chegou de manhã para visitar Pulgoncé e "segurar sua pata", enquanto o gesso era removido. Foi a segunda vez, em quatro semanas, que Esther desceu ao porão, e embora Peter não tivesse dito nada, ela sabia que ele estava zunindo de felicidade (o que pode ter tido algo a ver com o copo de gim que ele estava bebendo às nove horas, mas quase que certamente tinha a ver com a presença de outros humanos). Ele andava em meio às suas pilhas de tralha como um mago maluco, pondo antigas fotografias nas mãos de Esther enquanto trabalhava na gata, e contando a Jonah as histórias de quando ela era pequena, histórias que agora pareciam ficção, por serem tão normais e tão distantes de qualquer coisa que lembrasse sua vida.

Esther e Eugene com o pai, no playground, antes que ele se tornasse agorafóbico.

Esther e Eugene na estufa de orquídeas de Reg Solar, ele com um gêmeo de cada lado do colo, ainda com a cabeça boa.

Se uma coisa havia sido verdade um dia e hoje já não fosse mais, será que terá sido verdade mesmo?

Peter levou aproximadamente sete vezes mais do que o tempo necessário para tirar um gesso e fazer uma checagem e, durante esse tempo, Jonah falava amorosamente com a gata e perguntava por que ela estava miando. A língua de Pulgoncé continuava pendurada para fora do lado da boca, e ela nunca teria a coordenação para subir numa árvore, ou pegar um rato. Jonah não parecia se importar com o fato de que, pelos padrões medianos, sua gata fosse incapaz. Quando o exame dela terminou, ele a pegou no colo e segurou nos braços como se ela fosse um bebê, como sempre fazia.

Esther sentou no sofá e tentou não tocar em nada. Tentou não olhar as fotografias dela e Eugene nos porta-retratos que Peter mantinha em sua mesinha de cabeceira, janelas de um passado que há muito havia desaparecido. Ela não conseguia se lembrar exatamente quando eles pararam de descer até ali. Quando eles tinham onze anos, até que era divertido. Era como se fosse natal o tempo todo, com as árvores cheias de estrelinhas e o cheiro dos livros velhos. Ela se lembrava de que fora Eugene o primeiro a parar, quando Peter perdeu mais um jogo de baseball, mais uma festa de aniversário, mais uma reunião de pais e professores apesar de Eugene ter implorado para que ele fosse. Conforme eles foram ficando mais velhos e a situação toda foi ficando mais triste, foi se tornando cada vez mais difícil ficar perto do pai, então eles simplesmente... pararam.

Ela voltou à conversa a tempo de ouvir Peter dizer:

— Você gostaria de descer aqui pra jantar, uma noite dessas? Eu não cozinho muito – só tenho uma boca a gás – mas nós podemos pedir comida, nós três. Vou economizar pra algo especial.

— Claro — disse Jonah, apertando a mão de Peter e dando uns tapinhas em suas costas. — Parece bom.

— Você não tem que jantar com ele, se não quiser — Esther disse, baixinho, conforme eles deixavam a casa, a caminho da filmagem 4/50, com a qual ela estava particularmente estressada por temer que Jonah fosse lacrá-la num caixão, ou algo assim. — Não se sinta pressionado.

— O quê? Seu pai é legal. Eu gosto dele.

Esther podia jurar que sentiu seu coração ficar três vezes maior, como o do Grinch.

Foi outro trajeto longo na motocicleta até o local surpresa. Quando o trajeto terminou, eles desceram e caminharam por cerca de vinte minutos, passando por uns arbustos que prendiam em sua fantasia

(Indiana Jones, completo, com chicote e tudo, chapéu, e a jaqueta de couro marrom), puxavam mechas dos cabelos de seu rabo-de-cavalo, que caíam pelos ombros.

Em princípio, ela achou que Jonah novamente a levara até outra locação abandonada para matá-la, porém, quanto mais eles caminhavam pela trilha, mais e mais pessoas eles começavam a ver. Gente com capacete e luzes presos à cabeça. Gente com cordas e mosquetões presos aos cintos. Apenas quando eles chegaram à boca da caverna ela soube, com certeza, qual era o plano de Jonah. E era, de fato, muito pior do que ela havia imaginado. Antes que ele pudesse reclamar, ele tinha ido pegar o equipamento do cara que comandava a parada e vestia uma camiseta que dizia "JESUS TE AMA DE MONTÃO".

— Eu vou estabelecer um limite — ela disse, assim que ele voltou e entregou-lhe um capacete. — Estou desenhando um limite na porcaria da areia metafórica. — Então, porque Jonah não pareceu entender a gravidade da situação, ela soltou o capacete, pegou um graveto da vegetação rasteira e desenhou uma linha na areia literal. Eles estavam a cerca de seis metros da entrada caverna, para a qual Jonah havia organizado um tour para uma visitação guiada.

— Não é uma opção — disse Jonah, já prendendo a fivela de seu capacete.

— Eu estou falando sério. Eu deveria ter estabelecido algumas regras. E a regra número um é nada de cavernas. Jamais. Você assistiu *Abismo do Medo?*

— Não.

— Bom, eu assisti e sei como termina essa história e não há forma – *forma nenhuma* – de eu entrar numa caverna algum dia.

— Tudo bem, pessoal, coloquem seus capacetes e me sigam até a boca da caverna para as nossas instruções de segurança — disse o cara com a camiseta de Jesus, que entrou na caverna e caminhou despreocupadamente rumo à morte. Uma criança pequena repleta de equipamentos passou correndo por eles e mergulhou na escuridão.

— Você vai deixar esse garoto te superar na expedição? — disse Jonah.

— Essa criança será cruelmente caçada e devorada por humanóides carnívoros. — Os pais da criança em questão entreouviram o que ela disse. — Desculpa — pediu ela. — Vocês não assistiram *Abismo do medo?* — Ambos sacudiram a cabeça. — Eu tenho certeza de que ele ficará *bem*. Muito *bem*.

A criança certamente morreria.

— Você memorizou a página da Wikipédia sobre esse filme? — perguntou Jonah. — Olha, você tem medo de pequenos espaços, ou só está com medo do que acha que pode haver neles?

— Eu tenho medo de entrar numa caverna, de ficar presa num túnel apertado e que uma criatura comece a me comer pelos dedos dos pés, enquanto eu não consigo me mexer por estar presa num espaço pequeno. É um pouco de cada. Por esta razão, eu não vou entrar numa caverna.

— Você vai entrar na caverna.

— Não.

— Sim.

— *Não.*

— Você realmente quer que o vídeo dessa semana tenha trinta segundos de duração? Quer que a última cena diga "Esther fracassou depois de apenas quatro semanas, porque é uma molenguinha?"

— De qualquer maneira, o que você vai fazer com esses vídeos?

— Não interessa. Entre na porcaria da caverna.

— Mas... eu tenho medo.

Jonah pegou o capacete e colocou sobre a cabeça dela, por cima de seu chapéu de Indiana Jones, e estalou os dedos duas vezes.

— É exatamente por isso que você tem que ir.

— Eu realmente te odeio.

— Que triste. Entre na caverna.

Então, ela entrou. O arpéu estava firmemente fincado em sua espinha, arranhando seu esterno e dificultando os batimentos do seu coração, mas ela entrou. Ela acendeu a luz do capacete e meio que vagueou na direção da boca da caverna, em estado de transe, pois suas pernas estavam tremendo e ela não conseguia sentir o corpo – mas não dava para se vestir de Indiana Jones e depois se recusar a entrar numa caverna, pensou ela, então ela recorreu à energia da fantasia para ajudá-la a sentir-se forte.

— Nesse ritmo, nunca vamos conhecer a Morte — Jonah murmurou atrás dela. — Essa porcaria de triciclo comedor de carne. A garota assiste televisão demais.

A antecâmara não era tão imediatamente ruim como Esther tinha achado que seria. Para começar, havia cerca de uma dúzia de outras pessoas no tour com eles – todas elas iscas potenciais para os monstros, portanto, pelo menos ela não seria a primeira a ser comida – e, segundo, porque ficava, naturalmente, junto à boca da caverna, que tinha raios de sol entrando. O cara da camiseta de Jesus, que no fim das contas era um padre chamado Dave, se apresentou e explicou como fazer para se manter em segurança durante o tour subterrâneo de duas horas. Ele mencionou um monte de coisas, mas nada de habitantes carnívoros, o que pareceu uma omissão imensa. Haveria passagens apertadas, mas nada muito desafiador, nada com que se preocupar.

Milhares de pessoas já tinham feito isso. Nenhuma delas tinha sido comida.

Depois da explicação, o padre Dave veio pessoalmente até Esther e disse a ela que Jonah o informara sobre sua claustrofobia. Esther fez uma careta. Se havia uma coisa pior do que ser ridiculamente medrosa, era ter outras pessoas sabendo como você era ridiculamente medrosa. Mas o padre Dave foi legal a respeito e disse a ela que ele também tinha uma claustrofobia muito forte e que ela poderia ficar com ele, na frente do grupo, se quisesse, o que sim, parecia bom, porque ele poderia conduzi-la para fora da caverna em segurança enquanto as outras fossem comidos.

Esther fez Jonah ir atrás dela e disse:

— Eu espero que você se sacrifique por mim, se for necessário. Eu não estou brincando em relação a isso.

Ao que Jonah respondeu:

— Que nada, eu simplesmente jogo a criança para os monstros. — Os pais do garoto ouviram isso também e decidiram ir para o fim do grupo, tão longe deles quanto possível, o que foi bem sensato.

O tour até que não começou tão ruim. O túnel era alto o suficiente para ficar de pé e largo o bastante para que Esther não encostasse em nenhuma das paredes quando abria os braços. Eles não caminharam sobre pedras ou terra, mas numa plataforma metálica, algo que conteve um pouco de sua ansiedade por ser uma prova concreta de que humanos haviam estado ali antes e sobrevivido o bastante para erguer a estrutura. Eles prosseguiram por dentro da fera de pedra calcária, observando os túneis brancos serpenteando pelo interior, o sangue vermelho ferrugem de suas veias, os palitos de dentes de estalactite espetados para fora de suas mandíbulas, afiados a ponto de furar pele e osso. Esther passou bem depressa por baixo dessas armadilhas mortais, certa de que um terremoto faria com que elas se soltassem a qualquer momento.

Quanto mais fundo eles entravam, mais frio ficava. Os sussurros começaram a ecoar. A luz dos flashes das câmeras se movia de maneira estranha, lambendo as sombras, mas sem removê-las. O padre Dave parava, de tempos em tempos, para apontar os diferentes fenômenos da caverna. Estalagmites. Rios subterrâneos. Minhocas fluorescentes coladas ao teto, que davam uma tonalidade azulada ao túnel. Quando eles chegaram a outra câmara, com a plataforma de metal ainda abençoadamente abaixo deles, Dave pediu para que todos apagassem suas luzes dos capacetes para poderem vivenciar a "escuridão da caverna" – uma escuridão tão absoluta que aparentemente não dava para enxergar nem a própria mão diante do rosto (ou a aproximação de predadores sedentos de sangue).

A luz de Esther foi a última a continuar acesa. A essa altura, todos estavam olhando pra ela, esperando, e ela sentia os olhares julgando, abrindo buracos quentes em sua pele. Suas bochechas ardiam e as palmas de suas mãos suavam, como sempre acontecia quando ela achava que as pessoas a estavam julgando, só que dessa vez, todos estavam, mesmo, julgando-a. Ela podia praticamente ouvir os pensamentos deles ecoando no escuro. *Fracote, covarde, fajuta*, eles entoavam. Ela não queria apagar a luz, mas não podia ser a única a não apagar, quando até uma porcaria de um garoto de seis anos não estava com medo.

— Segure em mim, se quiser — Jonah disse baixinho. Esther passou os braços em volta da cintura dele, o mais apertado que pôde, como se ele fosse uma âncora e a gravidade estivesse prestes a ser desligada. O que, de certa maneira, era verdade. Então, ela fechou os olhos com força e apagou a luz. A mudança de percepção não foi imediatamente palpável, porque os olhos dela continuavam fechados e apertados, mas todos começaram a falar sobre como era incrível a escuridão absoluta. Esther continuou esperando pelas garras compridas cravando em seu pescoço.

— Nossa, que incrível — disse Jonah. — Como você está indo, Esther?

— Estou bem.

— Você ainda não olhou, não é?

— Estou *bem*.

— Abra os olhos.

— Pare de me dizer o que fazer.

Então, bem lentamente, ela abriu os olhos. Era difícil ver a diferença.

Era escuro. Tipo, muito, muito escuro. Ela passava a mão na frente do rosto e não conseguia vê-la. Ela apontou um dedo para o olho e não conseguia sentir que proximidade estava, até encostar aos cílios. Uma escuridão impossível, absolutamente desorientadora. Esther nem tinha certeza se Eugene ficaria com medo ali embaixo. Não era tanto a escuridão que o incomodava, mas o lampejo das coisas que ele via na escuridão. Uma asa aqui, um membro ali, uma mão com garras saindo do armário. Ali embaixo não dava pra ter medo, porque você simplesmente não conseguia ver nada.

Isso a fez pensar nos primeiros meses que Eugene teve medo da noite, quando a única maneira dele dormir era se estivesse segurando a mão de Esther. O elo que a uniu à mãe podia ter degradado, ao longo do tempo, mas qualquer que fosse a magia que ela compartilhava com Eugene ainda estava lá. Ainda era forte.

Alguns minutos depois os espeleologistas reacenderam suas luzes e continuaram o tour, com os olhos ardendo pela súbita claridade. Eles deixaram para trás a segurança da plataforma de metal em favor de túneis menores que não mostravam qualquer sinal de sobrevivência humana. Esther precisou agachar. Depois ela teve que engatinhar. Depois – ai, Senhor, tenha piedade de seu sistema circulatório – eles tiveram que rastejar por uma passagem que mal dava para acomodar os ombros e a barriga do padre Dave.

Essa seria a pior parte, o padre Dave a tranquilizou, do outro lado desse buraco infernal. Esse seria o único local apertado de toda a aventura e, depois disso, tudo seria um sopro.

Esther ainda estava na frente do grupo. Ela não tinha escolha. Tinha que ir primeiro.

Ela deitou esticada no chão, como Dave, e foi se arrastando à frente. A pedra pressionava seu capacete, seus ombros, tinha uma saliência que pressionava ligeiramente a sua barriga e coxas. O espaço ficou mais apertado conforme ela foi atravessando, engolindo seu corpo.

Seu objetivo era não girar como um parafuso. Passar pelo buraco antes que a caverna desabasse (algo que, em sua cabeça, era inevitável). Sobreviver no subterrâneo por duas semanas comendo Dave, que morreria (tragicamente) no acidente. Escrever um livro sobre sua grande fábula de sobrevivência e, depois, escrever um roteiro para uma adaptação cinematográfica. Talvez ganhar um Oscar pelo roteiro. No mínimo, um Globo de Ouro.

Adiante, havia uma ligeira curva no túnel e uma poça d'água de uns cinco centímetros de profundidade (claro, *claro* que ela ia se molhar *de novo*).

— Maldito Jonah — ela murmurava consigo mesma, enquanto seguia fazendo a curva, tentando – sem conseguir – não pensar em terremotos e desabamentos e inundações na caverna. — Maldito, maldito, maldito.

A parte mais apertada do túnel era logo depois da virada da curva, onde o teto abaixava e Esther teve que virar a cabeça de lado para ficar com a boca e o nariz acima da água. Ela avançou mais um palmo, antes de seus dois braços ficarem presos sob ela, e seus cotovelos dobrados, sem que ela conseguisse erguer a bochecha mais que um centímetro da poça de líquido lamacento.

*Porra.*

Não pire.

Ela tentou forçar um dos braços para a frente e soltá-lo de debaixo dela, mas isso apertou suas costelas. Ela tentou forçar as pernas contra a pedra para forçar o corpo inteiro à frente, mas não conseguia achar um lugar para apoiar o pé. Volte. Volte pra trás. Ela tentou usar os cotovelos para se forçar a voltar, mas o corpo estava preso na metade da curva.

Porra.

Ela começou a ficar sem ar, antes de perceber que estava entrando em pânico.

— Ei, ei, ei, ei, ei — disse o padre Dave, que subitamente estava ali, na frente de seu rosto (isso a fez lembrar-se da rapidez com que as coisas chegam, sorrateiramente, em cavernas). — Respire mais devagar. Ouça, respire mais devagar.

— Eu estou presa — Esther conseguiu dizer, numa voz estrangulada. — Estou presa.

— Você não está presa. Eu vou ajudá-la a sair daí, está bem?

Esther assentiu. Dave já estava com a mão embaixo de seu rosto, para que ela pudesse descansar o pescoço sem se afogar.

— Você assistiu *Abismo do medo*? — ela perguntou, enquanto ele lhe dava um instante para recuperar o fôlego.

— Sim. Na verdade, isso que despertou meu interesse em explorar as cavernas.

— Qual é o seu *problema*? — ela disse, engasgada.

Dave riu.

— A oportunidade de ver coisas que os humanos nunca tinham visto. Descobrir segredos que levaram bilhões de anos pra serem construídos, isso era bom demais pra deixar passar. Além disso, eu me cagava de medo de lugares apertados, mas não queria deixar meu medo me dominar, então achei um jeito de desfrutar disso.

— Você não pode dizer que se cagava. Você é pastor.

— Padre, na verdade. Olha, Esther, eu já passei por essa caverna mais de cem vezes, está bem? Não fui comido em nenhuma delas.

Nem uma mordidinha. Então, o que me diz de tirarmos você daí pra você ver a linda caverna que fica do outro lado?

Esther pensou no pacote que Jonah lhe trouxera, depois do 1/50. *Tudo que você quer está do outro lado do medo*, dizia. Ela realmente nunca quis ver uma caverna bonita dentro de um conjunto de cavernas, mas ela queria estar num espaço aberto, então ela imaginou que o que queria de certa forma estava, sim, do outro lado do medo. Ela assentiu de novo.

— Empurre à frente pra mim, está bem? — disse Dave. — Exatamente como você estava fazendo. Empurrões bem pequenininhos, com os braços.

Conforme Esther se mexia, de centímetro em centímetro, ela ia se sentindo menos encurralada. Seus braços foram ficando mais livres, a pedra foi afrouxando o aperto em suas costelas e – alguns minutos depois – o túnel a cuspiu inteiramente pra fora, para o interior de uma caverna tão pitoresca quanto o padre Dave havia prometido. E ali, do outro lado, estava a coisa mais linda que ela já vira: o retorno da plataforma de metal. Humanos haviam estado ali e não tinham sido comidos.

— Bom trabalho! — disse Dave, dando um tapinha em suas costas. — Por que você não dá uma olhada por aí, enquanto eu ajudo as outras pessoas a passar?

Esther levantou e respirou várias vezes. Tinha acabado. Ela conseguira. O túnel não tinha desmoronado, ela não havia se afogado em uma inundação e nem tinha sido devorada por humanóides carnívoros. Quando deixou a umidade do túnel, ainda sem ser comida pelos monstros de *Abismo do medo*, Esther achou ter entendido, pela primeira vez, a citação que Jonah havia escrito no jornal, após o 1/50.

Esther nunca antes acreditara que houvesse algo bom ou útil do outro lado do medo. O medo era uma barreira sensível que impedia os vivos de se tornarem mortos, e essa barreira não deveria ser transposta sob circunstância alguma. No entanto, quando ela se levantou naquele espaço erguido pelas mãos da própria Terra, ela avistou uma cavidade no teto da caverna, por onde esverdeados raios solares entravam e, sob essa luz, uma piscina verde-oliva, onde milhões de anos de chuvas, ventos e águas das inundações haviam entalhado a rocha. Plantas e musgo verde-esmeralda brotavam das paredes devorando a luz do dia, e pássaros desciam em espiral até seus ninhos para levar minhocas gordas aos filhotes que piavam.

Ela havia ultrapassado a barreira do medo e tinha sobrevivido. E ela havia descoberto um esplendor indescritível em vez da morte certa, como imaginara.

Que outras coisas belas o medo vinha escondendo dela? O que mais a maldição impedira, há tanto tempo, que ela encontrasse?

Pela primeira vez, em muito tempo, ela queria descobrir.

## CAPÍTULO 15

# HÁ ROTAS MAIS DIRETAS PARA A MORTE DO QUE MARIPOSAS E LAGOSTAS

**Numa quinta-feira feira** de manhã, antes da escola, durante a semana do 5/50, Esther viu algo. A porta do banheiro estava entreaberta e Eugene estava diante do espelho barbeando sua mirrada desculpa para pelos faciais. Conforme ele passava a espuma de barbear, virando o punho para lá e para cá, ela avistou, em lampejos vermelhos, uma série de cortes compridos descendo pela extensão dos braços dele.

— Você devia ver como ficou o outro cara — disse Eugene, quando os olhos deles se cruzaram e ele percebeu que ela o estava observando. Depois, fechou a porta. Ele usava mangas compridas todos os dias. Na verdade, ele usava mangas compridas todo dia há meses, até mesmo no verão.

Esther sentiu o estômago revirar. Como é possivel ter alguém que você ama sofrendo há tanto tempo sem você notar?

Claro que essa não era a primeira vez que Eugene se sentia triste. A depressão era uma escrotidão sorrateira. Como aquele bebezinho que os médicos acharam ter curado do HIV depois de um tratamento com antiretroviral agressivo, mas, assim que terminaram o tratamento, a doença voltou. Como o HIV, a depressão era campeã em brincar de pique-esconde. Ocultada em reservatórios profundos da mente, esperava que os muros que você construiu ao seu redor acabassem corroendo. A depressão pode ocorrer em níveis ocultos durante meses, até anos. Você fica todo feliz e estável e acha que está curado, que é um sobrevivente e, de repente, BUM! Ela ressurge do nada. Imagine, tipo, sobreviver ao afundamento do *Titanic*, ou algo assim, achando que você conseguiu, que você sobreviveu, que ganhou o jogo contra a morte, mas depois, passados alguns anos, o *Titanic* começa a assombrar as pessoas que se salvaram matando-as, uma a uma, nas ruas de Nova York. Estamos falando de um filme estilo vingança de terror, tipo *Eu sei o que vocês fizeram no verão passado*, mas com um navio de mais de 46 mil toneladas agindo como um assassino desenfreado num mar enevoado. Esse é o grau irracional da depressão.

Eugene tinha medo de escuro e, portanto, ele morreria disso. Era assim que a maldição funcionava. Esther sempre imaginou como, exatamente, a escuridão o mataria. Foi preciso chegar até aquela manhã, diante da imagem dos punhos cortados e queimados de Eugene projetada em sua mente, para entender que a escuridão podia viver numa pessoa e comê-la de dentro para fora.

Então, enquanto esperava por Rosemary e Eugene no carro, Esther fez algo que detestava profundamente. Ela fez um telefonema.

Jonah atendeu depois de três toques.

— Solar, o que está rolando? — disse ele. Ele parecia estar comendo cereal.

— Eu estou com muito medo de perder Eugene. Que essa maldição o mate, antes de conseguirmos quebrá-la. Não estamos tentando com afinco suficiente.

Jonah ficou calado por um segundo.

— Se você está realmente preocupada com ele, talvez ele devesse ver um terapeuta, ou algo assim. — Isso é o que as pessoas sempre dizem, quando sabem que alguém está mentalmente doente. Como se fosse muito fácil tratar e curar. Esther pensou para quem ela podia dizer aquilo. Pensou em quem poderia se importar a ponto de fazer alguma coisa para ajudar Eugene. Seus pais, pessoas que já carregavam o peso de seus próprios medos e mal conseguiam funcionar? O psicólogo da escola, talvez? Alguém que olhasse para o seu irmão e não o visse como o ser humano brilhante e complexo que ele era, mas sim como um problema a ser resolvido, uma doença a ser medicada, uma escuridão a ser trancafiada.

Romper a maldição fazia tanto sentido para Esther quanto visitar um terapeuta. Talvez até mais.

Quando Esther não disse nada, Jonah mudou de rumo e voltou a falar num tom de voz mais leve e brincalhão.

— Olha, não é culpa minha que você tenha medo de um Homem Mariposa que nunca vai chamar a atenção da Morte.

— É bom você saber que o Homem Mariposa previu a morte de 46 pessoas no desabamento da Silver Bridge, em 1967.

— Por que você está ligando? Eu geralmente ligo pra você. Achei que você detestasse ligações. Está na sua lista.

Esther checou o aplicativo do clima em seu celular.

— Eu acho que tenho uma ideia pra domingo. Algo loucamente perigoso que provavelmente vai resultar no nosso falecimento.

Jonah mastigou seu cereal. Engoliu.

— *Agora*, sim. Estou dentro.

Eugene podia estar procurando a Morte, mas nem ferrando eles deixariam de encontrá-lo antes.

# CAPÍTULO 16
# 5/50: RAIOS

**Para atrair a morte,** não bastava apenas sentir medo. Não importava a intensidade do seu medo. Mesmo que ele fosse até os ossos, você precisava verdadeiramente acreditar que ia morrer. Essa crença era como um farol. Um assovio enviado ao Ceifador que o adicionava – mesmo que temporariamente – à sua lista.

*Venha me encontrar,* dizia. *Venha levar a minha alma.*

Pelo menos, essa era a teoria de Esther, que poderia estar totalmente errada. Podia ser que sua morte estivesse pré-determinada, o Ceifador soubesse exatamente a hora e o local onde você morreria e não se importasse em lhe dar qualquer atenção até que chegasse a sua hora, mas ela não podia considerar isso.

O domingo do 5/50 coincidiu com um alerta da previsão meteorológica na parte da tarde. Uma tempestade, fechando o calor do verão, estava prevista para passar pela periferia da cidade e, embora o número 46 da lista de Esther não fosse raios (era cemitérios), ela perguntou a Jonah se eles podiam trocar os medos e, para sua grande surpresa, ele disse sim.

Ela nem se deu ao trabalho de dar uma desculpa ridícula para essa semana ("Estou trabalhando com chapelaria, sinto muito"). Ela saiu correndo até a motocicleta de Jonah assim que ele chegou, subiu na traseira, e lhe deu instruções para ir até um campo diretamente localizado no caminho da tempestade. Ela estava vestida de Mary Poppins

– blusa branca, saia preta, gravata-borboleta vermelha e um guarda-
-chuva. Eles seguiram juntos até as planícies gramadas que cercavam
a cidade, milhas e milhas e milhas de nada. Nem uma árvore mirrada.
Jonah tinha levado um lanche, que eles comeram sob o sol vespertino
checando repetidamente os radares meteorológicos em seus celulares
para terem certeza de que raios e trovões viriam na direção deles. A
grama queimada pelo sol balançava como se fosse um mar de cabelos
louros. Quando ficaram entediados, eles ouviram "Bohemian Rhapso-
dy" várias vezes, gritando a frase: *"Thunderbolts and lightning, very very
frightening me!"*, toda vez que tocava.

Então, veio o primeiro rugido distante de trovão, que os fez parar
e olhar, pela primeira vez, para a tempestade que estava se formando,
em tons cinzentos de seda, no horizonte.

— Merda — Jonah disse lentamente, pausando o Queen. — Olha
só aquilo.

Eles estavam sentados na escuridão que aumentava, olhando a célula se deslocando pelas planícies. Lá longe, no horizonte, desimpedi-
da pelas casas, montanhas ou árvores, a borda da tempestade parecia
viva e faminta. Ela sugava e rugia, sacudindo o solo sob os dois, à medida que vinha avançando na direção deles, como uma parede.

— Isso é muita estupidez — disse Jonah. — Estupidez do tipo, nós
realmente podemos morrer.

— Esse é o objetivo. — Esther puxou-o para baixo, na grama ao
seu lado, porque eles não podiam ficar em pé, não podiam nem ficar
sentados, não se quisessem sobreviver à tempestade acima deles, que
começava a mandar seus dedos elétricos para baixo, procurando algum
lugar para cair.

— Lembre-me novamente, por que foi que eu concordei em deixar
você planejar essa semana?

— Porque você achou que eu iria amarelar.

— Vou ter que repensar seriamente essa opinião.

O ar estava frio e imóvel, como se a tempestade estivesse sugando toda a energia da atmosfera para se alimentar. O mundo escu-
receu. A chuva começou a cair. Primeiro, era só um chuvisco, mas

as gotas foram ficando tão grandes e velozes que faziam a pele de Esther doer.

— Você está ficando molhada ao meu lado de novo — disse Jonah.

— *Continua* não tendo graça.

— Mas *é* verdade!

Então, veio o raio. Esther nunca tinha estado em um local propenso a raios. Ela sempre precisou contar os segundos – quatro, cinco, seis, sete – antes do raio, para calcular a quantas milhas de distância ele caía. Ali não havia segundos entre o trovão e o raio. A claridade irrompeu atravessando o céu ao mesmo tempo em que seus tímpanos estremeceram junto ao solo, que deu um tranco sob ela. Foi tão súbito, tão violento, que o mundo pareceu piscar por alguns instantes, entrando e saindo da realidade, e o raio retumbou lá longe, bem longe deles, para alertar todo mundo da cidade que a tempestade estava chegando. Mas eles estavam ali, no epicentro, no começo do som que não chegaria depois da contagem de três, quatro ou cinco segundos como faziam as crianças. Começava com eles.

Jonah pegou a mão dela, porque isso era, mesmo, uma estupidez total, mas agora eles não tinham como correr. Estavam com alvos pintados na alma, que se estendiam até o céu, implorando que os raios fossem direcionados a eles, no solo. Veio outro clarão e ela entendeu, pela primeira vez, o motivo para que um raio fosse assim chamado. Ele eletrizava violentamente o ar ao se conectar com a terra. Esther fechou os olhos com força. Se a Morte viesse, ela não queria vê-lo. Então, ela e Jonah ficaram de mãos dadas, segurando firme, e a proximidade entre eles deixava a pele dela arrepiada de prazer. Toda vez que um raio caía, ele dizia uma variação de "Puta merda, esse foi por pouco, você sentiu isso? Meu Deus, mulher, você vai literalmente ser a minha morte!".

Os intervalos entre os estrondos foram ficando mais distanciados e os raios foram se afastando. A chuva foi parando e, afinal, eles não morreram.

Quando a chuva parou de vez, Esther abriu os olhos e sentou. Eles estavam gloriosamente, milagrosamente vivos, mas por um instante, num lampejo, numa fração de segundo, ela podia jurar que viu uma silhueta escura se afastando deles, seguindo pela grama, atravessando as planícies. Não era a Morte como descrita no imaginário folclórico. Não era um esqueleto alto, de capa e foice na mão, mas uma silhueta vestida de casaco e chapéu pretos.

A Morte como seu avô o descrevera. Jack Horowitz.

Esther piscou e a silhueta sumiu, engolida pela grama alta que tremia no horizonte, mas ela tinha quase certeza de que não estava tendo alucinações.

Como Esther imaginou isso em sua cabeça: naquela manhã, uma mulher que não deveria morrer até 5 de maio de 2056 esqueceu-se das chaves do escritório, quando seguia até a porta da frente de sua casa, o que exigiu que ela voltasse para dentro para encontrá-las, acrescentando 25 segundos à sua caminhada diária até o trabalho. De maneira geral, 25 segundos pode não parecer muito tempo na vida cotidiana. Geralmente, não dá pra se fazer muita coisa em 25 segundos. Você pode aquecer uma caneca de café no micro-ondas. Manter-se numa pose na ioga. Ouvir apenas metade da abertura instrumental de "Stairway to Heaven". Pequenas vitórias que são alcançadas repetidamente por pessoas, todos os dias, sem matá-las.

A mulher em questão não havia sido tão sortuda. No negócio perfeitamente aperfeiçoado da morte, 25 segundos fazem a diferença entre chegar ao trabalho respirando e ser enterrada quase quatro décadas antes de sua hora. Como aconteceu, esse inesperado exercício de livre arbítrio desequilibrou os cálculos cautelosos da Morte e a mulher estava no lugar exato, na hora exata em que um pedaço de metal engolido por um cortador de grama industrial voou e a decapitou.

Um acidente horrendo que, se tivesse existido, teria deixado todas as pessoas da cidade especulando sobre a cruel *Premonição* natural da Morte por muitos anos. O quão meticuloso o Ceifador deve ser, elas teriam dito, para esse tão preciso, tão perfeito momento da morte de uma mulher, de modo que se ela tivesse saído de casa um segundo mais tarde, ou um segundo mais cedo, ou não tivesse parado para amarrar novamente o cadarço, ou não tivesse se dado ao trabalho de voltar para pegar as chaves do escritório, ou isso ou aquilo, ela talvez estivesse viva. Há muitas coisas que poderiam ser ditas aqui sobre predestinação: o motivo para que nenhuma casa tivesse sido construída no terreno, como o pedaço de metal em questão estava escondido na grama alta, como o cortador de grama estava programado para ser usado naquela tarde, mas o trabalhador da manutenção que operava a máquina tinha uma audiência de custódia e precisou trocar seu turno de trabalho para a manhã. Como, caso a esposa dele não tivesse descoberto a mensagem de sua amante revelando o caso que eles vinham tendo há dois anos, não haveria audiência de custódia, e por aí adiante. Centenas e milhares de escolhas e chances numa cadeia interminável de acontecimentos que levaram àquele exato momento, quando um pedaço de um palmo de comprimento de um cano de ferro prendeu na lâmina do cortador e foi lançado longe, rumo à têmpora esquerda da mulher, entrando por um lado e saindo pelo outro.

Mal sabiam os humanos que, às vezes, a Morte também se surpreende com a morte.

Por conta dessa mudança inesperada em seus planos, um bebê programado para morrer subitamente não foi ceifado (seus pais conseguiram ministrar os primeiros socorros na hora em que a Morte chegou. O bebê então viveria até os 77 anos). Consequentemente, a Morte percebeu que tinha um intervalo de quinze minutos de suas atividades para fumar um cigarro. Tendo cortado esse vício de fumar um maço diário anos antes, decidiu então passear pelo campo e pensar na vida, na morte e em tudo que acontecia entre uma coisa e outra. Foi então que, durante esse solstício inesperado e não planejado, o Ceifador casualmente se deparou com dois adolescentes deitados num campo, no meio de uma tempestade de raios caindo sobre eles. Ele momentaneamente entrou em pânico. Já tinha ceifado uma vida que não deveria ter morrido naquela mesma manhã e, novamente, ali haviam mais duas. Seria isso o início de uma anarquia sísmica contra a morte? Quanta papelada extra isso exigiria? Será que ele ainda poderia tirar suas férias no Mediterrâneo se o ciclo inteiro de vida fosse para o inferno?

Então, um tanto impotente para intervir, o Ceifador fez a única coisa que podia fazer: ele ficou em pé, no meio da grama alta, e observou os dois de longe, comendo *trail mix* e torcendo para que eles não fossem atingidos por um raio e cozinhassem de dentro para fora. Ele os observou, enquanto a tempestade passava sem tocá-los, e depois se distanciou ainda mais, observando-os em detalhe ao passo que eles se ajudavam a se levantar e corriam em círculos como malucos, no meio do campo vazio, jogando as mãos para o ar, e gritavam sua imortalidade para o céu. Ele achou que a menina poderia tê-lo visto, mas como os humanos tendiam a não focar muito tempo nas coisas que os assustavam, ela logo foi distraída pelo menino ao seu lado.

Mas a Morte a reconheceu. O formato de seus olhos, o tom vermelho de seus cabelos, a chuva de sardas em seu rosto e – talvez a característica mais reveladora – um brilho quase feroz e desafiador em seus olhos.

Reginald Solar, ao longo dos anos, havia causado uma considerável quantidade de perturbação ao trabalho da Morte e, portanto, sua neta era alguém a se observar, no mínimo para ter certeza de que ela não estivesse igualmente fazendo trapalhadas, o que claramente estava.

De volta à realidade: Esther não disse a Jonah que a Morte talvez estivesse estado ali, que viera observá-los. Tudo que ela disse, conforme eles se ajudavam a levantar, encharcados, foi "Está dando totalmente certo".

## CAPÍTULO 17
# 6/50: PENHASCOS

**Na noite** da véspera do 6/50, Esther não conseguia dormir. Quando estava deitada em sua cama, quase pegando no sono, sentia no corpo aqueles trancos que dão a sensação de que você está caindo de uma escada. A sensação fazia com que ela voltasse totalmente à consciência e, então, seu cérebro subitamente gerava a imagem de uma onda de água colidindo com a sua casa e a invadindo. As janelas estilhaçando, o entulho prendendo-a contra as paredes. Um tsunami. Eles moravam a uma hora da costa, portanto, o medo era totalmente irracional e ela *sabia* que era totalmente irracional, mas isso não impedia que ficasse repassando, repetidamente, em sua cabeça, aquela onda (rá!) de adrenalina que a varria toda vez.

Depois de duas horas de fracasso em salvar Eugene e de se afogar na água lodosa de seu quarto, ela desistiu de dormir, pegou suas cobertas e foi deitar no banco da cozinha, que parecia um lugar razoavelmente seguro para ficar no caso de um improvável/impossível tsunami. (Afinal, madeira flutua).

Esse não era um fenômeno novo. A primeira vez que o medo viera em cascata ela tinha cerca de onze anos, e o pavor irracional que a mantinha acordada era o de que um puma (não nativo da região, nem sequer jamais visto na área) ia entrar pela porta dos fundos (que ficava trancada) e comê-la viva. Ela passou a noite inteira no quarto de Eugene, sentada num canto, olhando a porta, esperando, esperando, *esperando* pelo momento em que o felino imenso viesse comê-los.

Ela tinha certeza absoluta de que isso ia acontecer. Não aconteceu.

Quando Jonah chegou, de manhã, Esther ainda não tinha dormido. Seus olhos estavam ardendo e ela não estava com vontade de fazer nada bobo e inconsequente planejado para o dia (o medo era "penhascos" e isso seria ruim). Então, ela usou sua desculpa ridícula para "se safar e não fazer nada, por algumas horas", de confeccionar chapéus. Ela se sentou com Jonah no sofá amarelo e confeccionou chapéus com caixas de cereal, rolos de papel higiênico e fios que eles recuperaram no lixo. Ele prendeu florzinhas e borboletas de papel no dele, e até fez uma pluma de lenços de papel.

— Exibido — ela murmurou, sacudindo a cabeça, quando ele pôs o seu chapéu e começou a desfilar pela sala bebericando chá de uma xícara imaginária.

Então, chegou a hora de provocar a Morte. Jonah lhe disse para mudar de roupa e pôr uma roupa de banho. A única coisa que ela tinha era um traje de banho que havia comprado num brechó. Uma monstruosidade do século 20, com listras amarelas, gola de Peter Pan, e um laço grande atrás, batendo nos seu joelhos. Quando ela voltou vestida, ele passou dois minutos inteiros de bruços no chão rindo do traje dela.

— Os toques finais — disse ele, depois de se recuperar e tirar seu chapéu de papelão da cabeça, prendendo-o na cabeça dela embaixo do queixo. — Pronta pra um dia na praia no ano 1900.

— Qual será a minha desculpa aceitável na semana que vem?

— Você estará ocupada demais num programa com Jonah Smallwood pra ser incomodada com campos de milho.

— Eu não saio com garotos que riem das minhas excelentes escolhas em trajes de banho.

— Eu ficaria com medo de qualquer um que *não* risse de suas escolhas de trajes de banho.

— Jonah. Fala sério. Nós temos que focar na lista. Eu estou preocupada com o Eugene.

— Então, traga-o junto e o inclua no que estamos fazendo. Isso faria bem pra ele e pra Hephzibah. E eu estou falando sério. Saia comigo.

Jonah estava olhando fixamente pra ela, esperando uma resposta. Esther teve uma sensação estranha no peito, como um fio puxado apertando seu coração. Ela já tinha sentido isso antes, quando eles estavam no ensino fundamental e Jonah sentava com ela no recreio para impedir que os garotos malvados ficassem debochando dela, de seus cabelos, de suas sardas, de sua roupa. Esther se lembrava do jeito como ele franzia as sobrancelhas, e a ferocidade dos seus olhos castanhos que diziam "Ninguém mexe com você quando eu estou aqui". Os olhos diziam isso novamente agora, e Esther queria acreditar neles, porque Jonah era lindo e bom e tinha um cheiro de êxtase condensado em forma de gente.

Mas ele fez com que ela se sentisse segura, um dia, e depois foi embora. Ela ainda não tinha se esquecido de como havia doído contar com alguém e depois se decepcionar.

— Eu vou ter que considerar o quão desesperada eu estou para ficar longe dos milharais — ela finalmente disse.

— Desesperadamente evitando o medo. É assim que eu faço com que todas as garotas saiam comigo.

— Saiu com muitas garotas, foi?

— Não venha querer me taxar de boy lixo, Esther Solar! — ele gritou pela janela. — Eu não serei taxado de boy lixo!

Esther pôs a mão sobre os lábios dele.

— Cristo, está bem, vamos fazer isso.

Jonah sorriu por baixo da mão dela.

— Traga seu irmão.

— Eugene odeia o mar.

— Mais um motivo. Você vai pegá-lo enquanto eu organizo isso — ele disse, abrindo o zíper da mochila preta que trouxera. Esther notou, pela primeira vez, que tinha telas.

— Pra que isso, exatamente?

— Ah, eu não disse? Eu trouxe para a gata. Vou levá-la em nossas aventuras. — Então, ele tirou Pulgoncé do sofá, colocou-a cuidadosamente na mochila, que pendurou nos ombros, e seguiu, todo contente, dando-lhe bocadinhos de ração seca para gatos, e cochichando com ela. Esther achou que a sensação que balançava seu coração diante da cena era algo bem próximo de amor.

E assim, no sexto domingo que eles passaram juntos, Esther convidou Eugene e Hephzibah para acompanhá-los na busca pela Morte.

A praia ficava a uma hora de carro da cidade deles, o que ainda não era distante o suficiente para Reginald Solar, que temia tanto a imensidão da água que tornou-se incapaz de olhar para uma piscina desde o fim da guerra. Esther também tinha medo do mar, porém era mais por causa do avô, apesar de ser também porque no mar haviam tubarões, piranhas e, muito provavelmente, Cthulhu.

Eles seguiram para o litoral no carro de Eugene. Pulgoncé ronronava loucamente no colo de Jonah. Heph estava vestida de branco, com fitas longas trançadas em seus cabelos claros. Eugene estava quieto, olhando a estrada plana em frente. Às vezes, quando o sol batia nele, as pontas de seus dedos se curvavam em volta do volante, parecendo de vidro.

A praia estava deserta quando eles chegaram. A costa recortada de penhascos descia até o mar azul. Durante o verão, as pessoas iam até ali para mergulhar dos rochedos, mas hoje o sol estava encoberto e uma brisa fria soprava da água trazendo o cheiro das algas marinhas e de maresia. Até onde a vista alcançava, não havia árvores. Nada de casas, nem lojas, nenhum tipo de construção. Apenas planícies que subitamente terminavam na água.

Os quatro desceram do carro e caminharam, lado a lado, em direção à beirada do penhasco. Pulgoncé estava numa coleira, ao lado de Jonah. A cinco palmos da beirada, Esther parou. Ela não pôde evitar. Naquele momento, na frente de seus amigos, ela queria muito ser corajosa, mas seus pés pararam de funcionar e ela sacudiu a cabeça. Na verdade, ela achava os locais altos fisicamente repulsivos. Uma vez ela assistiu a um vídeo no YouTube de dois caras ucranianos escalando a Torre de Xangai e aquilo a fez vomitar.

Ela sentiu uma necessidade súbita de ter o maior parte possível de seu corpo tocando o solo. Então, ela deitou de barriga para cima.

— Como você está indo? — Jonah perguntou, quando surgiu acima dela.

Esther ergueu a mão na direção dele. O gesto deveria transmitir um "Eu estou bem", mas não convenceu muito. Jonah sentou-se de pernas cruzadas ao lado dela.

— Você consegue, Esther — disse ele. — Pense em tudo que você fez até agora.

— Eu não sou como você. Não sou destemida.

— Você acha que eu não tenho medo? Cara, eu estava quase cagando nas calças na caverna. Eu assisti *Abismo do medo*, aliás, nunca mais vou explorar cavernas.

— Seu *hipócrita* nojento.

— Olha, gente destemida é imbecil porque nem sequer entende o que é o medo. Se eu fosse destemido, eu pularia de um avião sem pára-quedas, ou comeria a comida da sua mãe outra vez. — Eugene riu. — É isso aí, ele sabe do que eu estou falando. A questão é que você tem que sentir medo. O medo protege. Você tem que sentir medo até os ossos — ele tocou as pontas dos dedos na clavícula dela —, pra que a coragem tenha algum significado.

Esther olhou pra ele.

— E se eu morrer?

— E se você viver?

Naquele instante, Esther ouviu um grito. De canto de olho, ela viu um borrão claro, um fantasma alto vestido de branco.

— O que foi isso… — foi tudo que ela teve tempo de dizer antes que Hephzibah Hadid disparasse da beirada do penhasco, gritando, e totalmente vestida, sacudindo as pernas e os braços compridos pelo ar, um instante antes de sumir de vista.

— Puta merda — Esther gritou, conforme todos eles levantaram e correram para a beirada da falésia. Heph estava lá embaixo, na água, um halo de renda branca se estendendo do ponto em que ela surgiu na superfície. Ela estava boiando, dando impulsos preguiços com os pés apoiando-se contra a margem rochosa, como uma silhueta numa pintura impressionista.

— Você está bem? — Esther gritou. Hephzibah ergueu os dois polegares, entusiasticamente. — A Heph é corajosa? — Ela abaixou de joelhos, para poder ver melhor da beirada, sem o medo de ser tragada abaixo para sua morte. — Como foi que eu não notei isso?

— A Heph é tudo — disse Eugene. — Como você não notou?

Esther afastou-se da beirada e virou para descer a trilha que levava até o mar e ajudar Heph a sair, mas Jonah sacudiu a cabeça e disse:

— Eu vou buscá-la. Você pula. — Então, ele pendurou Pulgoncé em volta do pescoço e ela ficou ali, mole e sorridente, como a estola empalhada mais horrível do mundo.

Esther forçou-se a ficar de pé, vendo seus cabelos ruivos remexerem em volta de seu corpo como labaredas. Quando chegou à beirada do precipício, sentiu algo que nunca havia sentido: o velho medo estava ali, a âncora alojada em seu peito, aquilo que queria puxá-la de volta, para longe da beirada, sussurrando *não, não, não*. No entanto, havia algo novo. Uma atração. Alguma coisa lá embaixo na água que sussurrava *sim, sim, sim*. Vá em frente, rumo ao desconhecido. Era uma sensação entre a destruição e a emoção.

*Tudo que você quer está do outro lado do medo*, ela lembrou a si mesma. O que o medo estava escondendo dela dessa vez?

Essa era a questão em relação à adrenalina: ela nunca tinha percebido como era viciante. Até recentemente, a adrenalina era uma inimiga, algo empurrado para dentro das suas veias contra a sua vontade. Ela nunca entendeu como pular de uma ponte, pendurado num elástico amarrado em seus tornozelos, podia ser classificado como prazeroso. Mas agora ela via que isso tinha a ver com controle. Escolher quando e onde e como a adrenalina bate, o contrário de esperar que ela te encontre na cama quando você adormece.

Esther ainda não tinha certeza de qual força ganharia, que força seria mais intensa, até que Eugene veio até o seu lado, na beirada, e disse:

— Jonah acabou de ter uma conversa encorajadora comigo.

— Ele acha que é filósofo. O que ele disse?

— Algo sobre um dragão e um cavaleiro.

— Claro. Um clássico.

— Então. Vamos fazer isso ou não? — Eugene estendeu a mão para ela, sempre cauteloso para manter as mangas cobrindo a pele de seus punhos.

Lá embaixo, Jonah tirou Hephzibah da água e gritou que tinha um bom enquadramento para filmar com a GoPro e eles podiam pular a hora que quisessem.

Esther pegou a mão de Eugene; a pele dele estava fria como a de um cadáver junto a dela.

— Eu amaldiçôo o dia em que conheci aquele garoto — ela disse. E, então, irmã e irmão contaram até três e pularam, gritando juntos. Ao cair, Esther não estava preocupada em ser desviada do percurso e bater nas rochas abaixo. Ela não estava preocupada em bater no raso e cravar no solo marinho e quebrar a espinha. Ela nem mesmo estava preocupada com o Cthulhu (tudo bem, talvez um pouquinho). O que realmente a preocupava era a disposição de Eugene em pular. A maneira como ele olhou abaixo, para a água, como se fosse seu lar. O jeito como ele deu um passo tão leve para fora da beirada do precipício, e a forma como ele caiu pelo ar, mais rápido que ela, arrastado pelo próprio campo magnético da terra. O jeito como ele piscou sob a luz do sol, ao bater na água, o mesmo jeito que Tyler Durden piscava na tela, quatro vezes, antes que você o visse concretamente, prenunciando a reviravolta por vir.

Eugene tinha medo de demônios e de monstros e, acima de tudo, do escuro, mas ele não tinha medo da morte. Isso assustou-a mais que tudo.

Esther bateu na água primeiro com os pés. Depois, foi sugada para baixo, baixo, baixo, pelo impulso e o peso de seu corpo. O choque do frio reverberou em seus ossos e fez seus pulmões contraírem. A essa altura, seu cérebro gritava *suba, suba, suba*. Eugene tinha sumido. Tudo tinha sumido. Era somente ela e Cthulhu no fundo frio e escuro. Ela se remexeu, procurando a superfície, e chegou à tona ao mesmo tempo em que seu irmão. Eles puxaram o ar com força. Eugene estava rindo, uivando, jogando água nela. Ela nadou até ele, o empurrou para baixo brincando, e percebeu como a luz passava por ele e o deixava límpido quando ele estava submerso.

Quanto tempo ela tinha? Quanto tempo, até que ele evaporasse de vez? Quanto tempo, até que ele piscasse, apagando, para nunca mais voltar? Não tinha muito tempo.

— Ei — ela disse para ele, quando ele subiu novamente à tona pousando as palmas das mãos em suas bochechas. Havia um estranho magnetismo na pele dele que a deixava calma toda vez que eles se tocavam, talvez, um encantamento de gêmeos. — Eu te amo. Nunca se esqueça disso.

— Deixa de ser esquisita — disse ele, sorrindo, ao empurrá-la afastando. — Quero fazer isso de novo. Vamos achar um lugar mais alto.

Esther sorriu também, ansiosa para chamar a atenção da Morte com a loucura deles. Talvez ele viesse aqui para assisti-los sendo despreocupados, da mesma forma que, como ela acreditava, ele os observara uma vez antes.

Os quatro passaram o restante da tarde pulando de penhascos, cada vez mais ousados. Cada vez mais alto. Eles corriam e pulavam. Davam cambalhotas. Depois do almoço, Eugene foi dirigindo até o Walmart, na praia, comprou quatro golfinhos infláveis, e eles pulavam com as bóias, como se fossem entrar numa batalha contra Poseidon. Jonah disse que a filmagem ficou incrível.

Na água, Esther descobriu a beleza que o medo de fato vinha escondendo dela: as piscinas salgadas cheias de peixes alaranjados e corais verdes, portais para outro mundo. Os cardumes de peixes que dançavam um balé em volta de seu corpo toda vez que ela mergulhava. O sal que secava formando desenhos em sua pele.

Eles não encontraram a Morte naquele dia, mas Eugene e Hephzibah pareciam mais felizes e mais jovens do que Esther jamais vira e, por isso, ela estava imensamente grata.

— Eu te vejo no domingo, para os milharais? — Jonah perguntou, no trajeto de volta pra casa. Ela estava sentada ao lado dele, no banco de trás, com a cabeça pousada em seu ombro e com o calor salgado de Pulgoncé no colo dela.

— Desculpa, não posso — Esther respondeu, sonolenta. Tão perto dele assim, ela subitamente sentiu vontade de colar os lábios em seu rosto, passar os braços em volta de seu pescoço, desejo que ela não estava acostumada a sentir por ninguém.

— Por que não?

— Eu tenho um encontro.

Jonah sorriu com a expressão mais travessa que ela já vira em seu rosto.

— Te vejo no domingo.

# CAPÍTULO 18
# 7/50: MILHARAIS

**Foi no fim de semana** do 7/50 que os móveis começaram a evaporar.

Quando Esther acordou no sábado de manhã, o micro-ondas e a mesa de jantar haviam sumido. Ela tinha aprendido a não perguntar sobre esses desaparecimentos súbitos, então ela fez seu mingau de aveia no fogão e trancou seu laptop no baú aos pés de sua cama, só pra garantir.

No domingo de manhã, a TV tinha sumido. O telefone da linha fixa. A panela elétrica. A antiga poltrona de Reg.

Eugene preferia ignorar essas coisas e dar a Rosemary o benefício da dúvida – talvez ela não estivesse vendendo todas as coisas deles novamente no Craigslist –, mas Esther gostava de observar a mãe, às vezes, só para ter certeza de que as coisas não estavam ficando ruins demais. Com essa finalidade, ela tinha elaborado uma escala para calcular a gravidade da situação financeira em determinados momentos:

ESTADO DE ALERTA 5. Rosemary pediu comida fora = não tão dura. Alerta normal. Ação exigida: nenhuma.

ESTADO DE ALERTA 4. Miojo para o jantar por mais de duas noites seguida = relativamente dura. Acima do normal. Ação exigida: observação geral da situação. Intervir onde fosse possível.

ESTADO DE ALERTA 3. Comida não era servida. Se a falta da comida fosse mencionada, Rosemary sugeria que eles arranjassem empregos = bem dura. Aumentar estado de alerta. Ação exigida: tentar evitar que eletrodomésticos de porte e móveis fossem vendidos on-line.

ESTADO DE ALERTA 2. Parentes distantes começam a ligar para casa para cobrar o dinheiro que emprestaram = totalmente dura. Alerta extremo. Ação exigida: chorar e dizer para os parentes que Rosemary tinha um monte de contas, o pai não podia trabalhar, e eles só não estavam absolutamente, decididamente, positivamente duros, porque ela estava vencendo nas máquinas caça-níqueis além do habitual. Trancar a porta do quarto para evitar pilhagem do resto dos bens tradicionais de família.

ESTADO DE ALERTA 1. Alerta máximo. O anel de noivado de Rosemary foi mandado para um "polimento" = *profundamente* dura. Isso só aconteceu uma vez. Perigo de despejo iminente. Ação exigida: esconder tudo de valor. Tipo, muito bem escondido. Dizer que perdeu as coisas quando Rosemary perguntar onde estão e aguentar a ira dela. (As medalhas de serviço de Reg e os pertences mais estimados de Esther estavam atualmente escondidos no quintal dos fundos de Heph, para evitar que Rosemary vendesse.) Empacotar todo o restante dos pertences pessoais de valor numa mala, pronta para mudar para a casa de Hephzibah ou de qualquer um dos parentes zangados a qualquer momento. Preparar-se para se tornar um custodiado do Estado.

Não havia comida em casa no domingo de manhã. Quando Esther perguntou à mãe sobre compras no mercado, Rosemary sugeriu que ela arranjasse um emprego de verdade em vez de ficar vendendo bolo, então, Esther escondeu as joias da avó embaixo de uma tábua solta, debaixo da cama do Eugene, vestiu-se de *Mulher com sombrinha olhando à esquerda*, de Claude Monet, e foi esperar por Jonah nos degraus da varanda, como havia se tornando rotina.

Num momento de gratidão irrefletida, ela havia se deixado levar e concordou em sair para um encontro romântico com ele. Agora, ela meio que torcia para que ele *a)* não se lembrasse que ela disse sim e *b)* nunca mais mencionasse isso.

Porém, quando ele chegou, ele estava usando um terno marrom engomado, uma camisa cor de pudim, e uma gravata borboleta estampada. Realmente era o conjunto mais hediondo que Esther já vira, mas, de alguma forma, Jonah estava uma gracinha. Isso era parte do problema. E teria sido menos provável entrar pânico por estar perto dele se ele não estivesse tão encantador.

Ele havia feito uma flor de papel para ela (completa com uma mariposa morta grudada numa das pétalas, tão romântico) para marcar a ocasião, então ela não podia mudar de ideia.

Ainda assim, campos de milho eram menos aterrorizantes que sair num programa a dois, por isso ela insistiu para que eles fizessem isso antes.

— Milharais não são assustadores — disse Jonah, ao estacionar a motocicleta embaixo de uma árvore. Eles caminharam na direção de uma fazenda distante. — O que foi que o milho fez para você?

— É meio escuro — Esther explicava, enquanto usava sua sombrinha como bengala e segurava o seu vestido longo branco com a outra mão livre. — O que tem *dentro* do milho que é assustador.

— Que diabo tem dentro do milho?

— Crianças. Círculos nas plantações. Espantalhos. *Serial killers*. Tornados. Alienígenas. Sério, os milharais são estranhos. Na verdade, eles podem ser o epicentro de todas as coisas do mal.

— Como é que o milho ganhou uma reputação tão ruim e isso não aconteceu com o trigo e a cana-de-açúcar? Toda essa discriminação contra mariposas e campos de milho me enojam.

— Eu tive meu primeiro ataque de pânico assistindo *Sinais*, quando eu tinha treze anos. — Esther não tinha certeza por que disse isso a Jonah. Ela nunca tinha contato a ninguém. De alguma maneira, era mais fácil falar com Jonah. Os músculos de seus ombros, que estavam sempre contraídos perto de outras pessoas, pareciam soltar na presença dele. Ele a deixava calma. Facilitava para falar de coisas assustadoras.

— É, bom, o Mel Gibson é mesmo um cara assustador.

— Eugene e eu assistimos ao filme na casa da Heph. Eu não dormi naquela noite. Juro que eu *ouvia* alguma coisa do lado de fora da janela, fazendo aquele barulho de estalo que os alienígenas fazem nos monitores de bebês. Quando chegamos em casa na manhã seguinte, eu resolvi sair pra dar uma corrida em volta da quadra só pra acalmar um pouco a ansiedade. Um dos alienígenas começou a me seguir.

— O quê? Você teve uma alucinação, algo assim?

— Não. Eu não o vi. Eu nem estava *perto* de milho, nem nada. Eu simplesmente *sabia* que ele estava lá. Eu *sabia* que ele estava bem atrás de mim. Eu corri até desmoronar e depois rastejei pra debaixo de um carro, pra me esconder dele. Levei duas horas pra chegar em casa. Tive que correr de um carro para o outro, me escondendo do alienígena. Fiquei com os joelhos e os braços ralados até sangrar, e meus olhos estavam quase pulando da cara. Eu tremia. Eu *sabia* que ia morrer.

— Cara, você é bem mais doida do que eu pensava.

— Valeu.

Quando eles chegaram à margem do milharal, Jonah ajoelhou e tirou um drone do bolso traseiro. Uma porcaria de um *drone*.

— Será que eu *ainda* quero saber onde você adquiriu isso? — disse ela.

— Sobre esse talvez seja melhor você não fazer perguntas — disse ele, enquanto prendia a câmera ao dispositivo e o fazia subir pelo ar.

Então, eles saíram correndo juntos pelas trilhas no campo de milho. O drone acompanhava-os de cima, mergulhando e girando enquanto eles corriam. Esther imaginou como ficaria a filmagem: a fita verde e comprida de seu chapéu revoando atrás dela, como uma alga marinha pelo ar, a sombrinha novinha ao seu lado, as saias esvoaçantes de seu vestido ameaçando fazê-la levantar voo. Então, ela pensou naquela longa e terrível manhã da sua vida que ela havia gastado correndo, a primeira vez que o medo realmente cravou suas garras nela. A primeira vez que ela sentiu o que Eugene sentia toda noite enquanto estava sentada, curvada, sem ar, na sarjeta, ao lado de um carro, com as lágrimas escorrendo em seu rosto e, apesar de saber que logicamente não estava em perigo real, sem conseguir livrar-se da certeza de que a morte era iminente.

Eles viravam, o drone os seguia. O milho suspirava na brisa, como se respirasse, quase cochichando. Jonah desacelerou e, depois, eles pararam completamente para ouvir. O sol sumiu. Uma gota de suor escorreu pelas costas dela. O drone circulava acima deles, estranhamente ameaçador. Alguma coisa fez os olhos dela lacrimejarem.

**UMA LISTA (QUASE) DEFINITIVA DE PIORES MEDOS**    149

— Nós não deveríamos estar aqui — ela disse baixinho. O milho estava decididamente sussurrando. *Corram, corram, corram. Tem algo vindo atrás de vocês.* O milharal era um mar e eles tinham nadado para longe da margem segura. As espigas eram mais altas que a cabeça deles. Um mar de milho tinha afogado o mundo. Ele estava em todo lugar, e eles estavam afundando nele, sendo sugados para baixo. Esther sentiu uma onda de pânico, aquele mesmo pânico que sacode, quando você está submerso, tentando chegar à superfície, mas não tem certeza se conseguirá antes dos seus pulmões involuntariamente sugarem uma torrente de água.

*Saiam, saiam, saiam,* suspirava o milho. Ou, talvez, o alerta fosse dado por uma parte irracional do cérebro dela. A mesma parte que a deixava preocupada com tubarões em piscinas, assassinos à espreita atrás de cortinas de chuveiros e ataques súbitos de dinossauros *Velociraptor.*

— Eu tenho que sair! — ela disse, entrando em pânico, virando-se para procurar uma rota fácil de fuga. O milho estava sussurrando, chiando, puxando seus cabelos, sua roupa. Havia criaturas movendo-se por entre as espigas. Ela podia senti-las. Ela podia ver as sombras que elas deixavam para trás, e o milho estava tentando encurralá-la para que ela fosse comida.

Esse era o ponto em que a maioria das pessoas dizia "Respire". Esse era o ponto onde a maioria das pessoas dizia "Acalme-se". Esse era o ponto em que a maioria das pessoas dizia "Alienígenas não existem".

Jonah Smallwood não era a maioria das pessoas. Ele pôs as mãos nos ombros dela e disse:

— A maldição não torna você interessante.

A afirmação foi estranha a ponto de arrancar Esther de sua areia movediça de pânico.

— O quê?

— Você acha que a maldição é a coisa mais interessante em você, mas não é. Ela não está nem entre as cinco melhores. Você ter medo de milharais e alienígenas não a torna especial. O medo de todo mundo parece o mesmo, na própria cabeça.

— Como é que você se atreve — ela disse, em tom sarcástico, ofegante, voltando a si. — Eu sou especial, sim.

— Você realmente vai deixar M. Night Shyamalan fazer isso com você? Isso é como chorar com uma música do Nickelback. Tenha algum respeito próprio.

Ela deu uma risada trêmula.

— Quais são as cinco melhores?

— As cinco melhores?

— Coisas mais interessantes em mim.

— Narcisista.

— Cale a boca.

— Vamos fazer um trato: eu digo o número cinco agora, mas vou guardar as outras quatro coisas pra depois, quando você tiver outros ataques com todas as coisas divertidas que nós vamos fazer.

— Está bem.

— Número cinco: a cor do cabelo.

— Louro-avermelhado não é interessante.

— Não tem nada de avermelhado ou louro nele. É pêssego. Seu cabelo é como uma orquídea no verão — disse ele, depois pegou uma mecha do mesmo cabelo e enroscou nas pontas dos dedos.

— Você lê muito Shakespeare.

— Que tal você me contar uma história? Eu quero saber mais desse cara, o Jack Horowitz.

— Tudo bem — ela concordou, e quando sua respiração entrou num ritmo administrável, ela contou a Jonah Smallwood sobre a segunda vez que seu avô encontrou a Morte.

## CAPÍTULO 19

# UM BELO DIA PARA UM CASAMENTO TRADICIONAL

**No fim da manhã** de 4 de outubro de 1982, Jack Horowitz, o Homem Que Seria a Morte, tocou a campainha da casa de Reginald Solar e o convidou para ser o padrinho de seu casamento. Reg, agora pais de dois filhos e uma filha, deu uma olhada no rosto conhecido e marcado em sua varanda – a quem, como você deve se lembrar, ele julgava morto há muito tempo – e imediatamente desmaiou. Quando recobrou os sentidos, meio minuto depois, Horowitz estava agachado, abanando-o com um lenço.

— Minha nossa, eu achei que o tivesse matado de susto. Teria sido muito constrangedor se meu mestre tivesse chegado pra te ceifar. Eu pedi dispensa médica hoje. Olá, tenente.

— Você está morto — disse Reg, olhando para cima, para o fantasma de Horowitz, que parecia incrivelmente *vivo*. As cicatrizes em seu rosto estavam vermelhas e bem mais inflamadas do que se supunha para a pele de um fantasma. Fantasmas podiam sequer *ter* pele?

— Muito pelo contrário. — Horowitz estendeu o braço. Reginald não pegou, continuou parado no chão.

— Eu não entendo. Você foi assassinado. Você se afogou num rio, no Vietnã.

— Ah, não. Mas eu fiquei lá embaixo por um bom tempo. Eles me amarraram com força, sabe. Eu fiquei lá embaixo perambulando por entre as rochas, procurando uma bem afiada para poder cortar minhas amarras por bastante tempo, mesmo.

— Você... Por que você está aqui?

Horowitz sorriu serenamente.

— Eu me encontro na posição de precisar uma testemunha para o meu casamento. Um padrinho, se preferir. O senhor foi a primeira e única pessoa – e eu espero que me perdoe por admitir – em quem eu pensei. Não tenho muitos amigos. — Horowitz deu uma olhada para sua mão ainda estendida. — Você pretende passar o resto dessa conversa na horizontal?

Reg deixou que Horowitz o ajudasse a levantar, depois perguntou:

— Padrinho? Horowitz, você nem me conhece. Nós só nos encontramos um dia, na noite da véspera da sua morte.

— Sim, mas o senhor sentiu um pesar por mim. Lutou pra que a minha honra fosse recuperada. Acho que eu desenvolvi algum afeto por você, Reginald Solar. E como o Estado exige que haja uma testemunha para o meu casamento – alguém que saiba quem eu sou –, eu gostaria que essa pessoa fosse você.

— Eu achei que você tivesse sido assassinado no meu turno.

— Bom, eu tentei explicar em 1972 que sou muito difícil de matar.

Reg, é claro, ainda não acreditava que Horowitz fosse aprendiz da Morte – mesmo que sua sobrevivência tivesse sido notável. Ainda assim, ele o convidou para entrar e eles tomaram leite juntos, enquanto Horowitz explicava que a Morte também podia amar e, de fato, ele tinha rapidamente se apaixonado por uma jovem vietnamita que o descobriu boiando de bruços no rio, fraco demais para nadar até a margem depois de vários dias tentando se soltar.

— Vários minutos, você quer dizer — Reginald corrigiu.

— Eu garanto, tenente, que foram vários dias.

Reginald sacudiu a cabeça e serviu outra rodada de leite para os dois. Horowitz continuou. Não era visto com bons olhos que o Ceifador tivesse uma amante, ele explicou. Durante seu mandato como Morte, pelo tempo dos serviços prestados, lhe seriam garantidos vida longa e imunidade diante desse negócio complicado de morrer, mas não à sua parceira. Isso, como pode imaginar, havia causado alguns problemas no passado. Horowitz não podia afirmar com certeza, mas havia um boato de que a Peste Negra, de 1346 a 1353, tenha sido resultado direto da depressão do Ceifador diante do súbito e inesperado falecimento de seu jovem namorado, morto num acidente estranho – o tipo que a Morte não pode prever. Tomado pelo desespero, ele vagou pelas ruas da Europa durante sete anos, com ratos infectados pela bactéria *Yersinia pestis* andando atrás dele às dúzias. Em seu estado de pesar, ele tocava o rosto de jovens amantes enquanto eles dormiam, para que também conhecessem a sua tristeza.

Horowitz descreveu seu calvário como um "pesadelo logístico". Ainda assim, ele amava Lan e, de qualquer forma, se cada pessoa que se atrevia a amar arriscava-se a perder o ser amado, para que fazer diferente? Ele achava muito improvável entrar em um estado de fúria se ela morresse e, além disso, se ela era jovem e saudável, por que acabaria perecendo em algum momento nos próximos cinquenta anos ou mais? Ele continuaria sendo um jovem rapaz enquanto ela fosse envelhecendo e, quando ela falecesse tranquilamente durante o sono, cercada pelos filhos, netos e bisnetos, ele iria treinar um aprendiz. Depois, se aposentaria e se juntaria a ela na vida do além. Mesmo sendo a Morte, ele teria que morrer um dia; a diferença é que poderia escolher como, onde e quando – um dos benefícios do emprego.

Durante a tarde, os dois homens conversaram mais sobre a guerra e os anos que haviam se passado desde seu término. Reginald mostrou a Horowitz fotografias de sua esposa e de seus filhos, e Horowitz mostrou a Reginald fotografias da casinha branca que ele havia comprado em Santorini. A casa tinha janelas e portas azuis e uma pequena cabra pastando no quintal, perfeita para fazer queijo. Lan, sua noiva, adorava azeitonas, a luz do sol, e despertar com o barulho das ondas batendo nas pedras. Era isso que Horowitz lhe daria.

— Vocês serão felizes lá, eu tenho certeza — disse Reg, ao devolver as fotos de Polaroid.

— Eu tenho que pedir, Reginald, que você guarde um terrível segredo pra mim.

— Hã...

— Minha amada, ela... Bom, ela não sabe quem eu sou. Ou, melhor dizendo, o que eu sou. Eu sei que é desonesto da minha parte não contar a ela, mas quem poderia amar uma coisa como eu se soubesse a verdade?

— Se você não disse a ela, eu certamente não direi — disse Reg, embora ele acreditasse que uma pessoa tinha o direito de saber que provavelmente estava se casando com um doido varrido que tinha a ilusão de ser o Ceifador. Se até agora a mulher não tinha percebido que Horowitz era iludido e possivelmente psicótico, não era ele que contaria a ela.

O casamento de Horowitz aconteceu na tarde seguinte, na capela da cidade. Lan usou um vestido rosa-claro e um colar de pérolas, e o Homem Que Seria a Morte usou um smoking lilás, sapatos brancos brilhosos, e uma camisa com babados. Reginald achava que o suposto Ceifador realmente precisava ter um pouco mais de estilo, mas por outro lado, Horowitz tinha nascido no sul e tinha sido criado numa fazenda – ou assim dizia – portanto, estilo não era algo exatamente esperado.

A avó de Esther, Florence Solar, também foi ao casamento, embora Esther nunca tivesse tido a chance de lhe perguntar o que ela havia achado do Ceifador e de sua noiva. Ela morreu na mesma noite em que seu avô lhe contou a história. Esther ficou imaginando se ela sabia que Horowitz era a Morte. Imaginou se, no momento de seu último suspiro, ficou chocada em saber que o jovem de rosto marcado, em cujo casamento ela havia ido quase três décadas antes, tinha vindo levar sua alma.

Depois do casamento, os dois homens novamente seguiram caminhos diferentes, Reg Solar ainda nada convencido de que Horowitz fosse, de fato, a Morte, mas contente em saber que ele estava vivo e feliz, por enquanto.

Enquanto Esther contava a história a Jonah, ele distraidamente teceu uma coroa de palha de milho e colocou na cabeça dela. "Rainha da Morte", disse ele, quando ela terminou. A essa altura, o sol já tinha baixado, a bateria do drone havia acabado e o milho ainda estava sussurrando, dizendo que eles fossem embora.

— Você quer sair para o nosso programa, agora? — ela perguntou, ele respondeu que sim e, então, eles partiram.

— Há quatro passos pra cortejar damas — Jonah explicou a Esther, uma hora mais tarde. Eles estavam na frente de um *food truck* de comida mexicana chamado Taco the Town. — Primeiro, eu compro comida mexicana pra elas, depois compro uma cerveja, depois levo para o meu local favorito e, depois, mostro a minha arma secreta.

— Eu sinceramente espero que sua arma secreta *não* seja sua genitália.

— Ah, mas que mente suja, Esther, francamente.

— Espera, você está dizendo que está me cortejando, nesse momento?

— Eu tento te cortejar desde o ensino fundamental. Você é simplesmente distraída demais pra perceber. Acha que eu estofaria um sofá pra qualquer uma?

— Abandonar alguém e não entrar em contato durante seis anos não é uma técnica muito boa de cortejar alguém.

— *Touché.*

— Pra onde você foi, aliás? Você não me disse.

— Você não perguntou.

— Estou perguntando agora.

— É uma longa história que envolve uma viagem no tempo e uma tentativa fracassada de matar Hitler. Acredite em mim, você não vai querer saber.

Eles comeram seus burritos sentados no meio-fio, ao lado do *food truck* de tacos, depois foram de motocicleta até a placa que dizia "BEM-VINDO", na periferia da cidade. Sentaram do outro lado da placa, aconchegados para se manterem aquecidos, oficialmente do lado de fora do perímetro do lugar que os prendia como um buraco negro. Era incrível: Esther conseguia respirar ali. Não mais que dois palmos além da fronteira e as amarras em seu peito afrouxaram, a placa metálica que encapsulava seu cérebro havia dissolvido.

— *Salud* — disse Jonah, passando-lhe uma lata de cerveja quente que ele tirou de dentro da jaqueta.

— Essa técnica *realmente* funciona pra você? — Ela perguntou. Ele não respondeu. Em vez disso, eles abriram suas cervejas e ficaram observando a rodovia que ia para fora da cidade e os carros que ultrapassavam o horizonte como se isso não fosse nada, nada mesmo, a coisa mais fácil do mundo para fugir. Esther não precisou perguntar a Jonah por que esse era o seu local favorito. Eles olhavam cada um dos carros rumando a uma direção desconhecida que eles não conheceriam por alguns anos. Talvez jamais conhecessem.

Esther pensou no que queria para ela quando terminasse a escola, mas por mais que se esforçasse para se visualizar como uma caloura universitária ou, então, mochilando pela Ásia com um orçamento apertado, apenas uma coisa lhe voltava à cabeça: Eugene. Eugene era uma âncora. Uma pequena parte dela, uma parte escura, sabia que ele não era estável o bastante para ir à faculdade e que não conseguiria sair de casa depois da escola. Enquanto Eugene estivesse doente – enquanto a maldição o dominasse – ela estaria presa ali.

Esther queria salvar a vida dele, mas também queria se dar uma chance.

— Conte sobre seus pais — disse Jonah. — Como eles eram, antes da maldição?

Esther sorriu ao pensar em como Rosemary e Peter haviam sido.

— As coisas que meu pai mais gosta no mundo são poesia e Natal. Ele é constrangedoramente nerd. Eu nunca vi um homem crescido tão empolgado na manhã de Natal. E sobre a poesia, ele costumava recitar versos pra nós, todas as manhãs, quando nos levava de carro para a escola. Todo santo dia tinha um poema novo. Não sei se ele mesmo os escrevia, ou se os encontrava na internet e decorava, mas eram terríveis e a gente sempre ria.

Jonah sorriu.

— E a sua mãe?

— Minha mãe cultivava plantas em caixas do lado de fora das nossas janelas. Ela dizia que eram jardins para as fadas que nos protegeriam enquanto nós dormíssemos. Ela ainda trabalha como horticultora, mas não é mais a mesma coisa. Quer dizer, ela conseguia cultivar *qualquer coisa*, em qualquer lugar, sem a luz do sol ou água. Ela era mágica. Eu era obcecada por aquela mulher. Nós íamos a todo lugar juntas e ela conversava comigo sobre tudo. Era minha melhor amiga. E então... nada. Aos pouquinhos, ela meio que se fechou e se distanciou, nos deixando por nossa conta.

Jonah estendeu a mão e segurou a dela. Ela estava cansada demais para impedi-lo, cansada demais de imaginar se era isso que as pessoas sentiam no começo, se isso era o que ela havia sentido antes, quando eles eram crianças. Esther o amara, um dia, do jeito que as crianças amam, e disso ela tinha certeza. Por um breve período de tempo, ele havia sido a luz esplendorosa na escuridão.

E, Deus, o cheirinho dele. Se pudesse, ela engarrafaria aquele aroma e o passaria nos punhos e na nuca todos os dias. Enquanto eles tomavam cerveja quente, Esther imaginava que seria muito fácil se apaixonar novamente por Jonah Smallwood. Seria muito fácil deixar que ele voltasse a ser parte dela, e aí que estava o problema. Esther não se iludia quanto a quem era Jonah: ele era um punguista, um pequeno criminoso hábil, um consumidor de bebidas menor de idade (até aí, ela também era), um transtorno público e também, sem dúvida, a melhor pessoa que ela já tinha conhecido. Jonah era bom de uma maneira que a deixava perplexa, e ela temia que se o deixasse aproximar-se demais e passasse a contar com ele como um protetor, como havia feito quando era pequena, ele desapareceria de novo e ela ficaria sozinha para recolher os cacos.

Esther poderia se apaixonar por ele naquela noite, mas era melhor não. Então, ela fez a única coisa que podia: pousou a cabeça no ombro de Jonah, tomou a cerveja que ele lhe trouxera e sonhou com o dia em que seria alçada para além do horizonte, à velocidade da luz, para nunca mais voltar.

— Eu ainda estou esperando por aquela arma secreta — disse ela, depois de um tempo.

— Pode esperar — disse ele. E foi quando Jonah Smallwood levantou e começou a dançar, no meio da rua.

— *Sweet Caroline, lá, lá, lá...* — ele cantava, enquanto se remexia — *... good times never seemed so good. Oh, sweet Caroline, lá, lá, lá... A última garota que eu trouxe aqui foi Caroline e eunemtivetempodefazerumamúsicapravocê.* — Essa última parte ele tentou cantar no ritmo da música.

Esther sacudiu a cabeça.

— Não posso acreditar que uma garota, algum dia, tenha ficado impressionada com você.

— *Venha dançar comigo, lá, lá, lá...*

— Absolutamente não.

— *Por que não, Esther Solar?* — ele ainda cantava no ritmo de "Sweet Caroline".

— Porque já fizeram isso em *Diário de uma paixão* e, portanto, já foi feito.

— Eles não dançavam assim, lá, lá, lá...

— Eu *sei*. Estou ciente disso. Por isso que foi bom.

— Isso me magoou profundamente — ele falou, mas não parou de dançar. Esther pegou o celular e começou a filmá-lo, o que o fez realmente aumentar o volume. — SWEET CAROLINE, LÁ, LÁ, LÁ... — ele gritava para o céu noturno. — EU QUERIA SABER UMA MÚSICA PRA ESTHER.

— Você está se constrangendo. Eu não farei parte dessa situação ridícula. Por favor, pare de cantar essa música horrível.

— Só se você me acompanhar.

— As pessoas que passam de carro vão me ver.

— Não vão, não. Elas verão *A mulher de sombrinha*. Ninguém vai ligar.

— Eu ligo.

— Liga demais. Pra coisas demais.

— Você é um ser humano ridículo — ela disse, mas imaginou que ele estivesse certo. Ela ficou olhando os carros passando e pensou no que eles veriam, se olhassem pela janela: um fantasma vestido de branco, um lampejo de cabelos ruivos. Ela torceu para que não fosse o suficiente para que alguém a reconhecesse. Finalmente, ela levantou, terminou sua bebida, e foi até o lado dele. — Não fique me olhando.

— Não vou olhar. Prometo.

Então, ela começou a dançar em linha com ele, do jeito que sua avó lhe ensinara, quando ela era pequena.

Esther soube o exato momento em que Jonah quebrou a promessa e espiou, porque ele se jogou de cara no asfalto, gesto que sempre fazia quando ele achava que ela era especialmente ridícula.

— Você dança que nem a Elaine de *Seinfeld* — ele disse, um minuto depois, quando finalmente conseguiu falar em meio ao riso.

— Eu te odeio — ela disse, mas não parou de dançar, e ele também não, até que ele segurou a mão dela e a rodopiou, puxou para perto, e eles ficaram em pose de valsa. Jonah cantarolava baixinho, enquanto eles dançavam a passos lentos, com a cabeça dele encostada à dela. Esther gostava da sensação dele junto a ela. Gostava de como seu estômago remexia, como se tivesse um enxame de borboletas alaranjadas.

E isso, é claro, era o problema.

Esther pousou a mão no peito dele e delicadamente se afastou.

— Não posso fazer isso — ela disse baixinho, sem conseguir olhar pra ele. O coração dela estava estranho. Dolorido, de alguma forma.

— Por que não?

— Por que... — Por quê? Tantos motivos. Porque ela não era boa o bastante. Porque alguma coisa dentro dela estava podre e despedaçada e ela não podia ser amada. Porque Jonah acabaria notando isso e, então, para que dar-se ao trabalho de começar algo cujo fim seria inevitável? Porque ele teve que deixá-la antes e foi muito ruim, e talvez só tenha sido ruim porque crianças de oito anos podem ser bem babacas e o bullying que surgiu depois de sua súbita ausência tinha deixado marcas profundas em sua alma. Qualquer que fosse o motivo, ela nem cogitava voltar a dar esse tipo de poder a alguém.

Esther tentou dizer tudo isso a ele, mas aconteceu algum erro na tradução do pensamento para a narrativa e ela só conseguiu dizer:

— Porque... eu simplesmente não posso, o.k.? — Às vezes, é melhor não ter o que você quer. Às vezes, é melhor deixar as belas coisas em paz, por medo de quebrá-las.

— O.k. — Jonah disse baixinho e afagou o rosto dela com o polegar, sem dizer mais nada, porque não dá para convencer alguém a amá-lo se este alguém não quer.

A mágoa na voz dele acabou com ela, porque a dor era uma linguagem que ela aprendera a falar bem. Mesmo assim, ela não lhe daria o que ele queria. E também não daria a ela mesma o que queria.

— *Sweet Caroline, lá, lá, lá...* — eles cantaram juntos, bem mais baixinho agora, porque essa era a única parte da letra que eles sabiam. — *Good times never seemed so good.*

## CAPÍTULO 20
# 8/50: DIRIGIR AUTOMÓVEIS

**— Então, você já sentou** atrás do volante de um carro? — Jonah perguntou.

Esther estava sentada no banco do motorista da horrenda caminhonete cor-de-abóbora, dos anos 1980, de Holland Smallwood, recusando-se a ligar o motor porque não queria *a)* se matar, ou *b)* ser morta pelo pai de Jonah.

— Eu tentei, uma vez, mas tive um ataque de pânico, então, acrescentei à lista e nunca mais pensei nisso.

— Deixa eu entender isso direito. Toda vez que você se depara com algo em que pode fracassar, você decide nunca mais fazer aquilo?

— Exatamente. Então eu posso me sentir muito, muito bem, por nunca ter fracassado em nada. Psicologicamente, é tudo perfeitamente saudável. Eu sou um gênio.

— Você vai aprender hoje — disse ele, assentindo para o câmbio. — Holland dirige carro com marcha.

— Não sei dirigir com marcha.

— Cara, meu pai é meio retardado e ele consegue dirigir carro com marcha, portanto, você também consegue.

— Você não pode dizer "retardado". Isso é politicamente incorreto. Além disso, se eu bater com o carro de Holland, ele vai me matar.

— Que nada, sou *eu* quem ele vai matar. Depois você. Depois, a sua família. Portanto, você terá tempo de sobra pra fugir para o México quando ele começar a caçá-la. Ligue o motor.

— Não.

— Esther, olhe para a sua roupa. Olhe quem você é hoje. *Kill Bill* teria sido interessante se a Noiva se recusasse a pelo menos dirigir um carro?

Esther olhou para o conjunto de couro amarelo e preto que ela tinha escolhido para hoje e respirou fundo.

— Canalize a Uma Thurman — disse ela, assentindo. — Canalize a sua fodona interior.

Até que não começou tão mal, para dizer a verdade. Esther não era uma motorista tão terrível quanto ela se lembrava e, embora ela não tivesse nem um quinto da coordenação necessária para dirigir um veículo motorizado, ela não bateu em nada. Jonah a manteve longe do tráfego e dos cruzamentos para que ela não tivesse que parar e arrancar muitas vezes. Eles basicamente seguiram por ruas menores da periferia da cidade, aquelas que eram compridas e retas, sem sinais ou placas de "PARE".

O dia poderia ter terminado de maneira bem diferente, não fosse pela construção de um shopping no meio do nada e as obras subsequentes que estavam sendo realizadas para facilitar a construção daquele elefante branco.

Uma mulher de colete de alta visibilidade fez com que eles parassem, enquanto um caminhão atravessou de um lado do canteiro de obras para o outro. Esther se viu diante de uma fila de carros. Enquanto esperava, ela ajustou o espelho retrovisor para que pudesse contar todos. Já eram seis, com mais alguns freando a todo segundo.

— Não consigo fazer isso — ela disse baixinho enquanto olhava pelo espelho, vendo o motorista que estava logo atrás dela. — Troque de lugar comigo.

— O quê?

— Tem gente demais me *observando*. Eles estão todos me *olhando*.

— Ninguém está nem aí, Esther.

— Vai ficar todo mundo zangado se o carro morrer.

— Olha, ela está mandando a gente ir. Vamos.

Ela estava mesmo. A trabalhadora da construção tinha virado a placa de "PARE" para o outro o outro lado e estava acenando para que eles passassem.

Esther engatou a primeira, mas soltou a embreagem depressa demais, então o carro deu um tranco à frente e morreu. O homem atrás deles buzinou. A mulher da obra deu um passo atrás e riu.

— Eu disse que não sabia fazer essa porra! — disse Esther. Os olhos do motorista atrás dela pareciam holofotes, esquentando seu sangue.

— Você sabe, sim, Esther — disse Jonah. Ela deve ter feito uma cara de pânico, porque ele estava segurando seu ombro e falando baixo e claramente. Ela sentia a pele alternar entre quente e gélida. Havia um formigamento familiar em seus dedos. — Ouça. Você *consegue* fazer isso.

O motorista do carro atrás deles atolou a mão na buzina. Jonah abaixou o vidro.

— Você quer que eu vá aí? Eu vou aí, seu babaca! Ela está aprendendo!

Esther ligou novamente o motor e engatou a primeira marcha. Uma corda se apertava em volta de seu peito, espremendo cada vez mais as suas costelas. Ela tentou soltar a embreagem devagar, mas suas pernas estavam tremendo, ela estava suando por dentro de seu conjunto amarelo de couro, e o sol estava batendo no pára-brisa, queimando a sua pele. Não tinha ar.

O carro deu um salto para frente e o motor morreu. Um tranco violento. Vários motoristas atrás dela buzinaram ao mesmo tempo. Esther não notou que estava ofegante até ficar sem ar. Suas mãos estavam tremendo e ela não conseguia respirar.

*Não consigo respirar.*

*Não consigo respirar.*

Jonah já estava fora do carro, debruçando acima dela, soltando seu cinto de segurança. O carro estava um forno e sua pele pinicava no corpo inteiro, e todo mundo estava olhando, todo mundo estava vendo. O formigamento de seus dedos foi subindo pelos braços até o pescoço, onde mãos invisíveis apertavam seu esôfago.

*Você está morrendo, você está morrendo, ai, Deus, você está morrendo.*

Pronto. Era isso. Durante todas aquelas semanas eles procuraram a Morte e quando finalmente ele havia decidido aparecer na festa, Esther só conseguia pensar em como essa ideia era estúpida e em como ela realmente não queria morrer.

O carro estava andando e seu rosto estava pressionado no couro quente e rachado do banco de trás. Ela não conseguia se lembrar de como tinha ido parar ali. Houve um lapso de tempo. O som de água surgia, de vez em quando, e ela logo percebeu que era seu vômito. Não havia ânsia. O líquido saia dela sem esforço, caindo no chão.

*Você está morrendo, você está morrendo, você está morrendo.*

Então, o carro parou e Jonah a puxou para fora do banco traseiro. Ele a deixou embaixo de uma árvore.

— Desculpa, desculpa — ela conseguia dizer, por entre as lágrimas, mas Jonah já tinha sumido e ela ficou questionando se ele a deixaria ali para morrer, como Bill fizera com a Noiva, o que até seria justo, ela imaginou. Ela vomitou no carro do pai dele.

Na verdade, ela estava meio surpresa por ter demorado tanto para que ele enjoasse dela. Há um limite de vezes para se ter um ataque de pânico na frente de pessoas até que elas o considerem uma causa perdida. Frágil demais. Dá trabalho demais. É doloroso demais ficar perto. Ela não tinha feito exatamente a mesma coisa com o pai? Por que merecia ser tratada de forma diferente?

Esther olhou em volta, certa de que Jack Horowitz estaria esperando para atracar sua alma, e seu pânico voltou.

Mas Jonah estava de volta, com uma garrafa de água numa das mãos e uma caixa de lenços de papel na outra. Ele sentou no chão, ao lado dela, enquanto ela tirava a jaqueta amarela, deitava na grama, e tentava desacelerar a respiração.

— Você está bem, você está bem — disse ele, pousando os lenços de papel molhados em sua testa.

Talvez não fosse acontecer dessa vez, nem da próxima, ou a outra, mas Jonah acabaria se cansando dela. Acabaria ficando tão frustrado por sua incapacidade de ser normal que iria embora. Se ela fosse sexy, ou confiante, ou se sua pele não fosse coberta por sardas como um campo minado, talvez fosse possível ela justificar ser maluca, arruinada e estranha. Do jeito que era não havia nada suficientemente atraente nela para imaginar que ele quisesse aturar essa baboseira por muito tempo.

As pessoas se cansam das doenças mentais quando descobrem que não têm como consertá-las.

— Seu quarto — disse ele.

— O quê?

— É o número quatro. Na lista de coisas mais interessantes sobre você. Seu quarto.

— Isso é bem caído. Você está inventando isso conforme vai pensando, não é?

— É. Também estou tentando não ser bobo demais com isso, sabe.

— O número um provavelmente será "o formato das suas unhas dos pés".

— Que nada, esse é o número três, com certeza. Você tem unhas lindas nos pés. — Quando ela finalmente se sentiu bem pra conseguir sentar, Jonah disse: — Vou te levar pra casa.

Esther sacudiu a cabeça.

— Pra casa, não.

— Tudo bem. É... Eu mostrei meu lugar favorito. Que tal você me mostrar o seu?

Eles voltaram para o carro que agora cheirava a vômito (Jonah foi dirigindo, claro) e ela o instruiu a ir até o estacionamento de um shopping local.

— É... Isso é um estacionamento — disse ele, ao estacionar.

Esther ainda estava trêmula e meio desgrenhada. Cara, que merda esse negócio de ataque de pânico.

— Quando nós tínhamos onze anos, a minha mãe nos trouxe aqui na manhã de Natal.

— Compras de último minuto?

— Não exatamente. No carro, ela explicou que não tinha conseguido comprar nenhum presente naquele ano. Fazia dois meses que meu pai tinha descido para o porão, Reg já estava em Lilac Hill, ela tinha sido dispensada do emprego, e nós não tínhamos dinheiro nenhum. Tipo, nenhum. Nem o suficiente pra comprar comida.

— Como isso pode ser uma lembrança feliz?

— Nós passamos o dia todo juntos aqui, só nós três. Andamos de um lado para o outro, enfileirados, passando por todos os andares e recolhendo as moedas que achávamos. Não encontramos muita coisa, apenas alguns dólares, mas até a tarde, tínhamos conseguido o bastante pra comprar um biscoito de gengibre para mim e para Eugene. O troco não foi suficiente pra comprar um pra minha mãe também, então ela guardou as duas moedas que sobraram e disse que seriam pra dar sorte. Ela não quis dar uma mordida em nossos biscoitos e, depois, quando fomos pra casa, ela chorou a noite toda.

— Diga se eu estiver entendendo errado, mas ainda estou me esforçando pra ver o que pode ser divertido nisso.

— Essa é a última lembrança que eu tenho *dela*. A última vez que nós fomos uma família, entende? Embora meu pai estivesse no porão, por algum motivo, Eugene e eu realmente acreditávamos que ele sairia, no dia de Natal, pra nos fazer uma surpresa. Meu pai adorava o Natal, mais que a gente, e ele nunca tinha perdido nenhum. Nós não ligávamos por não termos ganhado presentes, nem por termos passado a noite de Natal catando moedas do chão porque tínhamos a nossa mãe, nosso pai voltaria pra nós no dia seguinte e havíamos ganhado biscoito de gengibre no jantar. A vida estava ótima.

— Seu pai não saiu do porão.

— Eu acho que foi isso que a deixou arrasada de vez. O dia de Natal. Esperando, esperando, esperando por uma coisa que não veio. Durante todas as noites, por uma semana, nós comemos na casa da minha tia Kate. Depois minha mãe ganhou três mil dólares numa máquina de caça-níqueis. As moedas da sorte que ela encontrou realmente deram sorte. Deus, ela voltou para casa com tantos presentes atrasados de Natal: celulares, livros, um banquete, tudo o que queria ter comprado pra nós e não pôde. A única coisa que comprou pra ela foi um colar de olho de tigre, pra dar sorte.

Eu não a odeio pelo que ela se tornou. Eu quero, mas não consigo. Eu a amo demais. Esse é o problema. Isso é o que há de errado com o amor. Quando você ama alguém, não importa quem seja, você sempre deixará que esse alguém te destrua. Toda vez. Até as melhores pessoas encontram meios de magoar aqueles que amam.

— O acidente de carro em que minha mãe morreu foi logo depois que a Remy nasceu — Jonah disse baixinho. — No dia que eu sumi da escola. Dia dos Namorados. Por isso que eu fui embora. Mudei de escola antes das férias. Tudo desmoronou, depois que ela se foi.

— Jesus, Jonah. Eu não fazia ideia. Merda. Eu sinto muito. — Todos esses anos, uma voz sombria ficava sussurrando que Jonah havia partido por causa *dela*. Porque todas as outras crianças a xingavam e eram tão cruéis e ele tinha ficado cansado de ser a única coisa entre ela e a crueldade alheia. Claro que isso não era verdade. Claro que Esther se colocou no centro do universo. Pessoas ansiosas sempre acham que o mundo revolve ao redor delas, mas saber a verdade não facilita em deixar de acreditar na mentira. — Conte-me mais sobre ela.

Jonah sorriu.

— Ela lecionava literatura, mas sempre quis ser atriz. Por isso que ela adorava Shakespeare. Eu juro, ela lia Shakespeare pra mim antes de ler livrinhos de histórias. E ela comprou meu primeiro conjunto de pintura quando viu que eu era bom em arte. Ela foi a única pessoa que não riu de mim quando eu disse que queria fazer maquiagem de efeitos especiais para o cinema quando eu crescesse. Eu falei de você pra ela, sabe.

— Não brinca.

— É, eu falei. Contei que ficavam implicando com você na escola, porque isso me aborrecia. Ela me pôs sentado e leu aquela citação que diz que "Tudo que a tirania precisa para se estabelecer é que as pessoas de boa consciência permaneçam em silêncio". Depois, ela me explicou o que aquilo significava e o que eu precisava fazer. Eu sentei com você no dia seguinte pela primeira vez. Mas a morte dela acabou com meu pai. Ele era um cara legal antes disso, mas depois, eu acho que a tristeza se transformou em depressão e a depressão se transformou em bebida e a bebida é o que o faz ser cruel.

Esther não sabia o que dizer, então fez a única coisa que podia fazer: pôs a mão no ombro de Jonah e encostou a cabeça nele.

— Um dia — disse ele —, todo mundo acorda e percebe que seus pais são seres humanos. Às vezes, eles são pessoas boas, às vezes, não.

Antes que Esther e Jonah fossem para casa, cada um comprou um biscoito na mesma loja onde Rosemary Solar havia levado seus filhos seis anos antes. Esther fez uma anotação mental para acrescentar biscoito de gengibre à sua lista de guloseimas ilícitas que ela vendia na escola.

Perto do carro, eles avistaram uma moeda brilhando no escuro, mas nenhum deles parou para pegar.

\* \* \*

Naquela noite, Jonah decidiu ficar para o seu encontro com o pai de Esther. Ele a informou que ela estava convidada e ela tentou dissuadi-lo – esse não era um fardo de Jonah –, mas ele se recusou, dizendo que já tinha prometido ao Peter que viria e, além disso, ele não se importava em passar a noite num porão abafado se isso significasse não ter que ir para casa. Holland não era cruel com Remy, disse Jonah. Na verdade, ele quase nem notava a existência dela.

Jonah foi embora perto do pôr do sol e voltou meia hora depois, com uma garrafa cara de uísque. Esther não quis perguntar como ele havia conseguido. Então, ele pegou sua gata, pendurou-a em volta do pescoço como uma echarpe, como sempre fazia, e eles desceram para o porão.

Uma vez lá embaixo, Esther ficou contente que Jonah quisesse ter ficado. A tralha normalmente empilhada em colunas perigosas tinha sido empurrada para os lados e caprichosamente organizada. O piso tinha sido limpo. Uma mesa havia sido posta com três cadeiras em volta, e uma faixa de tecido habitualmente pendurada nas paredes foi usada como toalha de mesa. Peter estava brilhando, a metade petrificada de seu corpo reluzia como madeira polida sob a luz baixa. Esther via as rugas da idade que haviam se formado na pele dele, as veias opalinas de brilho branco que percorriam a madeira mais escura.

Peter tinha lavado os cabelos e aparado a barba. Para justificar o gasto de suas economias cuidadosamente racionadas na refeição daquela noite, Peter disse que não tinha comido nada além de feijão e arroz durante quatro semanas. Esther e Jonah se dispuseram a pagar a comida tailandesa encomendada, mas Peter não quis nem ouvir.

Eles ficaram lá durante horas. Jonah era o Jonah que ela tinha visto primeiro na refinaria de níquel, aquele com um drinque em cada mão, contando alguma história grandiosa para uma multidão. O que pintava o esplendor da galáxia para esconder a escuridão que habitava dentro dele.

Peter o adorou, isso ficou claro.

— Nós devemos fazer isso de novo, uma hora dessas — disse ele, erguendo seu braço bom para um brinde. — Aos novos amigos.

Eles também ergueram seus copos de uísque.

— Aos novos amigos — ela e Jonah disseram juntos.

Esther pensou, enquanto os via, que talvez ela tivesse julgado a mãe precipitadamente por não deixar seu pai, apesar da dor constante que ele lhe causava.

Talvez apaixonar-se e continuar amando alguém, mesmo que você não quisesse, não fosse o imenso desastre que ela sempre imaginou que fosse.

## CAPÍTULO 21
# 9/50: ENCARNAÇÃO DE SATÃ, TAMBÉM CONHECIDO COMO GANSO

**No domingo do 9/50,** antes que Jonah perguntasse, Esther ergueu a mão e explicou-lhe por que ela evitava gansos: *a)* gansos do Canadá derrubaram o avião que caiu no rio Hudson e *b)* gansos são geralmente apenas feras satânicas terríveis, horríveis.

— Pela primeira vez — disse ele, tirando luvas de lã da mochila e prendendo-as com fita isolante em volta dos punhos —, eu concordo com você. — Ele olhou-a de cima a baixo, observando sua armadura de soldado. — Eu trouxe luvas e óculos de proteção pra você, mas parece que não será preciso.

— Eu já estive em batalha contra um ganso — ela disse, ao colocar o capacete, rezando para que o Grande Poço de Carkoon fosse suficiente para proteger seu rosto de ser dilacerado. — Eu não vou enfrentá-los despreparada novamente.

— Pronta?

— Para os gansos? — A voz dela estava abafada e sua respiração saiu quente, junto ao seu rosto, mas ela não queria nem saber, porque eram gansos. — Não. Vamos nessa.

Eles caminharam até o parque perto da casa dela, onde os gansos locais eram feitos de bicos e ira. O lago tinha sido isolado com cordões, havia mais de uma década, desde que as aves quase mataram uma criança. Na grama, havia placas fincadas por toda parte que diziam ATENÇÃO: GANSOS AGRESSIVOS.

Eles iam morrer.

— Gansos são as únicas aves conhecidas por matarem seres humanos — Esther disse, conforme Jonah prendia a GoPro na testa.

— Isso não é verdade — disse ele.

Um ganso fixou os olhos nos dela e grasnou, embora eles estivessem a quinze metros de distância.

— Eu estou *bem certa* de que é verdade. Eles estão prontos pra nós.

Jonah fez o sinal da cruz e tirou uma bisnaga da mochila. Eles assentiram um para o outro dizendo que isso poderia muito bem ser o fim.

Como Esther via, em sua cabeça: uma cena com tomada geral, ela e Jonah de um lado da tela, e a horda de gansos do outro. Conforme eles marchavam na direção das aves ao som do épico "O Fortuna", de Carl Orff. Eles começam a correr, os gansos também. Havia gritos de batalha de ambos os lados. Jonah erguia a bisnaga e gritava "PELA HUMANIDADE!" em uma tomada de cena aérea, que mostrava os exércitos prestes a colidirem e como os dois guerreiros mamíferos estavam em número bem menor. Um close no capacete de guerra. Um close na cara do ganso, com sua expressão sedenta de sangue (também conhecida como cara de ganso descansando). E, então, a cena em que tudo isso resultou: os exércitos se encontrando no meio da tela, dois tsunamis batendo de frente, penas voando para todo lado, conforme os gansos partiam para cima deles.

De volta à realidade: Esther perdeu Jonah no massacre, mas ela o ouviu gritar:

— Peguem o pão, seus filhos da puta! Apenas peguem o pão! — As aves estão por todo lado, bicando seu macacão de plástico, tentando encontrar um ponto fraco em sua armadura. Eles chiam loucamente, de pescoço esticado, batendo as asas que nem malucos, enquanto decidem se tentam comer a bisnaga ou matar os intrusos, ou ambos.

— Eles são muitos! Recuar, recuar! — Esther gritou. — É quando um ganso morde o tornozelo de Jonah e o derruba no chão. Ele grita e cai encolhido, com o peito e os braços expostos à fúria de dúzias de bicos.

— Vá sem mim! — ele grita, por entre as bicadas. — Vá sem mim!

— Negativo, Caça-Fantasmas! — Revigorada pela adrenalina, Esther mergulhou no meio do furacão de aves e agarrou Jonah por debaixo dos braços. Os gansos são rápidos e sabem guardar rancor. Assim, embora ela o tenha arrastado até o meio do parque, eles ainda os seguiram, grasnando, bicando, e batendo as asas como numa sinfonia do demônio. Os gansos finalmente concluíram que eles já estavam longe o bastante de seu território e ficaram totalmente imóveis na grama, em sentinelas, esperando que a dupla se reorganizasse para atacar novamente. Esther soltou Jonah e caiu de joelhos, ofegante dentro do capacete que ela arrancou, seguido das luvas, para poder abrir a camisa de Jonah e ver se tinha ferimentos. Ele estava gemendo e se contorcendo no chão, murmurando, repetidamente "Não consigo sentir as minhas pernas". Havia três machucados ensanguentados em seus ombros e uma dúzia nos calcanhares e pernas, onde os gansos o bicaram, mas fora isso não havia nenhum dano permanente.

Ela encarou os gansos. "O Fortuna" começou a tocar novamente em sua imaginação.

— Isso não acabou — disse ela, sacudindo a cabeça. — Eles virão atrás da gente quando menos esperarmos.

Jonah levanta mancando. Um ganso grasna para ele, que toma um susto.

— Cara, que isso. Esses gansos que se fodam.

# CAPÍTULO 22

# E OS ADULTOS SE PERGUNTAM POR QUE OS ADOLESCENTES BEBEM

**A elevação para o "alerta 2"** veio dois breves dias depois. A casa tinha sido lentamente evacuada de móveis, o que significava que Rosemary estava na temporada de perda brava, mas isso não era novidade. Dinheiro das máquinas caça-níqueis era como a maré: ele vinha e ia, vinha e ia. Durante a maré alta, a casa transbordava de móveis, eletrônicos e comida. Depois, à medida que o dinheiro ia declinando e os deuses das maquininhas tiravam o que haviam dado, as coisas começavam a retroceder pouco a pouco. Mesmo com o salário que Rosemary ganhava como horticultora, as duas últimas notificações sobre o empréstimo pessoal tinham começado a acumular.

A tia Kate ligou às dezessete horas querendo falar com Rosemary, o que ela só fazia quando ela lhe devia uma soma considerável de dinheiro. Esther fez o que era necessário: chorou. Não era difícil. Ela nem precisava fingir. Ela sentia a maré subindo mais depressa que nunca, levando com ela tudo que havia em sua vida. Uma maré como essa só podia significar uma coisa: um tsunami estava a caminho e ia destruir tudo que encontrasse pela frente.

Depois de Kate ter finalmente desligado, Esther esperou por Rosemary a tarde inteira, e boa parte da noite. Não tinha comida em casa, literalmente nada, e sua mãe havia prometido trazer pizza.

— Ela não vem, Esther — disse Eugene, quando ela ligou para Rosemary pela nona vez. — Se fosse vir, já estaria em casa agora.

Às onze horas, com a barriga roncando, Esther decidiu enviar uma mensagem passivo-agressiva para a mãe.

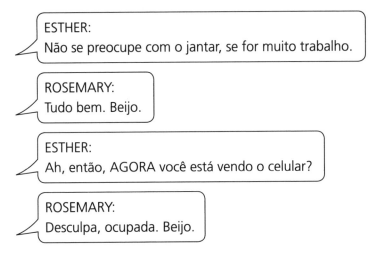

ESTHER:
Não se preocupe com o jantar, se for muito trabalho.

ROSEMARY:
Tudo bem. Beijo.

ESTHER:
Ah, então, AGORA você está vendo o celular?

ROSEMARY:
Desculpa, ocupada. Beijo.

Esther queria mandar mensagens que dissessem coisas do tipo "Será que você não percebe o quanto está magoando a sua família?" Ou "Vá se foder, por ser tão egoísta!", mas ela sabia que isso só faria Rosemary chorar, Esther ficaria mal e, de qualquer maneira, isso não ajudaria em nada.

A situação toda a deixava tão zangada que ela queria rasgar alguma coisa, arranhar alguma coisa, partir algo em pedaços. Ela ficou imaginando se essa era a sensação que Eugene tinha antes de passar uma gilete em sua pele. Ela pensou em experimentar. Tinha que haver um motivo para que ele fizesse isso. Será que a sensação era boa? No fim, ela se conformou em mandar pra dentro um quarto da garrafa de vodka, até ficar com um tipo diferente de dor, uma dor de lá-se-vai-meu-fígado. O que há de melhor para destruir do que a si mesmo?

Ela mandou uma mensagem para Jonah.

ESTHER:
O que você está fazendo nesse momento?

> **JONAH:**
> Pintando. O que você está fazendo?

> **ESTHER:**
> Considerando o alcoolismo como uma forma legítima de rebelião adolescente.

> **JONAH:**
> Traz um pouco dessa rebelião pra cá. Ninguém deve se rebelar sozinho.

Foi o que ela fez. Eugene a levou de carro até a casa de Jonah, eles pararam quatro casas adiante e entraram escondidos pelo quintal dos fundos, o que nem era preciso, porque o pai de Jonah não estava em casa.

Eles beberam atrás da casa, no frio, até que tudo ficou engraçado e Jonah pintou página após página de aquarelas que iam de alegres e lindas, quando estava sóbrio, até massas disformes e enroscadas, quando estava bêbado. Eugene descreveu para ele as aparições que via no escuro e ele pintou também, coisas monstruosas com olhos reluzentes e pele feita de piche pingando.

Por um tempo, Jonah trabalhou no retrato de Esther. Eugene espiou por cima do ombro dele e disse:

— É só um... — mas Jonah o fez ficar quieto.

— Não vá estragar a surpresa — disse ele.

— Não entendo — disse Eugene, franzindo o rosto, mas Jonah sacudiu a cabeça.

— *Ela* vai entender, cara — disse ele, ao olhar pra ela. — *Ela* vai entender.

Esther corou e pressionou os lábios para se conter e não abrir um sorriso.

Mais tarde, quando a sessão do retrato pintado tinha terminado, Jonah sentou ao lado dela, com as pontas dos dedos salpicadas de tinta, e ficou tracejando círculos na palma de sua mão. Esther deu um gole em sua vodka e deixou a raiva extravasar. Ela disse a eles que amanhã seria o dia de confrontar sua mãe. Ela faria isso, ela faria isso, ela falaria alguma coisa.

Eles foram para casa de carro, depois de amanhecer, depois de passar a noite em claro. Esther não perguntou a Eugene se ele estava sóbrio para sentar ao volante de um carro, porque achou que se ele não estivesse – se estivesse embriagado – isso talvez fosse finalmente chamar a atenção da Morte.

Eugene estava sóbrio, sim, ou, pelo menos, o suficiente para dirigir sem bater em nada, então eles chegaram em casa sem qualquer visita do Ceifador. A manhã estava fria – dava pra ver pela camada de gelo sobre as folhas caídas no quintal da frente –, mas ela não sentia nada, mesmo depois de terem andado de carro com as janelas abertas. O carro de Rosemary estava estacionado na entrada da garagem, o que significava que ela tinha voltado para casa e *a)* descoberto que os filhos tinham sumido e não dera a mínima ou *b)* nem se deu ao trabalho de verificar a cama deles.

Esther não tinha certeza do que era pior. Ela bateu a porta do carro com força e marchou descalça para casa a mil por hora, por entre os olhos-gregos tilintando, abastecida de álcool e pronta para dizer à mãe exatamente o que pensava dela.

— Esther, não faça isso — Eugene disse, ao fechar a porta do carro.

— Por que não?

— Você não acha que ela já está mal? Gritar com ela não vai ajudar ninguém.

— Vai *me* ajudar, eu vou me sentir melhor.

Mas, lá dentro, ela encontrou a mãe encolhida no corredor, com um travesseiro embaixo da cabeça, uma das mãos encostadas à porta laranja que descia para a tumba do marido. Toda acidez de Esther sumiu. A outra mão de Rosemary estava junto ao peito, segurando uma medalha que tinha a foto dela com Peter no dia do casamento deles. Espalhado pelo chão de madeira, embaixo do travesseiro, havia uma porção de folhas com pedidos escritos. *Liberte-o* todas elas diziam. *Liberte-o, liberte-o, liberte-o.*

Ali estava a prova concreta do estrago que o amor podia fazer. Um lembrete de como deixar alguém entrar só dava ao outro o poder de acabar destruindo você.

Esther queria acordar Rosemary. Queria fazer com que ela se sentisse mal pelo que havia se transformado. Queria saber porque ela ficou em um relacionamento que já a havia destroçado. Ela queria que seu veneno ardesse nas veias da mãe, que a machucasse de dentro para fora. Mas então ela percebeu como as pontas dos dedos dela haviam sido comidas.

Como Esther enxergava a mãe, dentro da própria cabeça: por toda sua pele – suas orelhas, nariz, pescoço, todo lugar – havia buraquinhos de decomposição, como se ela tivesse sido atacada por cupins. Casas infestadas por cupins se tornam ocas e começam a desmoronar sob o próprio peso. Esther ficou imaginando se acontecia a mesma coisa com as pessoas.

— Você está vendo isso? — ela perguntou a Eugene, tocando as pontas quebradiças dos dedos de Rosemary. Flocos de pele e osso soltando em pedacinhos. — Nossa mãe é feita de madeira.

De volta à realidade, Eugene tinha sumido. Esther procurou por ele em todo andar térreo e no quintal, mas ele tinha desaparecido. Depois de meia hora de busca, ela desistiu e arrastou um cobertor da cama de Rosemary para cobri-la. Ela se remexeu, mas não acordou.

— Você quer ir pra escola? — disse Eugene quando reapareceu, três horas depois. Foi o tempo mais longo que ele permaneceu invisível. Quando ele voltou, cheirava a terra molhada, madeira e algo sinistro que ela não conseguiu identificar. Ela ficou imaginando para onde ele ia quando não estava ali e se perguntou se queria saber.

— Já é quase meio-dia — disse ela, olhando para ele do lugar de onde tinha ficado esperando, no sofá, com Pulgoncé encolhida numa bolinha de pelo aquecido em sua barriga. — Nem um pouco.

Eugene checou seu celular. Esther o viu piscar por vários segundos antes de se estabilizar de novo.

—Ah. — Ele olhou em volta. — Devo ter perdido a noção da hora.

Então, ele foi para o quarto dele e eles não fizeram mais nada pelo resto do dia, exceto dormir para curar a ressaca. Mesmo depois de acordar, a mãe não foi vê-los.

## CAPÍTULO 23

# O BEIJO FRIO DA MORTE

**O aquecedor pifou** no fim de semana anterior ao Dia de Ação de Graças. Esther acordou tremendo na cama, com a respiração formando uma espécie de nuvem de fumaça na frente da boca. A casa estava fria e melancólica – nem as luminárias e a luz das velas pareciam melhorar o peso do escuro. Eugene estava parado na porta dela, como um espírito vingativo despertado pelo gelo. Ele parecia ter chorado.

— Não tem aquecedor — disse ele. — Tudo fica mais escuro no frio.

— Não consegue dormir? — Esther perguntou.

Eugene esfregou os braços, a pele por baixo das mãos toda arrepiada.

— Eu nunca durmo. Posso ficar aqui?

Esther concordou. Eugene veio e deitou encolhido, de costas para ela. Ele estava agitado. Aos prantos, ela percebeu. Havia pequenos tremores do outro lado da cama, réplicas de algo terrível que ele viu e o deixou tão desesperado a ponto de vir até o quarto dela. Ela pousou a palma da mão nas costelas finas que marcavam as costas de Eugene torcendo para que ele sentisse a calma que eles sempre conseguiam transmitir um para o outro através da pele.

— Por que você está triste? — ela sussurrou. Uma pergunta supérflua, talvez. Nos escombros da família Solar, havia muitos motivos para escolher. Ainda assim, por pior que ficasse a situação, Esther não sentia a necessidade de passar a gilete na pele.

Alguma coisa perturbava Eugene. Algo mais profundo.

— Eu não sei — ele respondeu baixinho. — Eu sou assim mesmo.

Esther não podia consertar isso. Ela não podia ajudá-lo. Não podia mudar a tristeza de Eugene, da mesma forma como não podia mudar o castanho de seus olhos ou o preto de seus cabelos. Havia soluções temporárias para essas coisas – tinta capilar, lentes de contato – mas, por baixo, na verdade, elas continuariam sendo como eram. Ela não podia ajudá-lo, não sabia como ajudá-lo, e isso acabava com ela.

Não pela primeira vez, ela desejou que os ferimentos dele fossem mais óbvios. Que o que quer que tivesse inchado ou infeccionado dentro de sua cabeça e o fizesse se sentir assim pudesse ser arrancado, pudesse ser costurado e coberto com um curativo como qualquer outro ferimento.

Eugene estava sempre esperando pelo susto que nunca vinha. Sempre esperando que um rosto surgisse no espelho atrás dele. Sempre esperando por um demônio que agarrasse um tornozelo para fora do cobertor. Sempre esperando que a luz piscasse, apagasse, e um *serial killer* o estivesse observando com óculos de visão noturna.

Para os garotos da escola, os que eram atraídos por sua magia, ele era alto, moreno e bonito, um garoto bruxo feito de mistério.

Para Esther ele era uma silhueta fina, como um caramelo que fora esticado demais até ficar bem fininho. E atrás dele, arrastando-o para trás, arrastando-o para baixo, havia uma massa sombria e espessa, uma criatura de piche que se avolumava e contra quem ele lutava com todas as forças, mas nunca conseguia derrotar. Não havia Eugene sem escuridão. E talvez esse fosse o problema.

Talvez Eugene não tivesse medo do que havia na escuridão.

Talvez Eugene tivesse medo da escuridão que havia nele.


Quando Esther acordou de novo, de manhã, o corredor estava branco de gelo. Rosemary estava sentada na cozinha, embrulhada num cobertor, com as mãos em volta de uma caneca de café quente. A cabeça de Fred estava para fora das cobertas, e quatro coelhinhos estavam aninhados nas pernas dela.

— O aquecedor — ela disse, gesticulando para os desenhos congelados se espalhando pelas paredes, como se Esther talvez não tivesse notado — está quebrado.

Durante o resto da semana fez um frio atípico. Um tempo gélido atravessou o estado, infiltrando-se por baixo das portas e pelas frestas das janelas, e arrancando os cobertores dos pés para deixar a pele rosa, macia e petrificada da noite para o dia. A Morte estava ocupada com os idosos sozinhos em casa e com os sem-teto na rua. Estava ocupada balançando berços de recém-nascidos, beijando seus rostos para infectar seus pequenos pulmões com pneumonia. Estava ocupada percorrendo matas secas, pousando os dedos em todos os esquilos, coelhos, guaxinins e raposas que apodreceriam e inchariam em suas tocas quando o calor voltasse, com seus corpinhos incapazes de afastar o frio.

O frio chegou para os Solar também. Ele veio percorrendo os corredores cada vez mais estéreis de seu lar lúgubre. Penetrava nos ossos e os fazia estremecer enquanto dormiam.

Até segunda-feira, Esther estava com tosse e não conseguia sentir os dedos.

Na terça ela se rendeu.

— Chame alguém pra consertar — ela disse à mãe, batendo os dentes. O tempo todo, isso foi um jogo, para ver quem conseguia passar frio mais tempo. Não era muito justo, quando você está lutando contra um menino fantasma e uma mulher feita de madeira. — Eu pago. Tenho um dinheiro guardado. Eu vou pagar.

Rosemary realmente sorriu, quando ela lhe disse isso. Ela sorriu porque sabia que tinha ganhado.


O cara do aquecedor veio na véspera do Dia de Ação de Graças, enquanto Esther estava em casa sozinha depois da escola. Ela o deixou entrar e ficou na cozinha perto das facas de carne caso ele tivesse alguma ideia, mas como ele perambulou pela casa sem atacá-la, ela relaxou um pouquinho. Ele não costumava trabalhar tão perto do Dia de Ação de Graças, como explicou, mas conhecia Rosemary do cassino.

Em relação ao aquecedor, a situação estava ruim. O cara remexeu e cutucou dentro da máquina por dez minutos antes de perguntar onde estava a mãe de Esther. Ela começou a dizer o número do celular de Rosemary, mas ele disse que já tinha e, depois, foi até lá fora ligar para ela da varanda.

Esther ficou ouvindo o cara pelo vão da correspondência. Ela só ouvia a metade da conversa, pelo lado dele: "O sistema está totalmente pifado". "Vai ter que ser completamente substituído." "Eu nunca vi nada assim", disse ele. E, depois, pediu dois mil dólares pelo trabalho. "Dois mil, no mínimo, e isso com desconto de amigo."

Esther saiu antes que ele terminasse de falar. Ela foi até Jonah. Eles deveriam sair para fazer uma trilha, mas ela não conseguia juntar energias para isso, então ficaram no frio cortante da calçada do lado de fora da casa dele, olhando o mundo debilitado, isto é, as árvores sem folhas, os carros sem tinta, o lixo molhado se acumulando nos gramados das pessoas, o céu nublado e obscuro.

Que buraco.

Jonah passou o braço em volta dos ombros dela, embora soubesse que isso não era permitido.

Esther disse:

— Eu detesto isso aqui.

E ele disse:

— Nem me fale.

Ela perguntou:

— Você alguma vez se sente como uma rosa que cresceu numa pilha de compostagem?

E ele respondeu:

— Não.

Em seguida, ela disse:

— Você acha que a sua família é a pilha de compostagem? Ou essa cidade? Ou eu?

— Como é que você pode pensar que você é a pilha de compostagem?

— Porque eu não sou uma rosa. Então, eu devo fazer parte da pilha.

— Você é uma rosa. A mais bonita que eu já vi.

— Pare de tentar me ganhar.

Ele deu uma cotovelada brincando, depois pegou uma mecha de cabelo dela, enroscou no dedo, e ficou admirando.

— Você vai sair daqui, Esther. Eu vou levar você comigo.

— Claro.

E eles não disseram mais nada, por um tempo, porque os dois eram péssimos mentirosos.

Quando o frio penetrou dentro dos casacos dos dois, eles entraram. Jonah trabalhou no retrato dela por um tempo, e Esther tentou não deixar que ele a visse chorando. Dois mil. Duzentos já seria caro, mas *dois mil?* Dois mil os levariam à falência.

Jonah ficou quieto enquanto guardava as tintas e foi se deitar ao lado de onde ela estava encolhida, num cobertor. Ele limpou uma lágrima dos cílios dela e pôs a mão em seu rosto, mas não havia nada que ele pudesse dizer para melhorar as coisas, então ele nem tentou. Eles adormeceram juntos, aninhados para afastar o frio, ambos sonhando com outra vida – qualquer vida – que não fosse a que eles receberam.

Quando Esther acordou, foi com um susto. O sol já tinha baixado e havia um homem em pé, acima dela, gritando. Ela não entendeu a maior parte do que ele estava berrando, exceto "PIRANHA" e "GRÁVIDA". Jonah já a empurrava bruscamente na direção da porta, dizendo "Vai, vai, caralho, vai, Esther, vai". E ela se deslocava como se estivesse num sonho, desesperada para andar mais depressa, mas sem conseguir fazer seu corpo pesado e sonolento fazer exatamente o que ela queria.

Remy estava no quintal dos fundos, escondida na grama alta atrás da casa, agachada, imóvel. Ela viu Esther cambaleando para fora do portão com a echarpe embolada nas mãos.

Quando ela finalmente parou de tremer, mandou uma mensagem para Jonah.

> ESTHER:
> Merda.
> Me desculpa.
> Merda, merda, merda.
> A gente não podia ter dormido.
> Você está bem?
> Por favor, me diga que você está bem.

Então, ela esperou no fim da rua até que a iluminação dos postes acendesse e o sol caísse por trás do horizonte. O entardecer no outono era sempre o seu favorito. Era fresco, um painel vasto, de vidro, tingido de verde nos últimos momentos antes do céu inteiro cair na escuridão. Era a única época do ano e único momento do dia em que essa mágica, típica dos livros de histórias, até parecia poder ser real. A luz do sol do verão se dissolvia do mundo deixando a luz tênue, a atmosfera tênue, o espaços entre as realidades tênue.

Coisas impossíveis de outros reinos podiam passar pelo céu em noites como essa. Esther estava quase certa disso.

Alguma coisa quebrou dentro da casa de Jonah. Vidro. Esther inalou uma golfada de ar frio. Era estranho que tanta beleza existisse ao lado de tanta feiúra.

Jonah não saiu. Ele não respondeu a mensagem. As janelas da casa continuaram apagadas. Nada impossível entrou em nosso mundo, vindo do céu.

Esther foi caminhando para casa, no escuro, imaginando se ela era mais covarde por não chamar a polícia, ou por ainda sonhar com mágica no último ano do ensino médio, quando estava bem claro que agora não havia mágica nenhuma. Para ela, pelo menos, não.

Os olhos-gregos lhe sussurraram boas-vindas ao passo que ela foi passando pelos carvalhos. A casa, como sempre, estava irradiando luz.

Rosemary estava encolhida no sofá, dormindo, com o rosto inchado de chorar. Ela parecia tão pequena, como uma criança, com os anéis escorregando por cima dos nós dos dedos magros. Havia tigelas no chão, ao lado dela, cada uma delas com água e alguma erva destinada a trazer prosperidade: manjericão, folhas de louro, camomila. Fava tonca caía de suas mãos. Medidas emergenciais com o intuito de trazer dinheiro pra eles, rapidamente.

Ver a mãe chorar deixava Esther com vontade de chorar. Ela não apenas detestava o fato de estarem falidos, mas o fato de que tudo que eles tocavam parecia azedar e estragar, esfacelar pelas mãos. Ela detestava a vida deles. Detestava as poucas escolhas que haviam feito e detestava as partes da vida que haviam recaído sobre eles feito uma caspa desagradável e indesejada. Ela odiava não poder arrancar o pai da fossa que se tornara a sua existência e que o afogaria lá embaixo com ela assistindo seus últimos suspiros gorgolejados porque ela não era o suficiente – forte o suficiente, inteligente o suficiente, corajosa o suficiente, suficiente, suficiente, suficiente – para salvá-lo.

Não era o suficiente para salvar Eugene. Nem suficiente para salvar seu avô. Para salvar Jonah. Nem para salvar a si mesma.

*Se meu pai morrer, pensou ela, observando a mãe, será o fim dela. Se ele morrer, ela vai desmoronar e nossa família terá acabado.*

Esther queria ignorá-la. Queria passar direto por ela, ir para o seu quarto e fechar a porta. Mas ela não conseguia. Não podia. Rosemary estava ali deitada no sofá, com o rosto pesando sobre a mão, imóvel e pálida como uma estátua. Ela queria berrar com a mãe, dizer que era tudo culpa dela, culpa dela, tudo culpa dela, mas também não conseguia fazer isso. Qualquer que fosse a magia que unia a duas, ela sussurrava no ouvido de Esther dizendo "Conforte-a". Então, Esther pousou a mão na bochecha úmida da mãe, ainda molhada e quente das lágrimas. Rosemary abriu os olhos e observou-a enquanto abria um sorrisinho sonolento em seu rosto.

— Oi, benzinho — ela sussurrou, ainda meio dormindo, meio acordando.

— Oi, mamãe — Esther disse baixinho. Ela agachou ao lado dela e encostou a cabeça no sofá, deixando que Rosemary passasse os dedos por seus cabelos, como fazia quando ela era criança. Esther sentiu o cheirinho de sua mãe e tentou se lembrar exatamente de quando elas começaram a se afastar. Essa fenda que se abriu não tinha sido súbita, foi acontecendo aos pouquinhos, sem que você não conseguisse ver o quanto havia se distanciado até que a distância se tornasse instransponível.

— Eu vou pagar — Esther disse. Ela falou duas vezes, antes de perceber que nenhum som estava saindo de sua boca, só a respiração. Ela limpou a garganta. — Eu vou pagar.

— Não vai, não — disse Rosemary, mas Esther sentiu os músculos dela relaxando em suas mãos. — Você trabalhou duro por esse dinheiro. É pra sua poupança da faculdade.

— E tem mais alguém? — Não foi uma pergunta, porque perguntas são feitas quando você quer uma resposta, mas ela já sabia a resposta. — Alguém com quem você possa pegar o dinheiro emprestado?

— Não.

Naquela noite, Esther usou o celular para transferir o dinheiro para sua mãe, o dinheiro para o conserto do aquecedor. Dois mil dólares. Praticamente todo o dinheiro que ela tinha economizado com as vendas dos seus doces e bolos. Enquanto Rosemary beijava suas bochechas, suas pálpebras, sua testa, Esther ficava imaginando se elas poderiam encontrar o caminho de volta, uma à outra, ou se a ruptura continental que as havia separado só continuaria a afastá-las tão lentamente, que nenhuma delas sentiria dor suficiente para tentar parar.

— Eu vou te devolver — Rosemary garantiu à filha, lavando as mãos com chá de camomila. — Vou pagar tudo de volta, eu prometo.

Como salvar alguém que está se afogando em si mesmo?

## CAPÍTULO 24
# 15/50: CADÁVERES

**Jonah tinha enviado** uma mensagem para Esther no Dia de Ação de Graças para que ela soubesse que ele estava bem, mas não poderia encontrar com ela até domingo. Agora era domingo de manhã e Jonah estava em sua casa desde o raiar do dia, deitado no chão de seu quarto, pegando todos os livros nas paredes como se fosse dono do lugar.

Esther não perguntou por que ele havia chegado tão cedo. Por que ele havia entrado pela janela, pensando que ela estava dormindo, e chorado por um tempinho, no chão, até que ela saísse das cobertas e deitasse ao seu lado, pousando delicadamente a mão no hematoma escuro e inchado em seu rosto. Jonah era um talentoso artista de maquiagem, mas não tão talentoso para *isso*. A pele estava inchada sob seu toque. O olho dele tinha igualado ao rosto num machucado horrendo demais para ser falso.

— Eu pensei em outro jeito pra encontrarmos a Morte — ele sussurrou para ela, que passava as pontas dos dedos no machucado recente. — Nós podemos eliminar o intermediário. Trazer a Morte direto até nós.

— Ah, é?

— Eu poderia matar meu pai. — Ele disse, meio de brincadeira. Esther sacudiu a cabeça.

— Não jogue a sua vida fora. Não por ele. Você está tão perto de terminar a escola e ir embora para faculdade.

Jonah desviou de seu toque, olhou-a como se ela fosse uma idiota, e deu uma risada amarga.

— Você acha que eu vou deixar a Remy naquela casa com ele? Acha que o Holland vai me deixar partir? Você não entende? Não tem saída pra mim. Até que a Remy esteja crescida, essa cidade... é só o que eu tenho.

— Mas... você é tão talentoso. Você disse à minha mãe que quer ir pra Hollywood.

— É, não dá pra dizer aos pais de alguém que você não tem qualquer opção de carreira, exceto trabalhar em horário integral numa espelunca de fast food até sua irmã caçula ter idade pra ir à faculdade. Isso é tudo que eu tenho, Esther. Isso — ele gesticulou para o equipamento de filmagem que tinha trazido com ele. — Isso é provavelmente o mais próximo que eu vou chegar do cinema, pelo menos até que a Remy tenha idade suficiente pra ir embora.

— Isso é bastante tempo.

— Mas é menos tempo que uma pena de prisão por assassinato. Nesse momento, essas são as minhas duas opções.

Esther viu que ele estava tentando fazê-la rir. Ela não riu.

— Você deixaria o Eugene? — Ele acabou perguntando.

Ambos sabiam a resposta.

Não. Não, ela não o deixaria.

Esther disse para Jonah colocar gelo no rosto inchado e, depois, voltar a dormir, pensando em como ela tinha acreditado que esse menino a estava salvando nos últimos meses, o que ela detestava, pois não era nenhuma donzela em perigo. O tempo todo ela achou que ele a estivesse salvando, mas agora ela via que, na verdade, eles estavam salvando um pouquinho um ao outro.

Às dez horas, depois que Jonah a cutucou por meia hora e pôs Pulgoncé no rosto dela, Esther finalmente saiu da cama. Eles foram até a cozinha e ela preparou café da manhã para eles (o que foi difícil, porque ainda tinham bem pouca comida). Não falaram sobre o que haviam discutido de madrugada, nem sobre o hematoma no rosto de Jonah, nem sobre nada que os deixasse mais tristes. Em vez disso, ele perguntou a ela, pela quadragésima vez, como, exatamente, eles veriam cadáveres.

Esther tinha resolvido planejar o 15/50 em parte porque ela tinha uma boa ideia e, em parte, porque ela desconfiava que Jonah seria capaz de cavar um túmulo e arrastar um cadáver fresquinho até sua casa se ela o deixasse por conta própria.

— Nem se preocupe — disse ela, ao fazer um rosto sorridente no prato de mingau com o restinho de aveia que tinha.

— Eu não vou querer ver, tipo, cachorrinhos mortos, nada assim — ele disse, sentando no chão da cozinha, porque, a essa altura, todas as cadeiras tinham sumido. Esther achava que os coelhos estavam fazendo um trabalho bem ruim em trazer sorte.

— Eu vou ficar muito chateada se você me levar pra ver cachorrinhos mortos.

— Não vai ter nada de cachorrinho morto. — Ela fez uma pausa. — Pelo menos, eu acho que não. Mas talvez tenha bebês mortos.

— Você me leva pra fazer uns programas românticos bem esquisitos. Esther tentou conter um sorriso. A perseverança dele era de se admirar.

— Nós não estamos namorando.

Jonah deu uma risada.

— Por que todas as minhas namoradas ficam me dizendo isso?

Esther se vestiu de Rosie, the Riveter, e depois explicou o caminho para Jonah até a Escola de Ciências Médicas: uma pequena universidade que havia, de alguma forma, ido parar na cidade deles. Na manhã de domingo, após o Dia de Ação de Graças, o campus estava bem tranquilo. Um ou dois alunos esquisitos perambulavam, mas o local estava deserto em grande parte.

— Ah, eu sei o que nós vamos ver — Jonah disse, conforme eles caminhavam em direção à biblioteca da faculdade. — Alunos de medicina não contam como gente morta, Esther. Eles podem até parecer zumbis, mas ainda têm pulso. Eu sei que é chocante.

Alojado atrás da biblioteca ficava um prédio baixo, local que era, na verdade, o ponto de destino deles. A placa acima da entrada dizia "MUSEU DE DOENÇAS HUMANAS".

— O que é isso? — perguntou Jonah.

— É um museu de ... — Esther explicou — Espera aí... — doenças humanas.

— Obrigado, Capitã Óbvia.

O Museu de Doenças Humanas, no fim das contas, tampouco era um lugar de movimento aos domingos. Talvez nunca. A zeladora estava dormindo e Esther precisou tocar a campainha para fazê-la tomar um susto e recobrar a consciência.

Jonah pagou os ingressos. Eles foram alertados pela mulher a demonstrar respeito pelas espécimes. Cada um dos três mil itens ali dentro viera de pessoas reais, humanos reais, com vidas tão preciosas e complexas como as deles, por isso destratá-los seria desrespeitoso a sua memória e à generosa doação que fizeram ao morrerem.

Lá dentro, o lugar parecia mais com os corredores frios e despidos de um hospital do que um museu. Não era particularmente um local refinado. Esther esperava que houvesse piso de madeira, paredes escuras e corações vermelhos vivos suspensos em potes de vidro. A realidade era bem mais clínica: piso de linóleo verde, paredes brancas, prateleiras de plástico e espécimes de tecido monocromático – tudo convertido num tom desagradável de amarelo pus em decorrência do processo de preservação. Cada amostra era conservada em formol, encapsulada em retângulos de vidro e empilhada em prateleiras, como estatuetas mórbidas.

Esther e Jonah caminhavam silenciosamente pelo local parando, de vez em quando, nas vitrines mais perturbadoras: uma mão com artrite, entortada para o lado, como uma aranha morta; um pulmão negro como piche, retirado de um trabalhador de mina de carvão, no começo do século 20; uma perna gangrenada, com a carne podre e empenada do tornozelo até a rotula; um útero com um tumor que tinha dado cria a seus próprios dentes e pelos.

E, por todo lado, todo lado, sinais da Morte. Seu trabalho habilidoso em cada fibra muscular, cada pedaço de osso, cada célula nascida e crescida somente para morrer por essa mão, no fim. A sombra dele estava em tudo nesse prédio. Esther sacudiu a cabeça ao ver a destruição de tudo diante da proporção incompreensível daquilo.

Cada um deles havia sido um ser humano. O acúmulo de toda a felicidade e tristeza deles havia sido imenso. As lembranças que guardaram em suas cabeças compiladoras poderiam causar uma sobrecarga nos servidores do mundo. Aquele pé cortado foi um ser vivo que respirava, caminhava, um humano real, com pensamentos, lembranças e sentimentos. Aquela fatia de cérebro um dia armazenou o conjunto de pensamentos adquiridos ao longo de décadas que compôs o doador que aquela pessoa havia sido.

Tanto trabalho para nada. O fato de que algo vivente deveria estar ali e depois sumir parecia tão impossível. Nada razoável. De alguma forma, um… desperdício tão grande.

Pois, no fim, para onde ia tudo isso? Esther compreendia a primeira lei da termodinâmica, que nada era criado ou destruído, que cada pedacinho de um humano seria redistribuído em outro lugar, quando ele morresse, mas para onde ia a lembrança? A alegria? O talento? O sofrimento? O amor?

Se a resposta era "lugar nenhum", então por que diabos nós nos damos ao trabalho? Qual o sentido desses nacos de consciência que comiam, bebiam, amavam e se erguiam de pedacinhos aglutinados do universo?

— Acho que vou vomitar — disse Jonah, já com ânsia, diante do mencionado útero, quando eles já tinham visto metade da coleção.

— Por que não saímos daqui e vamos comer alguma coisa? Que tal o Taco the Town? — ela sugeriu, apontando um pé decepado com uma gigantesca verruga plantar, similar a uma couve-flor brotando da sola, que parecia estranhamente o tipo de comida encontrada no *food truck* de tacos.

Jonah olhou para aquilo e depois vomitou no chão, no meio do salão, espalhando um punhado do seu café da manhã barato e respingando nos restos de gente doente encapsulada em formol. Esther o colocou sentado e saiu correndo para buscar água, como ele fizera por ela, quando ela passou mal. E foi assim que, numa tarde de domingo, no começo de dezembro, eles foram banidos para sempre do Museu de Doenças Humanas.

## CAPÍTULO 25
# 17/50: BONECAS

**Na semana anterior** ao Natal, o mundo ficou tão amargo e melancólico quanto os pesadelos agitados de Eugene. As últimas folhas caíam das árvores, o frio chegava em mantos para se instalar por cima da cidade, e Esther e Jonah continuavam na busca pela Morte, apesar da crescente pressão da escola: "ESTUDEM COM AFINCO E SE DEEM BEM NA VIDA, OU VÃO SER DAR MAL DEMAIS. NÓS NÃO ESTAMOS BRINCANDO QUANTO A ISSO".

Os quatro se encontraram no domingo da noite de Natal na casa de Hephzibah. Em parte, porque ela tinha as bonecas assustadoras que eles precisavam para filmar o episódio 17/50, porém, mais ainda porque a casa dela era a mais legal, seus pais falavam docemente um com o outro e, na noite de Natal, uma de suas avós sempre levava trufas fresquinhas feitas com rum que eram bem fortes (bem, quando eles estavam no ensino fundamental elas eram) a ponto de deixá-los meio altinhos. A outra avó trazia cafés com caldo de maçã na tentativa de superar a outra, então os verdadeiros ganhadores eram as barrigas deles.

Na casa de Hephzibah sempre dava a sensação de que o Natal era como deveria ser: terno, aromático e festivo, com um clima notório do Oriente Médio (afinal, o menino Jesus era de lá). Os Hadid, metade cristãos e metade judeus, acreditavam no *Nataluká*, uma mistura de Natal e Hanuká, e faziam sua decoração de acordo.

Durante uma década antes do nascimento de Heph seus pais foram correspondentes internacionais, por isso viveram em meia dúzia de cidades. A casa deles era um catálogo de onde eles já haviam passado no mundo: tapetes do Afeganistão tecidos à mão cobriam o piso, na sala de jantar havia cadeiras balinesas pesadas, com entalhes complexos nos encostos, e a sala era escandinava, com um design minimalista contrastando um biombo japonês e a olaria peruana espalhada por toda parte.

Hephzibah nasceu em Jerusalém, mas passou os primeiros anos de vida circulando entre Paris, Roma e Moscou, e até cursou o primeiro ano escolar em Nova Deli, antes dos seus pais irem para os Estados Unidos e decidirem ficar. Às vezes, eles ainda viajavam – mais para o México ou Canadá –, e Daniel, pai de Heph, chegou a cobrir o início da Guerra Civil na Síria antes que os jornalistas passassem a ter medo de ir pra lá. Eles geralmente trabalhavam de casa.

Os quatro filmaram o 17/50 após o jantar, quando a noite estava escura e fria, e o porão onde Hephzibah guardava seus brinquedos de infância estava com aquele clima apropriado de filme de terror. Os brinquedos tinham sido levados para lá a pedido de Esther, nos tempos do ensino fundamental, quando ela começou a dormir na casa de Heph e se pegou sem conseguir fechar os olhos no mesmo quarto das bonecas que claramente foram criadas com o principal objetivo de se tornarem receptores de possessões demoníacas e outras coisinhas.

Jonah fez com que ela ficasse cercada pelas bonecas por cinco minutos, com a luz apagada. No começo, Esther quase começou a ficar sem ar, pensando em todas as bonecas que ganhavam vida e pulavam na jugular das pessoas, como vira nos filmes. Porém, quanto mais tempo ela passava com elas, mais calma ia ficando a sua respiração. Elas não se mexiam. Não piscavam. Não estendiam seus dedinhos assustadores de porcelana para arrancar-lhe os olhos quando ela não estava olhando.

No fim, quando os cinco minutos terminaram, ela sentiu pena delas. Menininhas imóveis no tempo, deixadas sozinhas no escuro com sorrisos pintados em seus rostos imobilizados. Esther foi quem as condenou a essa jaula, anos atrás, à mesma época em que a Morte havia condenado sua família a viver com medo.

Quando Jonah acendeu a luz, ela carregou cada uma delas, uma a uma, de volta ao mundo acima.


Esther e Eugene passaram a manhã de Natal em Lilac Hill. Não ia ser um dia bom. Reginald tinha caído na noite anterior – uma síncope – e hoje ele estava com dor e não conseguia se lembrar do motivo. Era algo terrível de se ver. Como acontece com bebês ou animais que adoecem e não conseguem explicar o que está acontecendo, então apenas choram e choram, e isso faz você querer chorar também, porque não há mais nada que se possa fazer, absolutamente nada. Segundo o que as enfermeiras disseram, tinha ficado um hematoma que ia do seu quadril até a axila, cobrindo a lateral de seu corpo como uma nuvem em aquarela, e ele tinha dificuldade para respirar ou se sentar, ou se movimentar muito. Quatro costelas quebradas, elas disseram.

As mãos de Reg tremiam tão violentamente que ele não conseguia se alimentar, e Eugene teve de fazê-lo. Ele engasgou com a comida porque a doença estava tirando sua capacidade de engolir, e chorou durante a maior parte do tempo que seus netos estiveram ali, embora parecesse não notar a presença deles, ou reconhecê-los. Eugene sentou e ficou olhando pela janela, por quase toda a visita, aparentando o mesmo que Esther sentia: se ela conhecesse a Morte num beco escuro, ela não faria prisioneiros.

Estas eram as coisas que ela se lembrava em relação a Reg, naquele dia:

— A história que Rosemary contara de que quando Esther e Eugene eram bebês, Reg chegava sem avisar, quase todos os dias para vê-los. O jeito como ele os pegava em seus berços e acordava os dois, mesmo quando estavam dormindo, só para poder ler para eles, ou brincar com eles, ou levá-los para um passeio no jardim para ver os passarinhos, as flores e as árvores.

— Como ele adorava Johnny Cash e sempre cantava "I Walk the Line" para Florence Solar, mesmo sem ser afinado.

— Como toda vez que Esther queria fugir de casa ela ligava para o avô, ele vinha buscá-la e fingia que iria ajudá-la a escapar de uma imensa tirania. Como eles saíam juntos, escondidos, como espiões – embora Peter e Rosemary soubessem muito bem que ele estava lá –, e iam para casa de Reg e Florence para comer nuggets de peixe, a comida preferida de Esther quando ela era pequena.

Antes que eles fossem embora, as enfermeiras os chamaram e informaram que as alucinações haviam piorado, que ele havia amedrontado os pacientes contando-lhes que a Morte estava ali com eles, que ele o visitara, uma vez, para jogar xadrez, e que a hora dele estava bem perto.

— A Morte vem aqui? — perguntou Esther. — Você o viu?

A enfermeira olhou para ela como se ela fosse maluca, depois explicou novamente que a demência de Lewy causava alucinações visuais recorrentes e que nada do que Reginald dissesse deveria ser levado em conta. Eugene ergueu as sobrancelhas para a irmã.

— Ela quer dizer que *agora* ele está doente — disse ela, quando a enfermeira foi embora.

— Não, ela quer dizer *sempre*.

— Você não tem permissão pra acreditar em demônios e não acreditar na Morte — ela lembrou ele.

Eugene virou para olhar novamente pela janela.

— Novamente: eu acredito no que vejo.

Quando eles chegaram em casa, não havia presentes a serem abertos. Não havia árvore, nem decorações natalinas, a menos se considerasse as que ficavam permanentemente expostas lá embaixo. Esther sentou no topo da escada que descia ao porão, ouviu as canções natalinas saindo da vitrola, e ficou imaginando se deveria dizer a Peter que seu pai estava perdendo as estribeiras. Será que isso faria diferença? Será que ele ficaria mais inclinado a se libertar do porão e se aventurar do lado de fora, ou a iminência da morte do pai só faria com que ele se afundasse mais no subsolo?

Jonah entrou sorrateiramente no quarto dela, em algum momento depois de meia-noite, com o lábio arrebentado.

— Deixa eu chamar a polícia — ela pediu, enquanto pressionava a manga do moletom em sua boca, mas Jonah sacudiu a cabeça.

— Se nós formos levados pelo Estado, eles vão nos separar. Eu talvez nunca mais veja você — disse ele. — Conte-me uma história. É disso que eu preciso agora.

E assim, com a cabeça dele em seu colo, os dedos nos cabelos dele e a manga do moletom pressionando o corte do lábio, Esther contou a Jonah sobre a terceira vez que seu avô encontrou a Morte.

## CAPÍTULO 26
# AS IRMÃS BOWEN

**Na manhã** de 30 de setembro de 1988, Christina e Michelle Bowen, com sete e nove anos, respectivamente, esperavam o ônibus escolar a apenas duzentos metros de casa, quando um homem num Cadillac Calais novo encostou e disse a elas que o pneu do ônibus tinha furado e ele não passaria, mas que poderia lhes dar uma carona se elas quisessem. Elas aceitaram – o homem não parecia um estranho, não como aqueles que a mãe lhes falara, o tipo que oferece doce e anda com um cãozinho bonitinho para atraí-las a entrar numa van despercebida. Além disso, o carro dele era bacana, limpo, todas as janelas estavam abertas e ele não estava vestindo um casaco comprido e escuro, o que as meninas imaginavam ser a vestimenta de todos os estranhos.

O embarque das irmãs Bowen no Cadillac Calais foi testemunhado por um vizinho, que não achou nada de mais, pois as meninas entraram espontaneamente. Elas foram vistas com vida mais uma vez, meia hora depois, por um frentista de posto de gasolina, quando o homem estava enchendo o tanque. A essa altura, elas estavam a quilômetros de distância da escola, ambas estavam sentadas no banco traseiro, chorando, mas o frentista imaginou que o homem fosse pai delas e não achou grande coisa.

Elas foram dadas como desaparecidas naquela tarde, quando não voltaram da escola, por volta do horário em que uma denúncia anônima chegou à delegacia de polícia, informando que um homem estranho tinha sido visto jogando lixo na margem de um córrego seco na periferia da cidade. A pessoa designada a investigar foi o detetive de homicídios Reginald Solar, que normalmente não cobria esses casos, mas seu turno havia terminado, ele morava perto do local, e todos estavam ocupados demais com as crianças Bowen desaparecidas para dar muita atenção a um canalha jogando lixo. Então, Reg bateu o ponto daquele dia, certo de que as meninas Bowen seriam descobertas na casa de uma amiga, e foi até Little Creek para ver o que podia ser feito a respeito do lixo ilegal.

Era o começo do outono e o rio havia secado, após anos sem chuva, deixando apenas uma larga extensão de areia e árvores e arbustos. Da ponte, Reginald não via sinal algum de lixo, então ele estacionou seu carro – um Toyota Cressida de segunda mão – na estrada lateral e desceu a margem íngreme do córrego ainda de uniforme. Era um fim de tarde. Grilos gorjeavam e uma brisa soprava pelo vão do rio sem o frescor necessário para impedir que uma gota de suor escorresse pelas costas de Reg. Ele tirou o seu paletó e pendurou-o no braço. O lugar cheirava simultaneamente a fogueira, seiva florestal e água estagnada fervilhando do subsolo que, por não encontrar vazão, ficava parada e pútrida.

Como Reginald dissera a Esther certa vez, há uma diferença entre bons detetives e detetives por nascença. Os bons detetives eram aqueles que analisavam o que ouviam, viam e farejavam. Os detetives por nascença também faziam isso, mas eles tinham outro sentido, algo visceral ou na alma que os guiava mesmo quando seus sentidos não conseguiam fazê-lo. Reginald parou e ficou ouvindo o silêncio com os olhos lacrimejando. Ele soube, sem saber como, sem sequer tê-las visto ainda, que as irmãs Bowen estavam ali naquela margem do rio. Ele não conseguia explicar, só sabia dizer que cadáveres emanam um som, um tipo de zunido silencioso agourento que ele sentia nos dentes e por dentro de seu estômago quando se aproximava de um.

Foi quando ele viu as pegadas na areia: dois pares, às vezes três. Havia sinais de pegadas relutantes, o par menor tinha se recusado a andar e, portanto, havia sido arrastado por um tempo. Reg seguiu as pegadas sem tocá-las e colocou luvas para recolher as miudezas que foi encontrando pelo caminho: um medalhão com o fecho aberto, como se tivesse sido arrancado de um pescoço; um chapéu infantil; uma edição de *A Light in the Attic*, de Shel Silverstein; uma mochila com o nome "Christina" em letras de purpurina pintadas no bolso.

No fim dos rastros estava o que ele sabia que encontraria desde o instante em que olhou a margem do rio, de seu carro, lá na ponte, não porque pudesse ver, mas porque pôde sentir o eco de suas vidas: as irmãs Bowen, ambas nuas, de bruços na areia. Elas estavam a três metros de distância uma da outra, a menina mais velha com o braço esticado na direção da irmã.

Esther não entrou nos detalhes do que havia acontecido com elas, uma cortesia que desejou que o avô lhe tivesse prestado. Ela só disse que os cabelos delas tinham sido escovados e as roupas escolares caprichosamente dobradas e postas ao lado delas, com as meias enfiadas nos sapatinhos pretos brilhosos. Olhando-as daquele ângulo, não havia sinais de violência. Não que se pudesse achar que elas estivessem dormindo – longe disso. O peito das duas não se mexia pela respiração e seus rostos tinham sido afundados na areia.

Reginald ficou ali imóvel por um tempo, observando, até que seu corpo o traiu. Ele caiu de joelhos, vomitou duas vezes e sentiu lágrimas quentes escorrendo pelo rosto. Então, com o sangue bombeando em seu corpo, com repulsa e pavor, ele percebeu o movimento de uma sombra com o canto do olho. Ele rapidamente sacou sua arma e apontou para o homem, que estava de casaco escuro e chapéu preto, sentado num pedaço de madeira branca, olhando para as crianças mortas. Seu avô ficou chocado quando viu que o homem era ninguém menos que Jack Horowitz.

— Mas que merda você está fazendo aqui? — Reg disse a ele.

— Por que acha que estou aqui? — ele respondeu.

— Horowitz, eu vou ter que pedir que você levante as mãos para o alto.

— E eu vou ter que pedir, neste exato momento, que você não seja um idiota.

— Você está na cena de um crime. Eu *tenho* que detê-lo.

— Eu estive na cena de muitos crimes hoje, Reg. Crimes demais. Não estou no clima pra humanos neste momento.

Reginald Solar não abaixou sua arma. Ele não deixou de notar que Horowitz, agora treze anos mais velho que a primeira vez que ele o encontrara, não tinha envelhecido um só dia.

— Você realmente acredita que eu as matei? — disse Horowitz, olhando para cima com seus olhos grandes contornados por cílios negros. Ali, no sol da tarde, as suas cicatrizes estavam piores do que nunca, borbulhavam por baixo da superfície distorcendo suas feições. Era de se esperar que sua pele empelotada o tornasse monstruoso, mas isso tinha o efeito oposto. A maioria o achava uma figura compassiva, sentia pena dele, sentia uma necessidade de segui-lo quando ele pedisse. Décadas por vir, isso converteria o ex-soldado num Ceifador muito bem-sucedido.

Reginald não acreditava que Jack Horowitz tivesse matado as crianças. Mas ele achava *estranho pra caramba* que Jack Horowitz estivesse de fato ali, na margem daquele córrego seco, olhando para os corpos, apesar de não acreditar que ele as tivesse matado. Então, ele fez o seguinte: guardou sua arma no coldre, ligou pedindo reforço e sentou na madeira, ao lado dessa espécie de amigo, o Homem Que Agora Era A Morte, também olhando para as garotinhas louras deitadas com o rosto na areia.

— Puta merda — disse Reginald, depois de um instante, em parte pelo pavor da cena diante dele, mas, em parte, porque, pela primeira vez, ele se viu verdadeiramente acreditando que Horowitz fosse quem ele dizia ser. Horowitz era a encarnação da Morte – por que outro motivo ele estaria ali? Reg tirou o chapéu e limpou as lágrimas. — Puta merda. Há quanto tempo você está aqui?

— Desde que aconteceu. Eu nem consigo me mexer.

— O quê?

— Eu acho que estou sofrendo um ataque de pânico.

Reg olhou Horowitz de cima a baixo. Ele estava sentado bem rígido na madeira, punhos fechados sobre os joelhos, mas fora isso ele não demonstrava sinais de angústia.

— Tem certeza?

— Ah, sim. Meu coração está disparado, estou com falta de ar, meus membros estão dormentes e eu sinto como se fosse morrer de um ataque do coração, o que sei estar incorreto. Eu não estou na minha lista, entende.

— Claro. — Reg limpou a garganta e deu uns tapinhas nas costas de Horowitz. — Respire fundo, velho amigo.

— Por que vocês fazem isso uns com os outros? — disse Horowitz. Reg notou, pela primeira vez, que ele estava, mesmo, relutando para dizer as palavras em meio à respiração difícil. Ele não tinha desviado os olhos das menininhas, e embora Reg só quisesse levantar e ir para casa abraçar seus filhos, ele também olhou de volta pra elas. Elas não estavam mortas há muito tempo. Hematomas leves – *liver mortis* – tinham começado a se formar em suas costelas, braços e ombros, mas daquela distância, se você estreitasse os olhos, talvez pensasse que era somente um rubor na pele, pelo calor.

Reginald levantou – afinal, ele estava ali para investigar, não para prover consolo à última pessoa que deveria precisar – e começou a isolar a cena de crime.

— Talvez você esteja na profissão errada — ele disse a Horowitz, que agora estava pálido e respirando entre os joelhos, enquanto trabalhava.

— Você já pensou que a Morte talvez não queira ser a Morte? — disse Horowitz.

— Então, não seja a Morte.

— Como eu disse no Vietnã, eu fui recrutado. Não tenho o luxo de poder escolher. Aparentemente, nós estamos com falta de pessoal.

— Você foi mandado pra fazer um bico como Ceifador porque o pós-vida está com deficiência de trabalhadores capacitados?

— Tem mais humanos do que jamais houve. Mais mortes do que jamais houve. Nós estamos sobrecarregados.

— E mal pagos, eu imagino.

— A remuneração é menor do que você pode imaginar. — Um momento de silêncio. — Ela morreu, Reg. Lan morreu.

Reg pensou no dia do casamento. Lan sorrindo com seu vestido rosa-claro, um fio de pérolas no pescoço, luvas brancas de renda nas mãos. Eles só tinham se falado uma vez, de forma bem breve, mas ele sabia o quanto Horowitz a adorava. Dava para ver na maneira como ele olhava para ela, do mesmo jeito que Reg olhava para Florence, sua esposa.

— Quando? — ele perguntou triste. — Como?

— A Morte veio buscá-la enquanto eu dormia. Eu ainda era aprendiz. Nada que eu pudesse fazer. Nós estávamos casados há um mês e morando em nossa casinha na Grécia há menos tempo ainda. Uma onda a levou para o fundo e o mar ficou com ela.

— Jesus.

— Agora eu me tornei a Morte, o destruidor de mundos — ele disse, citando o Bhagavad Gita. Reg sabia que essa era a mesma frase dita por J. Robert Oppenheimer enquanto observava a detonação da primeira bomba atômica.

— Eu imagino que você não vai me dizer quem fez isso?

Horowitz sacudiu a cabeça.

— Você não vai pegá-lo.

— Eu poderia. Se você me dissesse.

— Se eu dissesse quem foi, você o mataria, mas eu não posso dizer porque ainda não é a hora dele.

— Besteira, Horowitz. Besteira. Você sabe que esse babaca merece morrer, então me dê o nome.

— Você quer um nome? Que tal Eden Gray? Arjuna e Rathna Malhotra? Yukiko Ando? Carlotta Bianchi? Essas foram crianças assassinadas que eu já ceifei hoje. Essas meninas não serão as últimas. Elas não são especiais.

— Que tal você chegar ao próximo assassinato alguns minutos antes e evitar que aconteça?

— Eu não vou te dizer o nome.

Foi quando Reginald Solar muito calmamente fechou o punho e acertou um soco direto no queixo da Morte, provando ao Ceifador que ele também podia sangrar.

A caminho de casa, de sua esposa e de seus dois filhos pequenos, Reginald parou no acostamento da estrada, na estufa de uma mulher local que cultivava orquídeas, e comprou flores suficientes para encher o banco traseiro e o porta-malas do Toyota Cressida. Quando chegou em casa, subiu direto a escada até o quarto de seus filhos, onde eles brincavam, antes do jantar. Ele sentou-se com eles por um bom tempo observando-os, notando a cor singular de seus olhos, o modo como seus cabelos caíam em seus rostos, o som agudo de suas risadas.

Depois do jantar, ele foi até o jardim e começou a construir a estufa para cultivar suas novas orquídeas. Às nove da noite começou a cair uma chuvarada torrencial, uma chuva que duraria várias semanas e causaria uma inundação na cena do crime, onde o legista e um fotógrafo forense foram arrastados e seus corpos localizados mais adiante, no rio, mais de uma semana depois. As irmãs Bowen nunca foram encontradas.

Reginald trabalhou durante o dilúvio, apesar de seu medo de água, e a estufa estava concluída ao amanhecer. Depois de transferir as orquídeas para dentro, ele voltou à polícia para iniciar a árdua investigação do assassinato, ainda sem saber que esse caso o assombraria pelo resto de sua vida.

O que ele não contou a ninguém – nem aos colegas, nem ao seu capitão, nem mesmo à sua esposa – foi que duas meninas, ambas claras e tênues com a seda de uma aranha, tinham começado a segui-lo por toda parte. Elas ficavam no pé de sua cama, à noite, com olhos mortos, sem piscar. Elas o seguiam até a delegacia, de manhã, e se escondiam embaixo de sua escrivaninha, cada uma delas encolhida como o botão de uma flor fantasma. Elas perambulavam pela estufa com ele, durante a tarde, susurrando às orquídeas para que elas crescessem. E quando ele visitou o agora furioso rio dois dias após a morte delas – o mais próximo de água que ele chegaria na vida – elas gritaram, gritaram e gritaram, mas só ele ouvia.

## CAPÍTULO 27
# 18/50: CEMITÉRIOS

**Adolescentes normais** podem planejar inúmeras coisas para a noite de Ano-Novo, como:

1. Tomar um porre e tomar decisões ruins. Um passatempo muito popular.

2. Desejar estar se embebedando, mas, em vez disso, assistir à queima de fogos com os pais por não ter conseguido arranjar birita.

3. Ignorar inteiramente a tradição do réveillon, por haver pressão excessiva para "divertir-se como nunca", o que geralmente resulta numa noite terrivelmente decepcionante.

O grupo havia decidido, coletivamente, que o feriado coincidia com 18/50: cemitérios. Assim, Esther, Jonah, Heph e Eugene passariam a noite de Ano-Novo no Cemitério de Paradise Point.

Era o mais antigo cemitério da cidade, repleto de túmulos que se erguiam da terra como dentes tortos de concreto. As pessoas ainda eram enterradas ali, de modo que as lápides formavam uma composição confusa estranha de estilos que iam de monstruosidades góticas do século 19 àqueles blocos pretos de mármore, moda dos anos

1980 e 1990, e chegavam aos sepulcros elegantes de hoje, brancos e minimalistas.

Parecia não existir um padrão de discernimento na forma como os corpos eram sepultados. Sepulturas de duzentos anos estavam ao lado de cadáveres que haviam sido enterrados há apenas meses atrás. Os restos mortais pareciam ser espremidos em qualquer lugar que coubessem. Eles caminharam ao longo de uma trilha passando pela parte mais antiga do cemitério, encoberta pelas árvores, onde os túmulos estavam cobertos de limo, as lápides estalavam, e cada estátua parecia um dos Weeping Angels de *Doctor Who*. Depois, eles passaram pela parte mais nova, igualmente pontilhada por mausoléus e placas de mármore brilhoso.

À meia-noite, os fogos irromperam. Os quatro assistiram a cena sentados nos muros do cemitério, vendo dentes-de-leão reluzentes explodir como estrelas e sumir noite adentro. Jonah estava atrás da mureta em que Esther estava sentada. Quando o relógio chegou ao doze, ele pôs as mãos na cintura dela e pousou os lábios no pedacinho de pele exposta de sua nuca, só uma vez, tão depressa que Eugene e Hephzibah não viram. Esther fechou os olhos e saboreou a sensação, como se o beijo derretesse e se fundisse a ela, como se uma bola de níquel quente tivesse pingado em sua carne.

Eles não haviam planejado dormir no quintal da igreja. Primeiro: estava um gelo. Cada um deles estava embrulhado em meia dúzia de camadas de roupa para afugentar o frio e precisava ficar esfregando as mãos e bafejando nos dedos para que eles não ficassem dormentes. Segundo: não se podia esperar que Eugene ficasse na escuridão a céu aberto por qualquer período de tempo, principalmente num cemitério. Ele precisava de paredes. Ele precisava de eletricidade. Ele precisava de todas as coisas que a humanidade havia inventado para se separar da velha vida selvagem, uma época e lugar cheios de monstros agora esquecidos por todos, exceto os que ainda eram assombrados por eles. As dúzias de lanternas e luminárias solares que eles carregavam não eram suficientes.

Foi Eugene quem encontrou os túmulos das irmãs Bowen, Christina e Michelle, com pequenas placas retangulares colocadas lado a lado no gramado. As meninas não estavam de fato ali, é claro. O solo sob as lápides ainda esperava por seus corpos, que Little Creek havia levado e guardado durante décadas. Foi Eugene quem montou e acendeu uma fogueira. Eugene que ajoelhou diante das placas e sugeriu que eles ficassem ali e bebessem em vez de voltarem para a casa dos Solar.

Eles não pretendiam adormecer, mas a fogueira estava quentinha, o vinho era forte, e os sussurros dos fantasmas fizeram com que caíssem num sono leve e agitado.

Esther acordou pouco tempo depois, com Eugene segurando seu punho. O fogo havia apagado e só havia brasa, com alguns lampejos de luz. Eugene estava entrando em pânico, segurando a garganta com força, os olhos arregalados, sem conseguir respirar.

— Esther, Esther, *Esther* — ele sussurrava, tentando não acordar os outros. — Tem algo no escuro. Eu estou *ouvindo*.

— Ei, você está bem. Ainda em luz. Você está bem aqui, está seguro.

O fogo estourou. Um graveto estalou no pé de uma árvore próxima. Eugene deu um ofego estrangulado.

— Isso vai me matar.

— Ei, ei, olhe pra mim. Eugene, olhe pra mim. Foco pra se situar. Lembra. As cinco primeiras coisas que você consegue ver. Diga. — Era um antigo truque de quando Eugene frequentava um terapeuta. Às vezes, dava certo. — Vamos, Eugene, fale as cinco primeiras coisas que você consegue ver.

— Cabelo. Grama. Blusa. Túmulo. Fogo.

— Tudo bem, bom. Muito bom. Agora diga quatro coisas que você pode tocar.

— Pedra — disse ele, pousando a mão no túmulo vazio de Michelle Bowen. — Terra — tocando o chão. — Tecido — a manga de Esther. — Pele — o rosto dela.

— Três coisas que você pode ouvir.

— O batimento do meu coração. Sua voz. Uma festa, em algum lugar perto.

— Dois cheiros que esteja sentindo.

**UMA LISTA (QUASE) DEFINITIVA DE PIORES MEDOS**   207

— Madeira queimando. Suas meias sujas.

— Não tá nada. Mentiroso.

— Estou sim.

— Eca. Agora a última. Um gosto que você esteja sentindo.

— A ruína iminente.

— Essa não é aceita pela pesquisa.

— Eu sei. Saliva? Eu não comi nada o dia todo.

Eles sentaram na grama, de pernas cruzadas, enquanto Esther terminava de abrir e espalhar os bolos que trouxera essa noite. Tinha sobrado bem pouco de suas economias depois que ela pagou pelo conserto do aquecedor, mas ela estava decidida a começar de novo, portanto, a muamba das guloseimas na escola continuava.

— Você se lembra como começou? — disse Esther, depois de dar uma mordida em um biscoito amanteigado de caramelo. — Seu medo do escuro. Eu nem tenho a certeza se me lembro de como comecei a minha lista.

Eugene não ergueu os olhos de seu lanche.

— Eu me lembro.

— Pode me dizer?

— Você não se lembra daquela noite? A noite em que tudo mudou?

— A noite em que a vovó morreu.

Eugene assentiu.

— A gente estava no carro, a caminho da casa do vovô e da vovó pra jantar. Estávamos ouvindo o rádio, e veio a notícia sobre a menininha desaparecida. Alana Shepard. Você se lembra dela? Ela tinha a nossa idade, tipo dez ou onze anos. Estava sumida há três dias e pouco, e eles a encontraram numa represa fora da cidade. Ela tinha sido estuprada, apunhalada com uma chave de fenda, e submergida com tijolos. Antes disso, eu nunca tinha prestado muita atenção a ninguém que tivesse morrido. Eu ainda não sabia, realmente, o que significava morrer. Mas consigo vê-la claramente, do jeito que a vi, em minha cabeça. Seu corpo no fundo da represa, entre as plantas. Eternamente presa na sombra. Eu sempre tive medo do escuro, mas depois daquela noite, eu nunca mais dormi sem a luz acesa.

Esther fechou os olhos. Ela também se lembrava bem da história, mas não porque tivesse ouvido no rádio, e sim porque eles tinham chegado à casa dos avós e encontraram Reginald Solar chorando. Reg, que nasceu nos anos 1940, tempo em que ser homem significava esfregar terra nos machucados, beber uísque no café da manhã e ter a inteligência emocional de um pano de prato molhado. Homens não choravam, e Reginald Solar *certamente* não chorava, então Esther tinha ficado incrivelmente pasma ao vê-lo aos prantos enquanto seu rádio de sinal ruim tocava uma música de Johnny Cash ao fundo. A casa transbordava vasos de orquídeas, com um aroma inebriante emanando pelos corredores. O lugar tinha o cheiro verde e fresco de uma floricultura. Até o cheiro do seu carneiro com alho e alecrim que assava no forno estava abafado pela fragrância.

Reg havia se cercado de flores roxas exatamente como Eugene se cercaria de luminárias semanas depois. Um manto de segurança. Um escudo contra o medo.

Florence Solar parecia em pânico. Peter queria ligar para a emergência. Reginald estava chorando por dois motivos:

1. No fundo, ele já sabia o que os legistas levariam várias semanas para descobrir: que o DNA colhido do corpo da menina assassinada casaria com o caso arquivado que o assombrara por mais de uma década.

Quem matou as irmãs Bowen nunca tinha sido pego. Essa investigação havia sido um desastre tão grande que o caso passou a ser considerado amaldiçoado, um tipo de tumba moderna de Tutancâmon. O capitão da polícia tinha prometido não parar de trabalhar até que o assassino fosse preso – ele morreu de um ataque do coração, depois de cinco noites sem dormir, durante a investigação. Arquivos desapareceram. Provas foram mal manejadas. As duas testemunhas do rapto deram relatos conflitantes em cada detalhe do que haviam visto (a ponto de o frentista do posto de gasolina ter certeza de que uma das irmãs, na verdade, era um menino, e o homem que as sequestrou o fizesse se lembrar de uma aranha doméstica). O desenhista de retratos falados da polícia perdeu um olho num acidente de carro, logo depois de desenhar o suspeito. E na festa natalina do distrito policial, alguns meses após os assassinatos, três quartos dos policiais tiveram de ser hospitalizados depois de tomar um licor de ovo cuja contaminação por salmonela ficou provada depois.

Cerca de 64 homens foram levados para interrogatório, mas nenhum suspeito jamais foi apontado. As provas de DNA – usadas nos EUA pela primeira vez para uma condenação criminal em 1988 – foram coletadas, mas nunca incriminaram ninguém. Sem provas, sem um motivo, sem uma arma do crime, sem um suspeito e sem qualquer pista, o caso esfriou, para grande desespero de Reg.

Cinco anos se passaram, até que um bando de garotos foi até a margem do rio para beber durante o horário escolar e desenterrou a arma do crime – uma chave de fenda – não muito longe de onde as meninas tinham sido jogadas.

O caso foi reaberto e, no instante em que a tampa da caixa foi tirada, com uma nuvem de poeira, uma nova maldição começou. Uma repórter que fez cópias dos arquivos do caso foi estrangulada, num assalto, a caminho de casa. Novamente, o capitão de polícia morreu de ataque do coração. As suposições sobre o caso da maldição foram tão longe, que os casos de assombro estreitaram-se (a filha de uma prima de um policial foi diagnosticada com leucemia no mesmo dia em que o caso foi reaberto), mas todos ligavam todas as coisas ruins que aconteciam a todo mundo que conhecesse o caso, mesmo que vagamente, assim como a Reginald Solar, o descobridor dos corpos.

Em todo lugar que ia, Reginald carregava a marca da morte. As pessoas sentiam isso nele. Farejavam. Sabiam, sem saber exatamente como, que o azar estava centralizado nele, canalizado por ele, infiltrado em sua pele como o pus impregnado num ferimento infeccionado. E talvez fosse verdade. Talvez a Morte tivesse deixado sua marca no avô de Esther, mas para ela, ele era apenas um homem bom e terno que foi arrasado pelas coisas terríveis que viu e a verdade terrível que o deixou sem conseguir dormir à noite. Ele nunca pegou o assassino das irmãs Bowen e, agora, pela segunda vez – e, possivelmente, muitas outras –, o assassino tinha atacado de novo.

2. O segundo motivo pelo qual seu avô estava chorando era saber, com a mais profunda certeza, que sua adorada esposa estava a algumas horas de morrer por um aneurisma cerebral catastrófico, e isso o deixou muito aborrecido, compreensivelmente.

Reg parou de chorar logo depois que eles chegaram e sentaram em seu colo. Ele colocou orquídeas atrás das orelhas dos netos e lhes contou, aos onze anos de idade, sobre o Homem Que Seria a Morte, sobre a guerra no Vietnã, e algumas das coisas mais terríveis que ele vira humanos fazendo uns aos outros. Ele contou sobre o perigo dos estranhos, sobre como o Bicho-papão era real, e que ele ficava à espreita, no escuro, esperando para pegar crianças desobedientes. Ele lhes falou sobre as irmãs Bowen, sobre o que fizeram com elas, pontuando o máximo de detalhes que achava apropriado para contar a crianças de onze anos, o que foi muito. Contou-lhes sobre os fantasmas das crianças que o seguiam, das que ele não pôde salvar, das que haviam morrido porque ele não foi um detetive bom o suficiente para pegar seu assassino. Quando eles nasceram, somente as irmãs Bowen apareciam no pé de sua cama. Até a noite em que Alana Shepard foi encontrada, sete crianças fantasmas o assombravam a toda hora do dia, perguntando por seus pais, pedindo comida, pedindo que ele lesse para elas e chorando, caso ele não o fizesse.

Naquela noite, o avô ensinou a Esther e Eugene que monstros eram reais e tinham a mesma aparência que eles. Eles não duvidaram. Não tinham motivo para isso. Ficaram sentados ouvindo e absorveram tudo aquilo porque eram crianças, e ninguém jamais falara com eles com tanta seriedade.

Reginald contou sobre sua vida amaldiçoada em menos de uma hora e instaurou, em seus coraçõezinhos que batiam loucamente, o tipo de medo com que as crianças só se deparam quando são mais velhas, quando já compreendem a mortalidade, através da perda de um parente mais velho. Eles já sabiam do medo imenso que o avô tinha da água, pelo que ele não demorava no banho, só lavava rapidamente o corpo com um pano molhado temendo escorregar na banheira e se afogar. Mas foi naquela noite, na noite em que eles souberam que a maldição os mataria, que a maldição lançada a Reg pela Morte – que lhe disse que ele morreria afogado – tornou-se real na cabeça deles.

Esther e Eugene comeram a carne assada no jantar, em silêncio, ambos horrorizados, ao seu próprio modo, em saber que a Morte era real.

Florence morreu na manhã seguinte de aneurisma cerebral, exatamente como Reginald disse saber que aconteceria. Uma semana depois, quando a história da maldição tinha fermentado no cérebro de Esther e se tornado uma coisa maior e mais sombria do que o avô pretendia, ela começou a escrever sua lista quase definitiva de piores medos para se proteger da praga do Ceifador.

Quais eram os ingredientes de uma maldição bem-embasada? Misture parte do aprendiz da Morte com vinte anos de guerra e o falecimento inesperado de uma avó adorada. Depois, salpique essa mistura com assassinatos de crianças em série cometidos por um homem que passou a ser conhecido como Ceifador.

Então, senhoras e senhores, você terá uma maldição.

## CAPÍTULO 28
# 21/50: PRÉDIOS ABANDONADOS

**No fim de janeiro,** Eugene, Heph e Esther encontraram Jonah no fim da tarde, do lado de fora do Peachwood General Hospital. Abandonado em meados dos anos 1990, quando o novo hospital público abriu do outro lado da cidade, Peachwood foi adquirido, pouco tempo depois, por um empreiteiro que queria reformar todo o complexo e vender as antigas enfermarias como apartamentos, por milhões de dólares, para gente rica. O público riu – quem ia querer viver num prédio onde milhares de pessoas tinham morrido? –, o empreiteiro faliu e, depois, se enforcou no que havia sobrado da ala da psiquiatria. Três semanas se passaram até alguém o encontrar e, àquela altura, cachorros selvagens tinham comido seus pés.

Mais de vinte anos após a propriedade ter sido abandonada, Peachwood estava sendo digerido pela natureza. O mato crescia tomando a sua base, sugando lentamente o hospital morto de volta à terra, asfixiando-o de baixo pra cima. Há muito tempo atrás Peachwood havia sido desmontado, como se fosse um antigo carro velho: esquadrias das janelas, sistemas de ar-condicionado, camas hospitalares… Tudo de valor foi removido, arrancado e roubado, restando apenas uma carcaça para apodrecer no tempo. O prédio ficava agora ficava numa planície aberta, e o estacionamento que antes o cercava rachou e foi tomado pelo mato.

Jonah abriu o cadeado da cerca de arame que isolava a propriedade. Novamente, ninguém viu como ele fez – ele simplesmente segurou o cadeado nas mãos e o objeto pareceu abrir com um suspiro, como se estivesse ali esperando por seu toque, como se tivesse estremecido de deleite ao senti-lo depois de todo esse tempo. Esther sempre se surpreendia com a facilidade que Jonah tinha para abrir coisas trancadas. E ela tinha a sensação de que ele tinha o mesmo dom com pessoas aprisionadas.

Eles caminharam em direção ao prédio branco, atravessando o estacionamento. Hephzibah corria na frente, com os cabelos esvoaçantes atrás como uma fumaça. Ela parecia estar indo pra casa. Uma colcha de retalhos de gelo cinzento forrava o chão em meio à grama queimada pelo inverno. A respiração deles formava pequenas ondas de neblina diante dos seus olhos, mas Esther estava agitada demais para sentir frio. O medo 21/50 era o de prédios abandonados e Jonah os trouxera até o edifício mais assombrado da cidade inteira. Um lugar onde até os vândalos adolescentes temiam andar, depois que dois deles desapareceram nas ruínas pouco antes que ela e Eugene nascessem. A polícia encontrou as latas de tinta spray e as mochilas com lanches pela metade espalhados por uma enfermaria, mas nunca encontraram os meninos. Mais crianças pegas pelo Ceifador, diziam os boatos, embora a polícia nunca tivesse confirmado.

Esther fechou o zíper de sua fantasia de Amelia Earhart. Vestir-se como a mulher desaparecida mais famosa de todos os tempos pareceu, subitamente, má ideia.

Eugene seguiu até a janela quebrada do porão, antes que suas pernas parassem de funcionar, e sacudiu a cabeça vigorosamente, de um lado para o outro.

— Não dá — disse ele, sem ar. — É escuro demais.

— Eu estou com você, cara — Jonah disse a ele, pousando a mão em seu ombro. Como acontecera com o cadeado, Eugene pareceu amolecer sob o toque de Jonah. — Eu passei a tarde inteira montando um negócio só pra você.

— Você veio até aqui sozinho?

— Só fui assediado por extraterrestres, tipo, duas vezes. Fácil, fácil.

— Está bem — disse Eugene. Ele respirou fundo mais três vezes, depois olhou para Esther. — Tudo bem.

Eles entraram no porão, um a um. Hephzibah foi primeiro, porque ela era a mais corajosa, mais extravagante, e mais estranha. Jonah foi em seguida. Depois, Esther, e afinal – quando todos seguravam as tochas molhadas de querosene que Jonah havia preparado mais cedo –, Eugene também deslizou para dentro do escuro com uma lanterna na mão e as costas coladas na parede de tijolos até os olhos se acostumarem à mudança de luz.

— Tudo bem, cara? — Jonah perguntou entregando a quarta tocha, com a luz da chama deixando a expressão de Eugene encerada.

Ao passo que eles desciam mais, ao porão do hospital, até Hephzibah ia se aproximando. Quando eles passavam, as paredes falavam suspirando, como antigas paredes sempre falam. O vento cantava através das janelas sem vidro e o concreto gemia. Água pingava dos canos há muito comidos pela ferrugem. Era uma orquestra. O prédio estava vivo e sabia que nós estávamos lá. Sentia os intrusos como uma farpa na carne.

Jonah os conduziu até a enfermaria da psiquiatria, onde o empreiteiro havia sido encontrado balançando. O local era até mais iluminado que a casa dos Solar. Um gerador zunia em algum corredor distante, dando vida a cem lâmpadas amarelas expostas numa grade, no chão.

Eugene sorriu.

— Eu nunca deveria ter duvidado de você.

— É, isso é só metade do que eu preparei. — Jonah ajoelhou em um canto e pegou três máscaras de dormir, daquelas que se usa em aviões. — Vocês vão esperar aqui e colocar isso, enquanto eu apago as luzes.

— Você não pode brincar com isso, cara.

— Não estou brincando.

— Nem ferrando que não está.

Jonah segurou o rosto de Eugene com as duas mãos.

— Ei, ei, ei — ele disse. Eugene segurou os punhos de Jonah, mas não o afastou. — Você confia em mim? — Eugene pensou por um momento. Depois olhou para Esther, que assentiu.

Eugene engoliu com força.

— Se ela confia em você, eu confio.

— Então, confie em mim — disse Jonah, ao baixar a venda sobre os olhos de Eugene. — Eu não vou deixar que nada aconteça a nenhum de vocês. — A respiração ofegante de Eugene era tudo que Esther ouvia, enquanto ela também colocava a venda nos olhos. — Só vai levar um minuto — disse Jonah, ao apertar a mão dela. — *Fiquem* com as máscaras.

Eugene se segurava na irmã como se ela fosse uma boia no meio do mar revolto. Quando ele sentia medo, não havia ninguém que ele quisesse por perto mais do que ela. E ela sentia o mesmo. Quando era pequena, sempre que ficava assustada ela corria para Eugene, não para os pais. Havia um tipo de magia na pele dele. Sempre que ela pressionava as palmas das mãos nas costas dele, ou segurava seus braços e suas mãos, tudo de ruim passava. Talvez fosse a luminosidade que ele absorvia durante a noite o que o deixava encantado.

O zunido das luzes parou. Esther quase podia sentir a escuridão desabando sobre ela. Eugene resfolegou. Ela *resfolegou*. Os dedos de Eugene apertaram os dela e ela achou que, a qualquer momento, ele iria gritar e ser atacado e arrastado para longe, mas não foi.

Então, o som de passos conforme Jonah voltava.

— Tirem as máscaras — ele disse, sem ar.

Eles tiraram.

As luzes estavam apagadas e estava mais escuro que antes, mas não totalmente. Nem de longe. Eugene ficou em silêncio, boquiaberto, ao rodar lentamente observando o teto, as paredes e o chão. Uma dúzia de luzes negras foram colocadas ao longo dos rodapés das paredes e, sob o brilho neon, todas as superfícies da enfermaria reluziam. Havia tinta ultravioleta em roxo, rosa, verde, vermelho e laranja por todo lado, uma galáxia de estrelas esplendorosas, nebulosas e criaturas etéreas flutuavam no abismo.

Jonah tinha pintado o universo.

— Eu trouxe isso também, se você quiser experimentar — ele disse, jogando um tubo de tinta para Eugene. Confuso, Eugene olhou para o tubo. — É tinta corporal ultravioleta — Jonah explicou. —Acenda a sua própria pele. Você vai poder se movimentar no escuro sem lanterna, sem fogo, sem nada.

Embora estivesse um gelo, Eugene tirou a roupa toda, ficou só de cueca, e todos eles pintaram desenhos geométricos elaborados nele, de forma que cada pedacinho de sua pele ficasse aceso. Ele parecia um demônio selvagem de neon vindo de outra dimensão. No meio de seu peito, Esther pintou um coração vivo, em vermelho, e um escudo contra o medo, os demônios e a maldição mandada para matá-lo. Demônios que viviam dentro da cabeça dele.

— Você acha que isso vai dar certo? — ele disse baixinho, ao chegar até a porta que conduzia à escuridão.

— Tenho certeza — disse Esther. Ela apertou a mão dele pintada.

Jonah tinha colocado luzes negras nos corredores que cercavam a sala da galáxia reluzente para que Eugene pudesse, pela primeira vez, se deslocar desimpedido pela escuridão. Ele pôs as pontas dos dedos contra a barreira que o prendeu por seis anos e deixou a mão mergulhar no escuro terrível, atentando os monstros para ver se eles se atreveriam a lhe dar uma mordida. Não aconteceu.

Esther estava contente pelo quase escuro. Ela quase escondeu suas lágrimas quando viu seu irmão entrar pelo corredor apagado, como um explorador descobrindo as profundezas do oceano na primeira roupa de mergulho atmosférico. As luzes negras deixavam a pele dele flamejante. Eugene gritou, não de dor, mas de alegria. Ele pulava, corria, sorria impressionado pela liberdade inimaginável. Se ele realmente via os monstros que alegava conseguir enxergar no escuro, Esther não tinha certeza, mas se os via, naquela noite ele nem deu atenção para eles.

*Obrigada*, ela disse para Jonah, apenas com os lábios. Ele assentiu, sorrindo descontraído, como se não tivesse feito a coisa mais extraordinária do mundo.

Então, ela fez o que não havia tido coragem de fazer até aquele instante: deu um passo na direção de Jonah, pôs as mãos em seu peito e o beijou. Sua pele estava morna sob seus dedos. Ela o puxou para perto, sentiu o gosto da tinta em seus lábios e o beijou com tudo que tinha sob as luzes resplandecentes do universo.

# CAPÍTULO 29
# A LUZ QUE VAI SE APAGANDO

**Quando Rosemary** telefonou mais tarde, naquela noite, Esther pensou, por um segundo, se a mãe estaria em casa imaginando onde estariam seus filhos.

— Eu acabei de desligar o telefone. Estava falando com a Lilac Hill — disse ela. — Reg declinou muito depressa. As enfermeiras acham que chegou a hora de parar de dar água e comida, como ele pediu.

— Quanto tempo ele tem, depois disso? — perguntou Esther.

— Não muito — disse Rosemary. — Agora, não muito.

## CAPÍTULO 30
# 25/50: ENTERRADO VIVO

**Na semana do 24/50,** a busca pela Morte foi esquecida em favor de se passar mais tempo com Reginald Solar, em Lilac Hill. Até então, Esther e Jonah tinham saído todos os domingos para enfrentar um novo medo, mas eles iam ficando menos assustados a cada semana porque penhascos e gansos e cemitérios não pareciam tão aterrorizantes quando as pessoas que você ama começavam a se desintegrar ao seu redor.

Também foi na semana antes do 24/50 que Peter Solar teve outro derrame. Novamente, ele não disse a ninguém, apavorado com a ideia de ser forçado a deixar o porão. Jonah o encontrou na privada, sem conseguir se mexer, dois dias depois do ocorrido. Foi a coisa mais horrenda e triste que Esther já vira. Peter chorava enquanto Jonah o limpava, subia suas calças e o ajudava a ficar de pé. Peter tentou não deixar que Esther não o visse assim, mas ela o viu. Ela viu tudo e isso a matou.

Porém, talvez o pior fosse Jonah, que sempre chegava em sua casa com novos hematomas. Às vezes ela logo percebia, outras, ela não notava que ele estava dolorido até tocar no seu braço, peito, ou costas e ele se encolher de dor. Quando isso acontecia, ela fantasiava sobre matar o pai dele para salvá-lo. Em sua imaginação, ele era menos homem e mais uma grande massa de sombra, o vilão malvado de um desenho animado.

— Não tenho certeza se preciso ser enterrada viva — ela disse para Jonah, Hephzibah e seu irmão na manhã de domingo do 24/50. — Eu já sinto que estou me afogando.

Esther esperava que Jonah fosse protestar – eles não tinham pulado nenhum medo ainda – mas ele não o fez. Na verdade, ele até concordou.

— Você quer, sei lá, fazer alguma coisa que adolescentes normais fazem? Assistir a um filme ou algo assim?

Então, foi isso que eles fizeram. As pessoas olhavam mais que o habitual. As pessoas se juntavam umas com as outras e cochichavam, apontavam para eles, o que Esther achou muito grosseiro até perceber que elas não estavam olhando ou apontando para Eugene, Jonah ou Hephzibah. Elas estavam olhando fixamente para ela.

— Por que está todo mundo olhando pra mim? — Esther cochichou com Jonah.

— Talvez porque você esteja vestida de Mia Wallace — disse ele, enquanto olhava em volta sem parecer sentir todos os olhos que apontavam para eles.

Depois do filme, Eugene levou Heph para casa dela e Esther e Jonah caminharam sozinhos até a casa dos Solar.

— Você acha que a Morte tem medo de alguma coisa? — ele perguntou a ela.

Esther já sabia que a Morte temia exatamente duas coisas, porque seu avô lhe contara. No mar Mediterrâneo e nas águas do Japão havia espécies de águas-vivas pequenas, biologicamente imortais, chamadas *Turritopsis dohrnii*. Elas envelheciam e depois rejuvenesciam, como um Benjamin Button em ioiô. Esther gostava de imaginar que estes eram os lugares onde a Morte ia passar férias sempre que tinha um momento calmo sobrando, quando não havia nenhuma guerra, fome, ou adolescentes sendo intencionalmente negligentes para chamar sua atenção. Ela gostava de imaginar o Ceifador boiando de barriga para cima sobre um cardume de corpos que pareciam bolhas de um puxa-puxa de água salgada. Ela gostava de imaginar que o passatempo predileto da Morte era ficar nadando no meio dessas coisas brilhantes e lindas que ele não precisava e nem tinha permissão para tirar dessa terra.

Ao mesmo tempo, Esther sabia que a Morte temia essas criaturas que não podia tocar. Elas perambulavam sob o sol por um tempo imensurável, alheias aos deuses, homens ou monstros e, de fato, à Morte. Eram a única coisa nesse planeta capazes de fazer a Morte se sentir pequena e insegura, exceto por seu segundo grande amor e medo: orquídeas.

A Morte guardava cada um dos presentes que a vida lhe mandava, mas ele não podia tocar nesse.

— A Morte tem medo de orquídeas — ela disse a Jonah. Ele assentiu como se entendesse o que isso significava, mas não disse nada. Era estranho ver Jonah Smallwood tão triste e tão quieto. Como se sua luz tivesse apagado. Antes de ir embora, ele a beijou na testa e ela o abraçou forte, em volta da cintura.

Depois disso, ela não o viu e nem teve notícias dele por uma semana.

## CAPÍTULO 31

# A PORTA DA MORTE

> **Esther:**
> Você vem hoje à tarde?
> A Pulgoncé sentiu sua falta ontem.
> Tudo bem, eu também senti.
> Você está me ignorando porque minhas habilidades de dança o assustaram?
> Você está morto? Se você não responder minha mensagem, eu vou presumir que você está morto e vou ligar pra polícia.
> Jesus, Jonah. Por favor. Por favor, me diga que você está bem.

Esther enviou uma mensagem por dia para Jonah ao longo da semana inteira. Ele as viu, mas não respondeu. No domingo, quando ele não apareceu em sua casa na hora que eles costumavam se encontrar, ela sabia que só tinha duas escolhas: chamar a polícia ou ir ela mesma ver o Jonah. As duas eram desagradáveis. Se ela ligasse para polícia, Remy talvez fosse tirada dele e ele jamais a perdoaria por isso. Se ela fosse até lá e Jonah estivesse numa poça de seu próprio sangue, com o crânio afundado...

*Não. Nem pense nisso.*

Esther foi até a casa dele vestida de Matilda Wormwood. Era preciso se sentir formidável em dias assim.

Do lado de fora, a casa parecia tranquila, daquele jeito triste que os cadáveres parecem tranquilos depois que são preparados e embalsamados para um caixão aberto. Esther empurrou e abriu o portão lateral. Havia barulho vindo de dentro da casa. Alguém estava gritando. Alguma coisa bateu secamente contra a parede.

Ao dar a volta pelos fundos, a porta da varanda estava escancarada. A maior parte da parede de gesso tinha sido arrancada e alguém tinha atingido o mural do teto com um objeto pontiagudo. Remy estava encolhida num canto, chorando.

— Onde está o Jonah? — Esther perguntou, em pânico. — Onde ele está?

Sem falar, Remy apontou para dentro da casa.

Esther empurrou a porta da morte. Lá dentro estava mal iluminado. Ela entrou devagar, dando cada passo cautelosamente. Mais barulho. Gemidos. Um grito de dor. Talvez pela primeira vez em sua vida ela tenha tido uma reação de lutar em vez de correr, e sua adrenalina a tenha lançado como uma bala na direção de seu medo.

Na sala, Holland Smallwood, pai de Jonah, segurava o filho pelo pescoço, preso contra a parede.

— Eu pareço maluco pra você, porra? — ele gritava. — É assim que um maluco parece, hein? Olha pra mim! É assim que um maluco parece?

Jonah, que sempre era tão altivo e brilhante, como um herói de um gibi, estava chorando. Ao lado do seu pai, ele era um garotinho. Ele fechou os olhos, sacudiu a cabeça e não fez nada para se defender, exceto erguer as mãos, fraco.

— Por favor — ele murmurava. — Me desculpa.

Holland bateu novamente com ele na parede.

— Pare! — Esther gritou e, então, interviu para tirá-lo de cima de Jonah. Alguma coisa sólida colidiu na maçã de seu rosto. Um cotovelo? Um punho? Ela não percebeu que tinha caído até estar no chão, com o horizonte vertical em sua visão. O mundo continuou passando de lado, um antigo projetor parado entre uma cena e outra.

— Dê o fora da minha casa! — Holland gritou. Ela se encolheu numa bola e cobriu a cabeça com os braços. Achou que ele fosse chutá-la, mas não veio nenhum golpe.

O lábio de Jonah estava cortado. Havia gotas de sangue por todo lado. Sangue e cuspe e vidro e pedaços de uma cadeira quebrada. Jonah só olhava para Esther, com o peito arfando.

Foi a garotinha quem veio acudi-la. Remy arrastou-a para que se levantasse, empurrando-a para fora e sussurrando "Vai, vai, vai, vai, vai" enquanto ela guiava Esther até a porta da frente. Ela seguiu Esther para fora, até a varanda, e depois voltou para dentro. Como um sistema imunológico expelindo uma patogenia.

Esther ouviu passos pesados subindo a escada. Ela pressionou a palma da mão no calombo quente em seu rosto, onde alguma parte de Holland atingira.

Jonah saiu um minuto depois. Seu lábio já estava inchado. Esther usou a manga para limpar o sangue, depois só o apertou. Passou os braços em volta do dorso dele, ainda com os braços caídos nas laterais, e o apertava, apertava, como se, ao pressioná-lo tanto, ela pudesse transformá-lo num diamante.

Jonah parecia vazio. Ele não reagiu ao seu toque.

— Não posso mais fazer isso, Esther — ele acabou dizendo. — Não posso ser corajoso por nós dois. — Então, ele desmoronou nela, chorando convulsivamente, tão forte que o choro sacudia todo o seu corpo. As lágrimas rolavam no rosto de Esther, enquanto ela afagava atrás do pescoço dele e dizia baixinho "Eu sinto muito, muito, muito". O que mais ela poderia dizer? O que mais poderia ser feito? Eles eram adolescentes, eram impotentes e, até que fossem adultos, eles não tinham escolha a não ser deixar que seus destinos fossem envergados e sacudidos por forças exteriores.

Era o momento que ela vinha esperando havia meses. O momento inevitável. O momento em que Jonah percebesse que ela era mais problema do que valia.

As pessoas só entendiam a doença mental até certo ponto. Além desse ponto, a paciência delas vai esmorecendo. Ela sabia disso porque ela sentia isso, às vezes, com Eugene. Com sua mãe. Com seu pai. O desejo de simplesmente pegá-los pelos ombros e sacudir e dizer "Melhore! Seja melhor! Pelo amor de Deus, se endireita!"

Há muito tempo ela sabia que esse dia chegaria e agora ele tinha chegado e ela não podia condenar Jonah, porque essa merda que ele estava passando era até pior que a dela. O total cumulativo da dor coletiva deles dois era grande demais para suportar. Sofrer por si mesmo era até fácil. Sofrer por outras pessoas era o que arrasava.

— Tudo bem — disse ela, afastando-se dele. — Tudo bem.

— Ei, ei, espera. Aonde você vai? — disse Jonah ao alcançá-la no gramado, passando o polegar no hematoma que se formava no rosto dela. O queixo dele foi projetado à frente quando ele tocou o inchaço. Ela nunca o vira tão zangado.

— Você acabou de dizer... que não pode mais fazer isso.

Jonah sacudiu a cabeça, depois beijou seu rosto machucado, bem devagarzinho.

— Não você. Eu não estava falando de você.

Esther desmoronou para dentro dele. O que ela tinha feito com ela mesma? Como foi deixar isso acontecer? Como permitiu que o menino punguista que a havia furtado no ponto de ônibus se tornasse a pessoa que a deixava tão desorientada?

— Me perdoa, eu sou maluca — ela chorava. — Desculpe se suguei você pra dentro disso tudo. Desculpa por não poder consertar isso pra você.

— Ei. Você não é maluca. E eu não fui sugado. Nós começamos isso juntos — disse ele. — Vamos terminar juntos.

Eles foram caminhando pela grama alta atrás da casa dele, já longe o suficiente para não enxergar mais nenhuma luz, exceto as luminárias solares que roubaram do quintal de um vizinho e carregavam com eles. Jonah alinhou-as em círculo, como um círculo de fadas da mitologia. O céu acima deles estava pesado e abarrotado de magia. Esther sentia um perigo que não conseguia ver ao seu redor. Um perigo antigo, de uma época anterior à eletricidade, aos carros e à internet, que fazia as pessoas se esquecerem do que era possível espreitar no escuro. Algo que sondava, uma massa de ameaça desconhecida. Dava arrepios em seus braços. Fazia com que ela respirasse ofegante, pela boca. Fazia seus olhos lacrimejarem, porque ela não conseguia se forçar a piscar.

— Eu nunca vou me livrar desse medo — ela disse, enquanto Jonah colocou a última luz no chão. — Eu fui imbecil em achar que poderia romper a maldição.

— Por que não vai se fuder, sua piranha? — Jonah gritou e, por um segundo, Esther achou que ele estivesse falando com ela, mas não, ele estava com as mãos em concha ao lado da boca gritando para as sombras. — É, você mesma, abominável desprezível! Vai andando!

— Você vai ficar proferindo ofensas *shakespearianas* para o escuro?

— Tem alguma ideia melhor?

Esther virou-se em direção à sombra.

— Não enche — ela disse, baixinho.

— Vamos lá, Solar, você pode fazer melhor que isso. — Vós que desfiguras o trabalho divino! — Jonah rugia. — Vós parva estúpida choramingadora! Espumosa horrenda!

— É! — acrescentou Esther. — Vai se ferrar, pedaço de merda! Você... é... um balde de cocô!

— Vós, ó besta chifruda!

— Focinho de porco!

— Vós, choramingadora que desabrocha em gangrena! O poder de Cristo a compele, cadela! Tua arte não encaixa em lugar algum, só no inferno! — Jonah olhou pra Esther, com um sorriso torto em seus lábios inchados. — Melhor?

Esther sorriu.

— Melhor. — Ela respirou. E se preparou para fazer uma pergunta difícil. — Por que você fica? Toda vez que eu acho que você já ficou farto de mim... você volta pra ter mais.

— Você quer mesmo saber? — Jonah deu um passo atrás. Esfregou os olhos. — Porque eu... eu meio que te amo, Esther.

— *Por quê?*

— Por quê? Porque... você é muito mais corajosa do que imagina. Olha, eu menti quando disse que não me lembrava sobre como nos conhecemos quando éramos crianças, tá bom? Eu me lembro que você estava sofrendo bullying. Lembro de como você costumava cerrar os dentes e apontar o queixo à frente e continuar fazendo o que estava fazendo, mesmo quando ficavam te atormentando. A maioria das crianças teria chorado, sabe. Mas você... você tem peito, Solar. Sempre teve.

— O único motivo pra você gostar de mim é por não ver quem eu realmente sou.

— Eu *vejo* você.

— Então, deixe-me ver o retrato pintado. Deixe-me ter certeza.

— Uma pintura numa tela não vai fazer diferença alguma a essa altura, se você ainda não sabe. Eu sabia que isso seria difícil pra você, mas... achei que você se sentiria da mesma forma.

— Eugene acende e apaga em lampejos na existência que, às vezes, duram por horas a fio. Meu pai está se transformando em pedra. Minha mãe está sendo comida por cupins. Eu não consigo ter certeza se Hephzibah é ou não de verdade. Você é a única pessoa que eu gosto que é sólida e eu não quero... arruinar você.

O que Esther não disse, o que ela não acrescentou, foi que ela também não queria dar a Jonah o poder de arruiná-la. O amor era uma armadilha, uma armadilha pegajosa de melado destinada a grudar duas pessoas. Era uma coisa da qual não se podia escapar, um peso que as pessoas amarravam às próprias pernas antes de entrarem na água e depois se perguntavam por que morriam afogadas. Esther tinha visto isso muitas vezes. Ela vira esse negócio que as pessoas chamam de amor, aquilo que tem nos filmes românticos, e o poder daquela coisa a deixava morta de medo.

Seu avô tinha amado sua avó e a perda dela o deixou maluco. Sua mãe amara seu pai e o desaparecimento dele a consumiu, transformando-a em madeira de cupim.

Apesar do perigo claro e presente que Jonah impunha, Esther deixou que ele pegasse uma mecha do seu cabelo e prendesse atrás de sua orelha. Ela o deixou chegar bem perto e encostar seus lábios inchados nos dela. Ela recuou, tentando não machucá-lo, mas Jonah parecia não ligar. A mão dele estava em seus cabelos, puxando-a para mais perto, pressionando a boca com mais força. Ele a beijou como se estivesse partindo para a guerra e não esperasse beijar ninguém nunca mais.

Quando o beijo terminou e ele estava pousando a testa na dela, ela disse baixinho, com os lábios encostados na mão dele:

— Prove que estou errada.

— Cara, você está errada em relação a tantas coisas, eu nem sei por onde começar a provar que você está errada. E você quer que eu prove que você está errada em relação a quê?

— Mais à Morte. E ao amor.

— Sem chance de poder provar que você está errada quanto ao amor, a menos que você tenha se apaixonado por mim também.

Assim que você admite que ama alguém, você subitamente tem muito a perder. Você concede livremente ao outro o direito de magoá-lo.

Nunca houve um único momento grandioso de percepção. Esther certamente percebia as coisas grandes: sua bondade, sua força, o modo como ele a protegia quando ninguém mais o fazia. Mas foram as pequenas coisas acumuladas ao longo do tempo que tornaram Jonah Smallwood extraordinário. O jeito como ele sorria quando planejava algo travesso, como ele a olhava com os olhos arregalados logo após os momentos em que ela superava um medo, a maneira como seus quadris balançavam quando ele estava dançando, e como ele se jogava no chão sempre que achava alguma coisa ridiculamente engraçada.

Mil pequenos momentos que fizeram com que Esther se apaixonasse mais e mais por ele sem sequer notar. Mil pedacinhos de sua alma que se desprenderam e mergulharam nela.

— Você me quer, Solar?

Esther não respondeu.

— Bom, eu duvido que não.

— Prove que eu estou errada — ela sussurrou.

— Você está *muito* errada — ele disse, beijando sua testa, a ponta de seu nariz, seus lábios. Esther supunha, enquanto eles se abraçavam sob um manto de estrelas, que assim era a sensação do começo. No entanto, mesmo ali, ao lado dele, a pessoa mais excelente do universo, ela não conseguia deixar de pensar que o amor era uma planta carnívora: bela e cheia de néctar por fora, mas quando você se deixa atrair pelo cheiro e cai ali dentro, ela te devora.

Sua alma e tudo.

# CAPÍTULO 32
# EUGENE

**Eles dormiram** na varanda fechada, encolhidos, juntos, embaixo de um cobertor, sob uma galáxia de estrelas pintadas. Esther acordou cedinho e viu 23 ligações perdidas, todas de sua mãe, e duas mensagens:

> MÃE:
> Me liga imediatamente.
> É o Eugene, Esther. É o Eugene.

## CAPÍTULO 33
# O MENINO SOMBRA

**O Mercy General Hospital,** aquele que foi construído para substituir Peachwood, era um prédio grande, como um quebra-cabeças geométrico de vidro, aço e concreto. Embora sua parte externa fosse moderna, o interior podia ser de um hospital de qualquer década: corredores compridos e fortemente iluminados, isentos de qualquer calor ou conforto, um piso industrial horrendo e o cheiro ácido do alvejante tentando (e fracassando) encobrir o cheiro da morte.

Esther caminhava pelos corredores com os cabelos ainda sujos de grama da noite anterior. Sua fantasia de Matilda Wormwood estava rasgada e suja. Ela parecia destoar terrivelmente do local. Num ambiente tão esterilizado, ela era uma menina feroz que acabava de chegar da selva. Ou, então, ali na enfermaria de doentes mentais, ela era perfeitamente compatível. Talvez ali fosse o seu lugar.

Durante o trajeto de carro até lá, depois de pegar Esther no fim da rua de Jonah, Rosemary explicou que houve um apagão na rua e Eugene desapareceu na súbita escuridão. O que quer que o tenha arrebatado e arrastado pelo éter o havia cuspido de volta, aos gritos, suando, com cheiro de terra molhada e podridão. Cheirando a túmulo, Esther se deu conta.

Ele só levou um ou dois minutos para se acalmar depois que a luz voltou. Rosemary lhe fez um chá e prendeu um ramo de folhas atrás da orelha.

Ele disse que estava bem. Que estava ficando mais fácil agora que ele está mais velho. Disse que ela poderia ir para o cassino, se quisesse. Que ele ficaria bem sozinho.

Ele disse que ficaria bem.

Foi Peter que o encontrou. Foi Peter que, assim como seu pai, tinha um sexto sentido para a morte. Quando ele ainda fazia parte do mundo acima, essa percepção extra-sensorial o tornara um excelente veterinário. Ele sabia, sem saber como, que animais tratar e em quais a Morte já tinha posto as mãos. Quais já estavam marcados e, consequentemente, fora do alcance da medicina. Ele só precisava estar perto do moribundo para ouvir o zunido sinistro do silêncio, que era a sinfonia da Morte.

A mesma sinfonia que ele ouviu quando Eugene cravou um bisturi em cada um de seus pulsos no banheiro acima do porão.

Eugene Solar tinha dezessete anos quando morreu.

— Você não vai entrar? — Esther perguntou, quando Rosemary parou na porta.

— Você sabe que ele só ia querer você.

Ela assentiu. Com ela seria a mesma coisa. Se ela estivesse doente, ou triste, ou morrendo, ou todos os três, era por Eugene que ela pediria.

Esther viu a mãe caminhando de volta pelo corredor, até o posto de enfermagem. Ela estava magra e sua pele pendia flácida nas maçãs de seu rosto.

Dentro do quarto, Eugene estava deitado de barriga para cima, de olhos abertos, mas sem vida. Esther deu uma batidinha na parede. Eugene saiu de sua pose de cadáver e olhou pra ela.

Eugene Solar tinha dezessete anos quando morreu. Ele também tinha dezessete anos quando os paramédicos da emergência o trouxeram de volta das garras do Ceifador, contra sua vontade, duas vezes.

— E aí? — ele disse, com a voz rouca.

Peter tinha chegado bem na hora. Por um triz. Apesar dos três derrames e do medo imenso e terrível que o levou ao porão por seis anos, o pai deles se arrastou, com metade do corpo paralisado, subiu os degraus do porão e chegou ao banheiro a tempo de salvar seu único filho.

Mais trinta segundos, disseram os socorristas. Mais trinta segundos e eles não teriam conseguido reanimar Eugene.

— Aparentemente você é péssimo em morrer — disse Esther. — Finalmente, alguma coisa em que você não é bom.

— Ah, não, você não soube? Eu morri *duas vezes*. Sou muito bom nisso. Continuar morto que é a parte capciosa. — Eugene voltou a olhar para o teto. — Bom, essa não é uma conversa que eu estava torcendo pra ter. Agora todo mundo vai achar que isso foi um pedido de socorro.

— Nossos pais são tão inconvenientes. Nunca estão lá quando você precisa deles e bem na hora em que você está tentando se matar...

— Eles entram sem bater e estragam tudo. Deus, que babacas.

— O papai realmente saiu do porão?

— É. Não dá pra explicar. Eu fui silencioso. Fiz *questão* de ser silencioso. Não pedi socorro, nem nada, mas... ele me achou. Não sei como. Não me lembro de muita coisa, só dele cambaleando pra dentro do banheiro e praticamente caindo por cima de mim. Podia até ter sido um sonho.

— Então um suicídio casual sempre foi a solução.

— Agora se você desenvolver um vício por metanfetamina, ou algo assim, nós certamente vamos recompor a família.

Esther riu, mas o riso rapidamente se transformou num choro de soluçar. Ela realmente não entendia como podia estar chorando se não restara nada em seu corpo. Ela sentou na lateral do colchão e pegou uma das mãos enfaixadas dele.

— Não me abandone — sussurrou ela. — Não me deixe aqui com eles.

Esther queria fazer o irmão entender que ele era o sol. Que ele era radiante, ardente e brilhante, e sem o seu calor, sem sua gravidade para orientá-la, ela não seria nada. Ela desejou que eles tivessem aquele negócio de telepatia de gêmeos, que ela pudesse transmitir imagens para cabeça dele, que pudesse fazê-lo ver. Fazê-lo ver que ele era tudo.

Eugene ficou quieto por um momento.

— Eu não posso ficar, Esther — ele disse, torcendo as pontas dos cabelos dela nas pontas dos dedos. Esther começou a chorar com mais força, porque ela sabia que ele não estava dizendo "Eu não posso ficar no hospital", ou "Eu não posso ficar nessa cidade". Eugene queria dizer que não podia ficar nesse planeta, não com tantos demônios e fantasmas para trombar no escuro, tantos sustos esperando em espelhos, corredores escuros, e nos galhos nus das árvores à noite. O universo inteiro era errado para uma criatura como Eugene. Havia matéria escura demais, espaço demais entre as estrelas, coisas desconhecidas demais flutuando no abismo infinito.

— Você vai melhorar — disse ela, entre lágrimas. — Eu prometo que vai melhorar. Você não vai ficar com medo pra sempre.

— Não seja careta, Esther. Você é melhor que isso. Eu não quero viver assim.

Ela procurava desesperadamente por fichas para barganhar, motivos para fazê-lo ficar.

— Você sabe que se morrer antes dela, ela vai passar aquele show de slides horrendo no seu velório.

— Esse é verdadeiramente um dos motivos pra eu ter adiado por tanto tempo. Eu tentei encontrar aquilo ontem à noite, mas a mulher guarda o negócio tão escondido que parece uma joia de família.

— Como você pode querer me deixar?

— Ah, Esther — ele disse, quando ela afundou o rosto no peito dele. — Não tem a ver com você. Nem um pouco. Nunca teve. Você pode amar alguém com toda sua alma e ainda se detestar o suficiente pra querer morrer.

Mas ela não estava disposta a aceitar a rendição dele.

Ainda não.

Nunca.

— Você precisa lutar contra isso, Eugene. Quando quiser se ferir, me fale, fale com a Heph, com a mamãe, o papai, diga ao Jonah, aos seus amigos. Eu garanto que pelo menos um de nós irá dizer "Venha até aqui, eu vou ajudar". E nós lutamos contra os pensamentos sombrios juntos. Se você tentar fazer isso sozinho, sua chance de sofrer uma emboscada da sua própria mente é muito grande.

— Às vezes não existe uma estratégia pra tudo.

— Não. Cala a boca. Eu não vou concordar com essa *coisa* dentro de você que o faz se odiar tanto. Não posso fazer isso.

— Só de pensar em concluir o ensino médio, me formar, ir para a faculdade... já fico exausto. Eu fico muito cansado. Quando penso no futuro, só sinto vazio. Mesmo que as coisas melhorem, eu sei que esse sentimento vai acabar voltando. Sempre volta.

— Dá seu celular — disse ela.

— Não está comigo. Está num saco em algum lugar.

Esther encontrou o celular num saco que Rosemary tinha arrumado para ele, fez uma busca no Google e, depois, acrescentou o número da linha direta de apoio aos suicidas nos contatos.

— Se algum dia você quiser se ferir novamente, mesmo que sinta que não pode ligar pra ninguém, ligue pra esse número.

— Você faz isso parecer tão fácil.

— Claro que não será fácil. Você está numa guerra contra você mesmo. Toda vez que um dos lados resiste, é você quem se fere. Mas não tem a ver com vencer a guerra contra seus demônios. Tem a ver com fazer uma trégua e aprender a viver pacificamente com eles. Prometa pra mim que você vai continuar lutando.

— Por que eu deveria? Você não luta.

— O que isso quer dizer?

— Você não luta. Você se acha tão corajosa, mas não também não luta contra seus demônios.

— Eu estou *tentando*. Faz meses que estou *tentando*.

— Nem ferrando. Você sai toda semana e faz alguma coisa que nem te dá medo de verdade. Fica com o coração disparado por um tempinho, mas não é um medo real.

— Nós estamos chegando perto, Eugene, eu posso sentir. Nós o estamos alcançando. Ou chamando a atenção dele. Eu posso consertar isso.

— O Ceifador não é *real*, Esther. A maldição não é real. Jack Horowitz é só um cara qualquer. O vovô não vai se afogar. Acho que a essa altura isso está bem claro. É uma história que ele nos contava antes de dormir, quando éramos pequenininhos, e que, aliás, é bem maluca. Eu cheguei perto do pós-vida e não vi nada. Ninguém.

— Então, por que tudo isso está acontecendo com a gente?

— Porque a sua vida não precisa estar amaldiçoada pra ficar uma merda completa. Olha, o vovô me disse isso, está bem? Antes que ele fosse pra Lilac Hill, eu perguntei a ele se a maldição era real, se ele realmente tinha conhecido a Morte, e ele simplesmente riu. Disse que agora eu já deveria saber que era uma história.

Esther olhou para Eugene, esperando que ele hesitasse, mas ele não o fez.

— Mas... isso não faz sentido. Ele... ele nos disse, durante anos, que a maldição é real.

— É uma *história*, Esther. Um conto de fadas.

— E quanto ao nosso tio Harold? E quanto ao nosso primo Martin e as abelhas? E o cachorro do vovô? E quanto a *você*?

— Ninguém acredita nisso, só você. *Você* é a única pessoa pra quem isso é real. *Você* é quem mantém isso vivo.

Esther abriu a boca para discordar, mas Eugene estava tão cansado, tão drogado, que suas pálpebras ficaram pesadas e sua cabeça pendeu à frente.

— Chega pra lá — ela pediu. Ele chegou para o lado da melhor maneira que pôde, ela subiu na cama estreita com ele, entrou cuidadosamente por baixo de seus braços machucados e deitou em seu peito.

— Eugene — ela sussurrou junto ao seu avental hospitalar, por baixo do qual suas costelinhas finas subiam e desciam com a respiração contra sua vontade —, você *não pode* me deixar.

Eugene não disse nada, só ergueu a mão enfaixada junto ao rosto dela. Eles ficaram ali deitados, emaranhados como fizeram por nove meses, no útero, até que ela sentiu a respiração agitada dele acalmar e entrar na cadência do sono. As rugas de sua testa relaxaram. Os músculos tensos em seus ombros se fundiram aos lençóis.

Como a morte deixaria de ser atraente quando a única coisa que lhe dava conforto na vida era estar inconsciente?

# CAPÍTULO 34
# TRAIÇÃO

**Jonah veio,** naquela manhã, assim que Esther ligou para ele. Eles tomaram café da manhã juntos, na lanchonete triste do hospital, e esperaram que Eugene voltasse ao mundo dos acordados que ele tão desesperadamente queria deixar.

— Você acha que fazem os hospitais propositalmente hediondos? — perguntou Esther. A cafeteria tinha paredes verde-limão, piso laranja e todos os móveis pareciam ter vindo de um prédio de escritórios antigos. Uma garota jovem, de treze ou quatorze anos, com o braço engessado, deu uma olhada estranha para Esther enquanto ela e Jonah estavam na fila para comprar a comida.

— Cara, eu espero que não sirvam isso para o Eugene, ou ele vai querer se matar de novo — disse Jonah, quando eles sentaram com as bandejas, os ovos sem graça e as "torradas".

Esther deu uma garfada na comida, mas uma estranha sensação tornou difícil mastigar e engolir. Ela ergueu os olhos. A menina com o gesso ainda estava olhando pra ela. Esther olhou para baixo, para o seu traje de Matilda Wormwood. Não era, nem de longe, a coisa mais esquisita que ela tinha.

— Aquela garota fica me olhando — disse Esther. — Está me deixando constrangida.

— Ela está *claramente* olhando pra mim — disse Jonah. — Sabe de uma coisa, essa comida até que não é ruim. Vamos, coma mais um pouco.

— Certo, ela acabou de olhar pra mim *de novo*.

— Pare de olhar pra lá e ela vai parar de olhar pra cá.

— Jonah, eu não estou brincando. Ela está me encarando.

— Provavelmente é porque você usa essas fantasias em todo lugar. Você está sendo paranóica.

— Eu *não* estou sendo paranóica.

— Coma seus ovos, mulher.

— Não estou com fome.

— Por quê?

Algo em Esther rompeu. Seus olhos se encheram de água, sua garganta fechou e ela subitamente estava chorando.

— Porque a minha família está desintegrando ao meu redor e… e… e é tudo culpa minha. Eu deveria… ter lutado com mais afinco pra tirar meu pai do porão. Eu deveria ter me empenhado mais pra romper a maldição antes que ela tentasse matar Eugene.

— Ei, ei, ei, de jeito nenhum, isso é sua… — Jonah começou a dizer, mas a garota que estava observando os dois agora estava em pé, atrás dele.

— Esther Solar? — disse ela. Esther limpou os olhos e franziu o rosto. — Não brinca! É você! Eu sou sua grande fã! Desculpa, eu não tenho a intenção de interromper, mas… posso tirar uma foto com você?

— O quê? — Esther perguntou.

— Posso fazer uma *selfie* com você?

— Por quê?

— Eu assisto o seu canal no YouTube.

— Meu… YouTube? Eu não entendo.

— "Uma lista quase definitiva de piores medos" — a menina explicou, desviando os olhos de Jonah pra ela, como se eles talvez não fossem as pessoas que ela achou que eles fossem. — O canal em que vocês saem, toda semana, e enfrentam um novo medo. Os gansos são o meu favorito. Uma vez um ganso me mordeu, quando eu era pequena e eu nunca…

Esther olhou pra Jonah.

— Esther — Jonah disse, baixinho, suplicante, mas ela já tinha saltado da mesa e lançado sua bandeja laranja de comida hospitalar voando. Jonah alcançou-a na entrada da cafeteria.

— Estão na internet — ela disse, ofegante. Ela não sabia se sua respiração estava acelerada pelo pânico, ou de correr, ou por pura ira, ou por tudo. — Você colocou os vídeos na internet.

— Isso deveria ser uma surpresa, para o 50/50.

— Você me fez parecer uma idiota!

— Uma idiota? Você nem os viu. Você nem viu como as pessoas amam você.

— Não encosta em mim! — Ela esbravejou quando ele tentou pôr a mão em seu braço. — Você mentiu pra mim! Você me prometeu que ninguém jamais veria. Você me prometeu. Você prometeu.

Jonah deu um passo atrás.

— É. Tudo bem. Eu menti. Quer saber por quê? Porque o que vamos fazer quando chegarmos ao número 1? Você não tem medo de lagostas, nem de cobras, nem de sangue, de altura. Isso é tudo besteira. Eu sei do que você tem medo desde o dia em que a conheci. Eu sei que você é muito medrosa pra escrever.

—Ah, é, e do que se trata, Dr. Phil? Por favor, pode usar sua psicanálise em mim, com todos os seus anos de experiência!

— Você está brincando comigo! Você realmente não *sabe*? Você *tem* que saber.

— Vai se ferrar. Você não sabe nada de mim.

— Eu vejo você, Esther. Eu estava falando sério quando disse isso. Você acha que seu medo te torna interessante e muito especial, mas não torna. Você se acha tão única, ou uma merda dessas, porque carrega uma lista de tudo que não consegue fazer, mas não é. *Todo mundo* tem medo exatamente das mesmas coisas. Todo mundo luta as mesmas batalhas, todo dia.

— Você não sabe como é viver numa família amaldiçoada.

— Jesus. Sua família não é amaldiçoada. Faz meses e meses que o Eugene está tentando te dizer que ele está doente, mas você não quer ver. Você não presta atenção. Você quer uma solução simples pra um problema complexo. E bom, não há. As pessoas ficam com depressão e desenvolvem vícios em jogo e têm derrames e morrem em acidentes de carro e apanham de gente que deveria amá-los, e não é porque são amaldiçoadas pela Morte. Simplesmente é assim.

— Isso não tem a ver com você e sua vida fodida.

— Puta merda, Esther — ele disse, e depois chutou um cesto de lixo.

Então, Esther disse o que iria feri-lo mais fundo.

— Pelo visto você já está ficando como o seu pai.

Jonah respirou fundo para se equilibrar. Quando ele falou novamente, sua voz estava baixa e comedida.

— Você faz tão pouco caso da sua família porque as pessoas não amam como você gostaria de ser amada, mas isso não quer dizer que eles não amem com tudo que eles têm. Só porque eles não são pessoas perfeitas, isso não significa que não sejam o suficiente.

— Você me prometeu que ia provar que estou errada.

— Você acha que isso significa que eu não te amo?

— Não. Eu sei que você me ama. Pra mim, isso só prova que o amor é exatamente o que seu sempre achei que fosse. O poder de causar dor.

— Eu *vejo você*, Esther — ele disse. — Eu *vejo* você.

Em todas as vezes que sua mãe deveria ter deixado seu pai e não deixou, ela não foi forte o suficiente. Ela teve medo demais do desconhecido. Mas Esther tinha treinado. Meses e meses de treino para ser corajosa. Então, ela foi corajosa de novo. Não teve choro. Ela simplesmente sacudiu a cabeça e saiu andando.

## CAPÍTULO 35

# O GRANDE ROUBO DAS ORQUÍDEAS

**Esther e Rosemary** passaram a manhã no hospital, entrando e saindo do quarto de Eugene conforme os médicos e as enfermeiras iam e vinham dizendo-lhes, repetidamente, o quão sortudo ele havia sido, como havia escapado por um triz. O coração de Esther nunca tinha doído tanto. Antes desse dia, ela nunca tivera consciência de que coisas como traição e tristeza podiam doer tanto quanto a dor física. Quando ela pensava em Eugene e no que ele tinha feito, ela não conseguia respirar. Quando ela pensava no pai e como ele tinha corrido para o hospital, ao lado do filho, porque ele estava fraco demais para se mexer, os olhos dela ardiam. Quando ela pensava em Jonah e no que ele tinha feito, ela tinha vontade de vomitar.

As pessoas a viram. Estranhos na internet tinham assistido seus momentos mais íntimos e vulneráveis: quando ela estava toda molhada, aos prantos, sem ar, tremendo, fraca e covarde. Tinha sido tão custoso deixar Jonah entrar e ele simplesmente deixou que eles a vissem daquele jeito. Jonah dera Esther de presente para eles contra a vontade dela. E isso, pensou Esther, era imperdoável.

Para além desse fato, ela se odiava por se importar com algo tão trivial e ridículo quando seu irmão, seu gêmeo, de seu próprio sangue, estava vivo por sorte.

Esther pousou a cabeça no ombro da mãe. Rosemary tinha uma aparência, um cheiro e um som totalmente incompatível com os corredores brancos de hospital. Hoje ela estava envolta em várias camadas de seda colorida, com os dedos ainda carregados de anéis, a roupa tilintando com todas as moedas de ouro costuradas em bainhas, mangas e pregadas por dentro de cada bolso. Seus cabelos castanhos estavam presos no alto da cabeça, com ramos de ervas espetados, e seus olhos estavam vermelhos. Esther achou que ela parecia uma vidente louca que descera de sua torre para proferir uma premonição terrível.

— Ah, eu esqueci de te contar. O Fred morreu — Rosemary disse solenemente, olhando o chá que flutuava na superfície de sua xícara. Esther sabia o que essa profecia baseada em bebida queria dizer, pois sua mãe lhe dissera muitas vezes: um estranho estava chegando.

— O quê? Como foi isso?

— Eu não sei. Tudo que sobrou dele foi uma imensa marca chamuscada na cozinha. Você sabe que Aitvarases se transformam em centelha, quando morrem.

— Você acha que a galinha espontaneamente irrompeu em chamas — Esther disse lentamente.

— O Fred era um galo, não uma galinha. Bom, um galo duende, tecnicamente. E, sim.

— Você viu isso acontecer?

— Não, mas eu acho que ele se sacrificou pra salvar o Eugene.

— O.k.

Esther levantou. Rosemary pegou o talo de chá, colocou nas costas da mão esquerda e bateu nele com a mão direita. Depois de apenas uma batida, o talo deslizou de sua pele e caiu no chão.

— Um estranho chegará em um dia — disse ela. — Um homem. E ele será baixo.


A ligação de Lilac Hill veio à tarde. Rosemary tirou Esther do quarto de Eugene e lhe disse, enquanto as duas pegavam latas de Coca-Cola e pacotes de chips da máquina, que a hora de Reginald estava chegando. Ele estava bem próximo de partir.

— A enfermeira disse que você precisa se despedir — disse Rosemary. — Agora, e não hoje à noite. Assim que possível.

Esther pressionou o polegar nos olhos que arderam. Mas que momento excelente.

— Nós temos que contar ao Eugene.

— De jeito nenhum. Ele não tem como sair daqui pra vê-lo. Contar pra ele só vai deixá-lo aborrecido.

— Ele nunca vai nos perdoar se a gente não der pra ele a chance de se despedir.

— Eu nunca vou me perdoar se eu não der a ele a chance de melhorar. Você sabe que eu estou certa em relação a isso, Esther. Nem tente. Vocês dois já se despediram de seu avô tantas vezes.

— Eugene o ama tanto.

— Eu sei, meu bem. Eu sei. Você deveria ir, enquanto ele está dormindo.

— Você vem mais tarde?

— Reg é um bom homem, mas eu também me despedi dele há muito tempo. Eugene precisa mais de mim do que ele.

Esther teve vontade de dizer "Nós temos vivido sem você há anos. O que a faz pensar que ter você aqui, agora, pode compensar isso?". Em vez disso, não falou nada, mas sua expressão deve tê-la traído, porque Rosemary a puxou para um abraço. Por um instante, Esther sentiu a centelha do elo que unia as duas, a mágica que um dia brilhou reluzente. Ela queria tanto se fundir à mãe e sentir que estava tudo bem de novo.

— Eu sei que não atendo a maioria das suas expectativas — sussurrou Rosemary. — Sei que você acha que eu poderia ser melhor em muitos sentidos, e talvez eu fosse uma mãe melhor se você pudesse trocar algumas partes minhas.

As palavras doeram por serem verdade, e Esther sentiu a centelha oscilar e morrer.

— Mãe. Por favor. — Ela suspirou, recuou do abraço, e se inclinou à frente, para encostar a cabeça na máquina de refrigerante. — Eu realmente não quero que você pense isso.

— Está tudo bem, querida. Eu sei que às vezes eu não sou o suficiente. Você e Eugene garantem que eu saiba disso. Mas eu realmente amo vocês. Mais que tudo.

Esther abriu os olhos. Será que o amor bastava? Se tudo que uma pessoa tivesse a oferecer fossem promessas não cumpridas e decepção, será que o amor bastava, para compensar isso? Ela pensou em Jonah, e no que ele lhe fizera – como ela lhe mostrara todos os cantos vulneráveis de sua alma e ele tinha pegado esses segredos e vendido indiscriminadamente às grandes massas.

Esther segurou a mão da mãe. Rosemary apertou-a junto ao peito e beijou o punho da filha.

— Minha linda menina.

— É melhor eu ir — ela disse. E foi.


Esther pegou emprestado o carro de sua mãe para ir até Lilac Hill. O medo que antes a percorria só de pensar nas pessoas vendo quando ela deixava o carro morrer pareceu tolo, depois que Eugene quase encontrou a Morte. Ela foi dirigindo devagar, com cuidado, mas sentia bem pouco do medo de antes.

Em vez disso, ela pensava nessas coisas:

— O fato de seu avô agora estar perto da morte e, a cada hora que passava, ser menos provável que ele se afogasse. A realidade iminente de que a previsão do Ceifador era, de fato, bem errada, fazia com que Esther se sentisse esperançosa e triste, ao mesmo tempo.

— O quanto Reginald adorava orquídeas, Johnny Cash, pássaros, sua esposa, e como ele não teria nenhuma dessas coisas para confortá-lo quando deixasse esse mundo, e como isso parecia injusto.

Então, em vez de ir direto ao leito de morte de seu avô, Esther fez um pequeno desvio e parou o carro a duas casas daquela que havia sido, por tantos anos, a que pertenceu a Florence e Reginald Solar. A casa continuava tão singular e bem-cuidada quanto no dia em que os Solar se mudaram para lá, quando Reg voltou da guerra. As molduras das janelas ainda eram bem branquinhas, o caminho sinuoso pelo jardim ainda era ladeado por arbustos e flores, e uma bandeira americana ainda revoava em um dos mastros da varandinha.

Antes de descer do carro, Esther pensou na quarta vez que Reginald encontrou a Morte, um encontro que ocorreu nessa mesma casa que ela olhava, na penumbra da noite.

Aconteceu na estufa do quintal dos fundos, numa tarde antes da morte de sua avó. Reg só tinha lhe contado essa história uma vez, no dia seguinte ao do falecimento de Florence. Esther e Eugene tinham onze anos. Jack Horowitz, magro, pálido, com o rosto marcado, e nem um pouco mais velho do que quando encontrara Reg no Vietnã há quarenta anos, bateu na parede da estufa e acenou educadamente através do vidro.

Reginald tirou suas luvas de jardinagem e abriu a porta para a Morte.

— Estou aqui pra dar uma notícia que você não vai gostar de ouvir — disse Horowitz.

— Estou prestes a morrer.

— Não. Você vai morrer daqui a alguns anos, de demência. Você vai planejar se matar depois do diagnóstico, mas a doença será incrivelmente veloz. Você não terá tempo.

— Uma ova que não terei.

Horowitz deu de ombros.

— Durante décadas você ficou imaginando como você vai realmente morrer e agora que eu te conto você não se interessa em ouvir.

— Se eu for diagnosticado com demência, você pode apostar a sua bunda que eu vou apertar uma pistola na boca antes de começar a me esquecer como são os meus netos. E vou *continuar* não chegando perto da água. Por que você está aqui?

— Na madrugada de amanhã, às 4h02, pra ser preciso, alguém que você ama imensamente vai morrer de um aneurisma cerebral catastrófico.

— Se você tocar alguém de minha família, Horowitz...

— Eu estou te fazendo um favor pelo qual muitos sacrificariam tudo que têm.

— Ah, é, e que diabo é isso?

— A chance de se despedir. — Foi nesse ponto que Horowitz pegou um botão fechado. Ele não murchou, nem pretejou com seu toque, como poderia se esperar da Morte. — Você vai convidar sua família pra um jantar hoje à noite. Vai preparar um grande banquete. Carneiro assado com alecrim e alho, mesma refeição que você fez para a sua esposa da primeira vez que a trouxe a esta casa.

— Como é que você sabe...

— Mais tarde, quando todos os seus filhos e netos tiverem ido embora, você vai lavar a louça, servir uma taça de vinho tinto pra ela e vocês vão dançar ao som de "Moonlight Serenade", como fizeram em seu casamento. Antes de ir dormir, você vai colocar orquídeas recém-colhidas na mesinha de cabeceira dela, como fez durante todas as semanas desde que aquelas meninas morreram, e lhe dará um beijo de boa-noite. É uma boa morte, Reginald. Melhor do que a que você terá.

— E se eu a levar ao hospital agora?

— O aneurisma ainda vai acontecer. Florence Solar vai entrar em coma e falecer na noite de sexta-feira. Se levá-la ao hospital, você lhe dará cinco dias a mais, mas não serão dias bem vividos. Aceite esta noite, meu amigo. É meu presente.

— Eu gostaria de nunca tê-lo conhecido, Horowitz.

Horowitz deu uma risada.

— Acredite, esse é o sentimento de muitos. Por que orquídeas?

— O quê?

— Na tarde em que você começou a investigar o assassinato das irmãs Bowen, você trouxe pra casa dúzias de orquídeas. Eu nunca consegui saber o motivo.

— Por causa de você, seu cretino miserável.

— De mim?

— Se você cortar uma orquídea e plantar um pedaço num vaso, uma planta inteira nasce somente daquela parte cortada. Elas são como hidras. Orquídeas são à prova de morte, por isso que o Ceifador antes de você as utilizava como cartão de visita. Ele tinha medo delas e você também deveria ter. Não pode cravar seus dedos esqueléticos nelas.

— Então, se eu plantar essa ponta, uma nova flor vai brotar? Que imortalidade. É como aquelas águas-vivas que me insultam.

— Você consegue cultivar alguma coisa? Se você plantar uma semente, ela irá crescer, ou vai se acovardar na sombra, receando florescer? Por que você se daria ao trabalho de plantar algo sabendo que teria de acabar ceifando?

— Por que você se dá ao trabalho de viver, se terá de morrer? — Horowitz afagou o botão em sua mão e ele abriu sob seu toque. Então, ele o colocou na lapela. — Eu nunca fiz jardinagem, mas talvez eu deva começar.

— Vá embora, Horowitz.

— Esse é o equívoco cometido pela maioria das pessoas. Pensar que a Morte não ama nada. — Horowitz sorriu. Ainda com seus dezoito anos e coberto de marcas de acne, a Morte fez uma reverência com o chapéu e virou para ir embora com a orquídea radiante em seu peito. — Até logo, Reg. Nós nos encontraremos mais duas vezes. No fim, é claro.

— E a outra vez?

— Eu vou visitá-lo em sua casa de repouso. Você vai perder pra mim numa partida de xadrez.

— Novidade. Não pode nem deixar que um moribundo vença.

— Você deveria ter morrido no Vietnã, sabe — disse Horowitz, à porta. — No dia seguinte ao que nos conhecemos. A bala que atingiu seu peito deveria ter ido parar no seu coração.

— Mas... você não disse... que eu ia me afogar?

— Saber o seu destino é mudá-lo. Se eu te contasse a verdade, você nunca teria sido atingido.

— Mas eu *fui* atingido. Eu não morri.

— Você se esqueceu? Eu estava ocupado, no fundo de um rio.

— Você foi mandado pra lá pra me ceifar.

— Você seria meu primeiro. No dia do meu casamento, em 1982, você e sua adorável esposa deveriam ter se envolvido num acidente fatal, um choque de frente com um caminhão... mas eu não pude fazer isso. Na tarde em que você encontrou os corpos das irmãs Bowen, você deveria ter sido esmagado pela Morte, pelo desabamento de um muro de tijolos. Um acidente esquisito. E teria acontecido, se eu não tivesse ligado dando a pista sobre o lixo jogado em Little Creek. Todas as vezes que nos encontramos, Reginald Solar, eu estava lá pra ceifar sua alma.

Reg subitamente sentiu-se inquieto e deu uma olhada de lado para sua tesoura de jardinagem. Se ele a cravasse no peito da Morte, será que a Morte morreria?

— E *dessa* vez? — ele disse, lentamente.

— Relaxe. Estou aqui exclusivamente por cortesia. Pra te dar tempo com a sua esposa. Tempo que não tive com a minha. A Morte não é cruel, mas é insistente. Eu logo aprendi isso. Eu gostaria que não fosse verdade, mas é.

— Você me salvou três vezes. Você não salvou nenhuma delas. — Reg gesticulou para as crianças fantasmas que, mesmo agora, o seguiam por todo lado.

— Esse é outro erro que as pessoas cometem. Pensar que a Morte não se arrepende de nada. — Horowitz mordeu o lábio inferior, pensando. — Eu tenho um segundo presente pra você. Algo que venho guardando desde que as irmãs Bowen morreram. Nunca tive certeza se te daria ou não, mas... — A Morte tirou um envelope do casaco e o entregou a Reginald. — Eu imagino que você seja o mais próximo do que eu terei de um amigo.

Reginald abriu o envelope.

— Uma porra de um cartão de condolências? — Ele exclamou, engasgado de raiva e tristeza. — Dê o fora da minha propriedade.

— Faça um favor a você mesmo. Não veja o noticiário hoje à noite.

Quando a Morte partiu, Reg enfiou o cartãozinho branco na jaqueta sem lê-lo e foi até o andar de cima encontrar a esposa adorada, que tirava um cochilo encolhida na cama deles. Ele sentou-se ao lado dela, afagou seus cabelos e substituiu as orquídeas em sua mesinha de cabeceira por um punhado de flores novas, recém-colhidas. Ele pensou em dizer a ela "Você vai morrer amanhã. Qual é a coisa que você sempre quis fazer e nunca fez?"

Mas, em vez disso, ele disse:

— Que tal se nós convidarmos as crianças para jantar? Estou com vontade de fazer um assado. Algo com alecrim e alho lá da horta.

Mais tarde, naquela noite, a avó de Esther ligou a televisão para assistir ao noticiário das seis horas enquanto amassava ervas e tomava um cálice do seu vinho tinto favorito.

A menininha que estava desaparecida há três dias havia sido encontrada.


Esther fechou a porta de seu carro e entrou no quintal silenciosamente, tentando parecer imperceptível e sem levantar suspeitas, algo bem difícil que geralmente resultava na pessoa parecendo chamativa e muito suspeita ao mesmo tempo.

A estufa ficava à esquerda da casa, atrás de uma cobertura e uma cerca. Esther foi até lá. Anos haviam se passado, desde que ela estivera ali. O quintal era bem menor do que ela se lembrava. O aviário de Reg, onde ele mantinha pombos, tentilhões, periquitos e eventuais codornas, tinha sido removido e substituído por grama. A horta de legumes que um dia havia dado tomates quase bem-sucedidos e alface raramente bem-sucedida tinha sido escavada e transformada num canteiro comum. Os limoeiros onde ela costumava brincar de pique com Eugene pareciam estar bem mais próximos do que estavam quando ela era pequenina. Na infância, o quintal parecia ter o tamanho de um reino com montanhas, rios, anões e – se as coisas tivessem sido do seu jeito – o pequeno esconderijo que ela pretendia cavar e viver nele. Agora tinha o tamanho de um quintal.

As janelas da cozinha ainda estavam cobertas com as borboletas pintadas que ela e Eugene fizeram com a avó quando crianças. Reg ficou encantado ao chegar em casa e encontrar todos os copos de vinho e as janelas cobertas de desenhos de vitrais, e todos os pedaços de madeira no quintal dos fundos pintados com paisagens. Isso também foi o que ele mais sentiu falta de Florence, quando ela se foi.

A porta da frente da estufa não tinha tranca, naturalmente, pois, com que frequência flores são roubadas? A essa altura, não restavam muitas orquídeas. O novo dono tinha desejado conservar algumas, mas manter centenas de plantas não era plausível e a maioria havia sido cortada em pedaços e deixada em cestos verdes. Ainda assim, havia várias dúzias de flores ali. Esther pegou o máximo que conseguia carregar, pretendendo fazer somente uma viagem, mas depois voltou para pegar mais. Primeiro foram as flores, carregadas num carrinho de mão e levadas silenciosamente do portão até a rua, onde ela abasteceu o porta-malas, o banco traseiro do carro, e até prendeu algumas no teto. Em seguida foi a vez dos talos cortados, da parte imortal, dos brotos à prova de morte. Esses ela colocou em sua mochila e espalhou como confete em gramados e calçadas, conforme dirigia para Lilac Hill à noitinha.

A casa de repouso estava tranquila à luz da penumbra. Esther não ouvia nada, exceto o vento remexendo as árvores e os chamados ocasionais dos fantasmas. Ela estacionou perto do prédio, carregou as flores pela janela de Reg e, depois, colocou-as ao redor do quarto, trabalhando rapidamente enquanto temia que o avô acordasse e se assustasse, ou que um médico a pegasse no flagra e desse um ataque. A única pessoa que veio foi uma enfermeira que franziu o rosto para as flores, mas não disse nada.

Quando todas as orquídeas (menos uma, que ficou no carro) estavam no quarto, Esther ficou maravilhada com seu Éden provisório. Todas as superfícies estavam forradas de roxo. No pequeno espaço do quarto dele, as orquídeas pareciam se mover por conta própria, quase como se o fato de estarem na presença de Reg lhes desse uma energia invisível.

Será que sempre foram tantas assim? Pensou ela, olhando em volta. As plantas pareciam ter se multiplicado desde que elas as trouxera da estufa, pareciam ter crescido pelas paredes e o teto. Era uma pintura de natureza morta: o branco radiante da cama hospitalar de Reg, o jeito como sua pele se esticava sobre os ossos de seu rosto, seus poucos pertences – uma bíblia, um relógio de pulso, seus óculos de leitura, um cachimbo, a aliança de casamento da avó –, tudo arrumado junto a ele, perto da cama. Por toda parte, por todos os lugares, as flores que ela lhe trouxera, cujo aroma escondia o cheiro amargo da morte que minava da pele dele.

Esther inclinou-se abaixo para dar um beijo na testa do avô pela última vez.

— Eu te amo — ela cochichou em seu ouvido e os lábios dele tremeram, como se tentassem formar palavras, mas já restava tão pouco dele que ele nem conseguia dizer também a amava. Ela pegou o celular e encontrou a exibição fúnebre emergencial de slides que Rosemary vinha fazendo desde o diagnóstico de Reg. Era seu *pièce de résistance*. Parecia uma pena guardar para seu funeral, onde ele nunca poderia ver ou ouvir, então Esther subiu na cama, como costumava fazer quando era pequena, aumentou o volume e apertou play.

Com Johnny Cash tocando ao fundo, a vida de Reg passou diante dela. Um bebê gorducho, ao fundo, em preto e branco. Um menino pequeno empurrando um carrinho de madeira. Um adolescente magrinho pulando de um penhasco, mergulhando no mar. Uma foto do casamento dele e da jovem Florence Solar, que só tinha dezenove anos à época e parecia uma hippie com seu vestido de noiva estilo anos 1970. Uma série de fotos dele, durante a guerra, sorrindo em meio aos seus camaradas de pelotão. Reg com seu uniforme de polícia, em pé, ao lado de seu Toyota Cressida. Com cada um de seus filhos recém-nascidos. Um recorte de jornal sobre uma condecoração que ele recebeu pela bravura de desarmar um atirador. Com sua filha recém-nascida. Fotos dele com as três crianças, conforme elas cresciam. Uma foto dele cuidando do jardim. De férias. Comendo. Cozinhando. Rindo. Dançando com sua adorada esposa. Nos casamentos dos filhos. Segurando os netos gêmeos, recém-nascidos. E, depois, muitas e muitas fotos dele com os netos; da pequena Esther fazendo seu cabelo e maquiagem; dele segurando a mão do pequeno Eugene para atravessar a rua; com todos os priminhos subindo por cima dele; lendo para os gêmeos; e com um copo de leite na mão.

Depois, a doença. A pele avermelhada e manchada. Os cabelos afinando. Os olhos lacrimosos. As maçãs do rosto profundas. Fotos em Lilac Hill. Fotos numa cadeira de rodas. Fotos de algo que lembrava vagamente seu avô, mas não era mais ele.

Essa exibição de slides terminou com "I Did It My Way", de Frank Sinatra, o que também era um clichê, mas apropriado. A última foto, em perfeita cronometragem com o fim da canção, era um close dele de perfil: Reg em sua estufa, cercado por suas orquídeas, sem saber que o fotógrafo (provavelmente Florence Solar) estava ali. Na imagem, ele estava curvado olhando atentamente o botão de uma flor.

Reginald Solar partiu 36 segundos depois que a apresentação terminou, com um sorrisinho no rosto, segurando firmemente uma orquídea radiante na palma de sua mão.

Esther esperou no quarto para que a equipe médica atestasse que Reginald estava morto, embora ela já soubesse. Enquanto estava em pé, perto da janela, ela viu um homem atravessando o estacionamento. Um homem baixo, de casaco escuro e chapéu, com uma bengala na mão enluvada. Ela não tinha certeza do que a levou a sair pela janela e correr até seu carro para segui-lo. O homem já estava saindo na estrada, quando ela enfiou a chave na ignição, mas Esther não se importou: ela tinha a impressão de que sabia para onde ele estava indo.

Dez minutos depois, o homem encapotado parou seu carro na entrada da garagem de uma casa singular, de janelas brancas, com um caminho sinuoso por entre o jardim, uma bandeira americana revoando ao vento. A casa construída por Reginald e Florence Solar. A casa que ela roubara, apenas uma hora antes.

O homem saiu de seu veículo. Esther foi atrás.

— Com licença! — ela gritou para ele, mas ele não ouviu, ou se ouviu, não diminuiu o ritmo. — Espere!

Ela o alcançou na porta da frente, onde ele já estava tirando um chaveiro, pronto para entrar. Antes de entrar ele virou e ela o viu claramente, pela primeira vez.

— Posso ajudar? — disse ele. Ele era jovem, não muito mais velho que Esther, e tinha um sotaque sulista. Ele usava um chapéu preto na cabeça, ao estilo que os gangsteres usavam nos anos 1920, e seu rosto era todo marcado com cicatrizes de acne. Mesmo olhando diretamente para ele, Esther não conseguia identificar a cor de seus olhos, nem dos cabelos.

E ali, na lapela de seu casaco, havia uma orquídea roxa radiante.

— Você esteve em Lilac Hill — disse ela. — Você conhecia Reginald Solar. Você conhecia o meu avô.

— Não, na verdade, não. Infelizmente.

— Não me faça perguntar.

— Perguntar o quê?

— Você é ele?

— Eu sou quem?

Esther não queria parecer maluca demais se estivesse errada, então ela disse apenas:

— Horowitz. Você é Horowitz?

O homem sorriu.

— Por favor, perdoe a minha presença em Lilac Hill. Eu simplesmente comprei a casa de Reg quando ele se mudou.

— Agora você *mora* aqui?

— Sim. Eu comprei como uma propriedade pra investimento, mas quando andei pela casa, pela primeira vez, bom... eu me apaixonei.

— Então... por que você estava na casa de repouso?

— Uma empresa de guarda-móveis entrou em contato comigo há alguns meses. Eles estavam tendo dificuldade em localizar a família do sr. Solar e tinham esse endereço listado como contato. Eu recolhi os itens guardados em seu depósito pra que não fossem vendidos, destruídos, ou acabassem em *Quem dá mais?*, embora eu adore aquele programa. Finalmente consegui descobrir pra onde Reginald havia se mudado e somente essa noite deixei uma mensagem em Lilac Hill, na esperança de que os funcionários transmitissem à família dele. Eu não sabia se algum dia conseguiria localizar vocês, no entanto, aqui está você. Pode entrar e dar uma olhada, se quiser.

— Como pode você não ser ele?

— Quem, exatamente, você acha que eu sou?

— Bom... a Morte?

O homem fez uma expressão intrigada.

— Seu avô deve ter sido um grande contador de histórias pra fazer com que você acreditasse que ele conheceu a Morte. Entre.

Esther achou que essa foi uma resposta bem estranha. Mesmo assim, ela entrou. A casa estava estranhamente decorada, como quando sua avó June havia se mudado para um apartamento novinho e moderno, aos 78 anos, mas manteve tudo que Esther chamava de "coisa de gente velha". Gente velha simplesmente parecia ter as mesmas coisas: um armário cheio de pratos e taças que ninguém tinha permissão de usar para comer ou beber, um sofá florido hediondo, uma cadeira de balanço, uma estante de ervas, móveis pesados de madeira, dúzias de lembrancinhas compradas ao longo de muitas décadas (agora, orgulhosamente expostas em todas as superfícies da casa) e fotografias desbotadas, em molduras diferentes, cobrindo todas as paredes.

Havia duas malas prontas (antigas, de couro marrom, mais coisa de gente velha) colocadas diante da porta.

— Você vai pra algum lugar? — Esther perguntou, mas o homem ignorou-a.

— Leite? — ele ofereceu, da cozinha.

— Não, obrigada. Você é... ainda não respondeu a minha pergunta.

O homem apareceu na porta da cozinha.

— Aquela sobre o local pra onde eu vou, ou a outra, sobre eu ser a encarnação da Morte?

— Essa última seria uma boa.

— Se eu fosse a Morte e seu avô me conhecesse, você não ficaria feliz em saber que ele partiu com um amigo? — Esther não respondeu. O homem sorriu. — As caixas estão por aqui.

Todos os itens do depósito de armazenagem de Reginald Solar agora estavam guardados no quarto que Florence Solar usara para costurar. O conteúdo concentrado de uma vida. Esther mexeu em algumas caixas, tentando decidir o que levar agora e o que voltar para pegar depois. No fim, ela só pegou uma foto de Reginald, com seu uniforme de policial em algum momento dos anos 1970, quando ele era jovem e bonito e ainda não era assombrado por fantasmas.

No caminho de saída, ela encontrou o Homem Que Talvez Fosse a Morte sentado na sala de estar, bebericando seu leite.

Havia tantas coisas que ela queria lhe pedir para consertar. Libertar seu pai do porão. Deixar seu irmão em paz. Dar voz a Hephzibah. Deixar que sua mãe ganhasse uma bolada e depois libertá-la de sua obsessão. Retirar a maldição. Retirar a maldição. Retirar a maldição.

Quando estava prestes a abrir a boca para pôr pra fora todos esses pedidos, Esther percebeu o seguinte:

— Reginald Solar tinha vivido com seu medo, mas isso não o matara.
— Portanto, a maldição provavelmente era ficção, como Eugene havia insistido que era, e a Morte – se o homem à sua frente era, de fato, a Morte – tinha, à sua estranha maneira, protegido as pessoas da família Solar em vez de condená-las.
— Para que maldições continuassem era preciso acreditar nelas e a única que mantivera a maldição vicejando era Esther.

Então, em vez de pedir ao homem para retirar a maldição, ela perguntou:

— Se a sua família acreditasse estar amaldiçoada e vivesse e morresse com medo, o que você diria a eles pra facilitar as coisas? Pra que eles não temessem tanto?

— Eu diria que todo mundo morre, independentemente de viver com medo ou não. E que *isso* – a morte – não é algo a se temer.

— Obrigada — disse Esther. — Nós voltaremos outro dia pra buscar as coisas dele.

Quando virou para ir embora, ela viu. Ali na parede, acima da cabeça dele, havia uma pequena fotografia emoldurada. Uma foto de Polaroid, agora desbotada pelo sol. Um casamento. Uma mulher de vestido rosa-claro, com um colar de pérolas no pescoço. Um homem com um incrível smoking lilás, de sapatos brancos e uma camisa com babados. E, entre eles, um segundo homem, um homem de cabelos ruivos e pele sardenta, um homem com uniforme de oficial. Um homem bem parecido com Reginald Solar.

O Homem Que Talvez Fosse a Morte flagrou-a olhando a foto.

— Meu casamento com a minha amada, que ela descanse em paz. Uma pena que não dê mais pra ver os rostos. Essa foi a única fotografia que nós tivemos do evento. — E era verdade, os rostos estavam mesmo apagados, assim como o nome no uniforme do soldado. Mas Esther sabia. Ela sabia.

— Agora, se não se importa, eu preciso ir andando. Bom dia, senhorita Solar. Eu tenho que pegar um avião.

— Pra onde você está indo? — ela perguntou novamente.

O homem pôs o chapéu, pegou suas malas e sorriu.

— Eu ouvi dizer que o Mediterrâneo é agradável nesta época do ano.

## CAPÍTULO 36
# A MULHER VERMELHA

**Esther levou** a última orquídea para Eugene, que estava medicado demais para perceber que ela estava ali, e depois dormiu na caminha ao lado da cama dele. Quando ele acordou com o sol nascendo, ela lhe contou sobre a morte de Reginald e eles choraram juntos, por um tempinho, até que Eugene voltou a dormir.

A casa Solar parecia estranha quando ela abriu a porta da frente. Era de manhã, ainda estava meio escuro, mas as velas estavam apagadas e, as luminárias, em luz baixa. A luz do sol entrava pelas janelas, mas não era suficiente para mudar as sombras coaguladas em todos os cantos da sala. Esther abriu a porta do porão e desceu a escada, mas lá também só havia escuridão. Nada de fio de luzinhas piscantes. Nada de canções natalinas tocando sem parar. Uma dúzia de fotos de sua versão antiga sorria para ela no escuro, fazendo com que ela voltasse a acreditar que existiam, sim, coisas como fantasmas.

Peter estava no hospital, em fase inicial de reabilitação. A casa estava desarraigada, sem o peso que a prendia. Ela tinha perdido sua âncora. Parecia que se uma brisa suave soprasse pelas árvores, talvez pudesse levá-la pelo céu como um dente-de-leão.

Na cozinha, exatamente como Rosemary havia dito, havia uma marca chamuscada onde Fred supostamente teria irrompido em chamas e se transformado em centelha. Esther está cética quanto a isso *a)* ter realmente ocorrido e *b)* Fred ser de fato um duende que tenha dado a vida para salvar a de Eugene. Talvez um dos coelhos simplesmente o tivesse matado de susto e ele entrou em combustão num chilique de galo irado. Ainda assim, ela ajoelhou na madeira chamuscada, que meio que parecia ter um formato de galo se ela estreitasse bem os olhos, e agradeceu à criatura que sua mãe estava convencida de mantê-los à tona pelos últimos seis anos.

Esther foi para o seu quarto, sentou na cama, e ficou pensando no que significava o fato de a maldição não ser real. Que não era um feitiço que deixava Eugene tão triste, mas sim depressão. Não era magia que prendia seu pai ao porão, mas sim ansiedade. Não era azar que arrastava sua mãe para as máquinas caça-níqueis, mas sim uma obsessão. Pela primeira vez, todos os seus pedacinhos quebrados e os de sua família pareciam consertáveis. Maldições não podiam ser removidas, mas doenças mentais podiam ser tratadas.

Esther levantou e olhou ao redor de seu quarto para as fantasias que Jonah disse que ela usava para se esconder e não ser vista. Será que eram pra isso? Todos esses anos ela dizia a si mesma que as fantasias eram para se esconder das pessoas e da Morte. Será que ela as usava para se esconder dela mesma?

Com lágrimas de frustração, traição e dor ardendo em seus olhos, ela começou a destruir a jaula de medo que construíra para si rasgando pedaços de seda e destroçando moldes já desenhados pela metade, até que só conseguiu despencar no chão, sobre o tapete polvilhado, num bolo de cores e tecidos. Ali, aos prantos, ela notou que a madeira por baixo das camadas de papel e tecido era azul, mas ela tinha quase certeza que não era antes de ter forrado tudo com vários tapetes persas anos antes. Esther limpou parte da bagunça que havia feito. Mais e mais azul ia surgindo no piso: parte clara, parte escura, parte quase branca, parte preta, todas num desenho circular que ela reconhecia bem porque já vira centenas de vezes, todos os dias.

Esther afastou o tapete e empurrou a cama para a lateral do quarto. No chão, bem no lugar onde sua cama estava instantes atrás, alguém havia pintado um imenso olho-grego que, agora, tinha a tinta azul, branca e preta desbotada, descascando. Espalhadas por cima do amuleto para afastar inveja, havia dúzias de folhas de sálvia, algumas frescas, algumas quebradiças, algumas já quase pó — cada uma com um desejo diferente, todas escritas com a letra de sua mãe.

*Proteja-a.*
*Dê-lhe coragem.*
*Permita que ela fuja dessa cidade.*
*Não deixe que ela seja como eu.*
*Faça com que ela veja o quanto eu a amo.*
*Faça com que ela veja o quanto eu a amo.*
*Faça com que ela veja o quanto eu a amo.*

Esther pegou um punhado delas e segurou junto ao peito, diante de um som no corredor que lhe assustou. O coração acelerou e seu cérebro sussurrava *corra, corra, corra* do medo, mas ela não correu. Deixe que os monstros venham, pensou ela, segurando firme, na palma da mão, os pedidos da mãe. *Deixe que eles tentem me pegar agora.*

Ela saiu no corredor e notou algo que não tinha visto ao entrar. Do lado de fora da porta do banheiro, Rosemary colocou as suas joias, numa fila comprida em cima da madeira: seus olhos de tigre, suas safiras, seus anéis de âmbar, os olhos-gregos que ela usava nos tornozelos. Sua roupa – cheia de ervas e moedas costuradas para chamar sorte e prosperidade – tinha sido caprichosamente dobrada ao lado dos berloques. Outro som veio do banheiro. Som de água.

Esther empurrou e abriu a porta. Rosemary estava de quatro, só de roupa de baixo, com os joelhos e as solas dos pés manchados de sangue. As costelas estavam visíveis, através da pele fina. Uma teia de veias azuladas. A assustadora sequência montanhosa de sua coluna. Entre seus joelhos, um balde com água e sabão. Os ladrilhos estavam escorregadios com alvejante, sangue e detergente. Esther sempre achou que se você cortasse os pulsos, sua vida meio que vazava de você silenciosamente, o coração ainda rugia com vida, bombeando a quatro milhas por hora. Havia arcos de sangue nas paredes. Respingos no teto. Eugene tinha se esforçado muito para morrer nesse cubículo e seu coração havia se empenhado muito para mantê-lo vivo.

Esther exalou, diante do horror de tudo isso e Rosemary notou, pela primeira vez, que ela estava ali.

— Ah, não, Esther — disse ela, e seu corpo delgado pulou de pé. Sangue nas mãos, sangue nos joelhos, o sangue do filho que ela quase perdeu. Jesus. A pobre mulher. — Eu posso fazer isso — ela disse, tentando empurrar a filha pra fora. — Você não tem que ver isso. Não quero que você veja isso.

Esther pousou a mão no rosto dela. Limpou um respingo vermelho.

— O vovô partiu.

— Ah, meu bem. — Rosemary tentou abraçá-la com os cotovelos, tomando cuidado para manter suas mãos ensanguentadas longe de sua roupa. — Ah, meu bem, eu lamento muito.

Esther pousou a cabeça no ombro da mãe e segurou em volta de sua cintura fina, torcendo para que ela sentisse o que ela não tinha mais palavras para expressar: *eu te amo, eu te amo, eu te amo.*

Será que era tão ruim se apegar a algo partido? Em todos aqueles anos que ela havia julgado Rosemary por ficar com seu pai quando ela poderia ter terminado e partido, será que ela podia culpá-la? Rosemary deixou seu primeiro marido porque ele era um monstro, mas Peter ainda era bom, meigo e delicado, e talvez por isso valesse ficar, mesmo se a pessoa estivesse arruinada.

Conforme ela olhava a mãe ajoelhar-se outra vez para limpar o sangue do filho, Esther pensou que finalmente tinha compreendido a mulher que a criara. Jonah uma vez disse que um dia todos perceberiam que seus pais eram seres humanos e que, às vezes, eles são boas pessoas e, às vezes, não. O que ele deixou de dizer foi que, na maior parte do tempo, eles não são nem bons nem ruins, nem virtuosos, nem perversos, são simplesmente pessoas.

E, às vezes o amor, mesmo que seja só o que eles têm a oferecer, é o bastante.

Tinha de ser.

## CAPÍTULO 37
# AH, IRMÃO

**Alguns dias depois,** quando Esther chegou do funeral de Reg, Hephzibah estava em sua casa, esparramada em sua cama, com Pulgoncé nas costas e um laptop à frente. Silhuetas familiares dançavam na tela, perseguidas por uma hora de gansos homicidas.

Hephzibah deu uma risadinha.

— O que você está fazendo? — Esther sussurrou.

Heph ergueu as sobrancelhas.

— Assistindo você sendo uma fodona hilária — ela sinalizou, sorrindo.

Esther bateu a tampa do laptop.

— Nunca mais assista isso. Jonah colocou isso na internet mesmo quando eu pedi, especificamente, pra que ele não colocasse. Você não vê como isso é errado?

— Os vídeos são lindos.

— Isso não faz com que seja certo.

— Eu entendo, mas… ele não estava tentando magoar você. Estava te ajudando. Acho que você deveria dar uma chance pra ele se desculpar. Se explicar — Heph sinalizou. — Seria a coisa mais corajosa a fazer.

— O que você sabe sobre valentia? — Esther estrilou. — Você não tem nem coragem de falar com sua melhor amiga. Como acha que eu me sinto, quando você fala com todo mundo menos comigo?

Hephzibah levantou devagar, com o maxilar projetado, e saiu pela porta, sem dizer uma palavra.

— É, vai mesmo — Esther disse, conforme ela saiu.

Eugene surgiu na porta, menos de um minuto depois.

— O que você disse a ela? — ele perguntou.

— Algo que eu sabia que iria magoar. — Eugene fechou a boca e suas narinas tremularam. Magoar Hephzibah estava fora de questão para qualquer um, mesmo para Esther. Ela mudou de assunto. — Como você está se sentindo?

— Tipo super de saco cheio de dizer pra todo mundo como estou me sentindo.

— Desculpa. — Eugene sentou no pé da cama dela com a cabeça nas mãos. Esther afagou-lhe as costas. — Que estranho ver o papai na rua hoje, hein? — Apesar dos médicos não recomendarem, Peter insistiu em ir ao enterro de seu pai. Ele usou o gorro de lã de Reginald, os óculos de leitura dele, e Esther e Rosemary se revezaram empurrando a cadeira de rodas.

— Foi legal — disse Eugene. — Eu sei que eu deveria estar super triste o dia todo, porque o vô morreu, mas o negócio todo me fez sentir meio que… normal. Pela primeira vez, em muito tempo.

— Aproveitando o embalo, eu acho que seria uma boa ideia tentar novamente uma terapia, mas realmente tentar dessa vez, não só ir até lá com a intenção de matar os outros de susto. É como um osso quebrado sabe? Você não pode continuar andando e esperar que sare.

— Essa é a supersticiosa Esther Solar reconhecendo a existência de doença mental e não simplesmente se comportando como se eu fosse amaldiçoado?

— Cala a boca.

Eugene passou a mão nos cabelos.

— Eu realmente não quero falar com ninguém.

— Eu realmente não me importo. Se você quebrasse a perna e não quisesse ir para o hospital, eu te levaria, de qualquer maneira.

— Não quero que as pessoas saibam que eu sou maluco, sabe?

—Ah, meu bem. Você cortou os pulsos com um bisturi veterinário. Acho que talvez seja meio tarde pra isso.

Eugene deu uma gargalhada.

— Sem chance. Eu posso me safar totalmente com o papo de artista atormentado. Fiz isso pela minha arte.

— Ah, que ótimo, isso só aumenta a sua lenda misteriosa. O menino bruxo sofrendo tanto que não conseguia suportar mais nem um dia. As meninas da escola vão se jogar em cima de você como nunca.

— Só me faltava essa. "As aventuras do menino bruxo", episódio um: nosso herói sobrevive ao ataque brutal de sua própria mente.

— Sabe de uma coisa? Eu acho que é, de verdade, uma ideia muito boa. Você poderia escrever uma história em quadrinho na internet, sobre um super-herói deprimido. Quer dizer, quem salva os super-heróis, quando eles ficam mentalmente doentes?

— Isso… não é uma ideia terrível.

— Bom, eu sou praticamente famosa na internet, certo? Eu poderia colocar você no meu canal.

— Espera aí, você vai continuar fazendo?

— Foi brincadeira.

— Sabe, se eu *fosse* escrever uma história em quadrinhos para a internet, um certo artista encantador seria um mentor bem útil para ter por perto.

— Você pode ser amigo dele. Mas ele me traiu, quando me prometeu que não faria algo. Eu não posso perdoá-lo.

— Esther.

— O quê?

— Quer dizer… Ele não te traiu com outra, nem matou seu gato ou te bateu, nem estava com seis meninas sequestradas no porão.

— Bom, eu não chequei essa última.

— Você não checou se ele tinha garotas no porão? Droga, um dia você terá um despertar *bem desagradável*. Sempre olhe o porão.

— Traição é traição, Eugene.

— É isso o que você pensa? Lembra de quando nós tínhamos, tipo, sete anos, estávamos na casa dos nossos avós, e a vovó encontrou quebrado um prato caro que ela adorava escondido embaixo da cama do quarto de hóspede?

— É, eles me culparam, por algum motivo, embora eu não faça ideia de como quebrou.

— Fui eu que quebrei. E eu disse que foi você.

— *Seu merdinha.* Eu não pude nadar, naquela tarde, por causa disso.

— Então, pronto — disse ele, espalmando as mãos. — Jonah e eu cometemos uma traição abominável contra você.

— Você é meu irmão. É diferente.

— Por quê?

— Porque eu te amo.

— Você o ama também.

— Eu quero falar de você, não dele.

— Mas você o ama, não é? Você o ama.

— Eugene.

— Tudo bem, tudo bem. Talvez não tenha existido tanto desenvolvimento afetivo quanto eu pensei. — Eugene levantou e, antes de sair, ele abaixou e beijou a testa de Esther. — Se eu encontrar coragem para entrar num terapeuta e dizer... — ele expirou ruidosamente, sacudiu a cabeça. — Que merda, isso é difícil. Se eu conseguir dizer a um terapeuta "Oi, eu sou Eugene e preciso de um gesso pra minha mente fraturada, porque sempre tenho pensamentos suicidas", então você arranja coragem e o perdoa. Combinado?

— Vou pensar.

— Todas as pessoas que deixamos entrar na nossa vida têm o poder de nos magoar. Às vezes elas fazem isso, às vezes, não, mas isso não é um reflexo nosso, da nossa força. Amar alguém que nos magoa não nos torna fracos.

— Mas ficar com alguém que nos magoa, *sim*.

— Jesus. Tente dizer isso a uma vítima de violência doméstica. Tente dizer que elas são covardes por não correrem.

— Isso é diferente e você sabe disso.

— Eu entendo. Você acha a mamãe fraca, porque ela ficou todos esses anos.

— Sim.

— Você acha que ela deveria ter deixado o papai, como fez com o primeiro marido.

— Sim.

— Às vezes, você é corajoso se foge. Às vezes, você é corajoso se fica. É importante saber a diferença. Importante pra nós dois, provavelmente.

Esther nunca tinha pensado nisso dessa forma.

— Então, você vai falar com alguém? — perguntou ela.

— Com uma condição.

— Não posso deixar que ele volte pra minha vida. Ainda não. Não estou pronta.

— Não vou forçar você a fazer as pazes com o cara se você não quer. Eu seria um irmão de merda se fizesse isso. Primeiro você, sempre.

— Então, qual é a condição?

— Você tem que vir comigo.

— À terapia? Eugene, eu estou totalmente…

— Bem? Sã? Estável? Feliz? — Eugene sacudiu a cabeça. — Eu sei que enfrentar seus medos seguindo aquela lista está ajudando e acho você muito corajosa por isso. Mas não acho essa autoajuda provisória o suficiente. Se eu preciso de mais, então você precisa de mais. Venha comigo.

Ela subitamente entendeu por que Eugene não queria ir ao terapeuta, mesmo sabendo que isso o ajudaria, que seria a melhor coisa. A ideia de sentar diante de uma pessoa desconhecida e despejar tudo na mesa para que ela remexesse, como as entranhas de um animal médium, esperando por uma mensagem do além… Isso lhe dava arrepios. Ela gostava de manter todos os seus sentimentos guardados onde pudesse vê-los, catalogá-los e controlá-los para ter certeza de que nada transbordou.

Mas ela disse que iria porque queria que ele fosse. Ela *precisava* que ele fosse. A vida dela dependia da continuação da existência dele.

— Eu sei que você acha o amor perigoso. Mas eu olho pra você e pra mim e não vejo isso.

— É mesmo? Porque você tem mais poder de me destruir do que qualquer outra pessoa. Eu te dei esse controle, amando você, e você tentou se matar. Por que eu iria querer dar a qualquer outra pessoa o poder de me ferir desse jeito?

— Esse que é o negócio. Isso não teve nada a ver com você. Então, talvez, o amor não seja o veneno que você acha ser. Talvez as pessoas simplesmente cometam erros. Talvez elas sejam dignas do nosso perdão se nos magoarem.

— Ah! Crave o bisturi mais fundo, da próxima vez, sabichão irritante.

— Você não pode me dizer isso, eu estou emocionalmente frágil. — Eugene sorriu. — Eu vou encontrar o terapeuta mais barato da cidade e marcar um horário pra gente. — Ele abriu seu laptop e o pôs no chão, na frente dela. Estava aberto no canal "Uma lista quase definitiva de piores medos", no YouTube. — Agora, chegou a hora de você fazer alguma coisa de que *realmente* tem medo.

## CAPÍTULO 38
# O FANTASMA DO PASSADO DE ESTHER

**No dia seguinte ao funeral** de Reg e de terem jogado suas cinzas, o córrego Little Creek inexplicavelmente começou a secar. Em uma semana, toda a água tinha escoado para os reservatórios subterrâneos e o leito do rio estava esturricado, como antes do assassinato das irmãs Bowen. Os restos das meninas foram localizados duas semanas depois do dia da morte de Reg, não muito longe de onde ele as encontrou na primeira vez, cada uma com orquídeas selvagens brotando das costelas.

Esther se sentia estranha vivendo num mundo onde Reginald Solar não existia mais. A morte era perfeitamente compreendida no sentido científico (redistribuição de átomos, etc.) e no filosófico (qualquer coisa que vivesse eternamente não teria valor algum, como as águas-vivas que o Ceifador tanto odiava) e Esther entendia que isso era natural e necessário, mas tentar assimilar o fato inegável de que seu avô não tinha mais um corpo, de que os sinais elétricos emitidos por seu cérebro já não pulsavam… Isso não fazia sentido. Ela era um ser humano inteligente e (na maior parte do tempo) racional, mas, ainda assim, não conseguia se forçar a entender *como* era possível que ele tivesse simplesmente… *sumido*.

Depois, pensar que *ela* própria morreria… Bom, isso era um ataque de pânico completamente diferente.

Então, Esther começou a ir à terapia com Eugene, como disse que faria. Eles dividiam sessões de uma hora, para economizar dinheiro: cinquenta minutos para ele, porque ele precisava mais, e dez minutos pra ela, no fim. A terapeuta, dra. Claire Machado, não era nada do que Esther esperava. Para começar, não parecia uma psicopata que queria esquartejar alguém, como seu nome sugeria. Depois, Esther imaginou que só precisaria de uma sessão com Eugene para que ela o diagnosticasse como esquizofrênico ou cronicamente depressivo, e tentasse entupi-lo de tranquilizantes ou interná-lo. Em vez disso, ela o ouvia. Às vezes, ela dava a Eugene estratégias para enfrentar os medos – exercícios de respiração, trilhas sonoras para ouvir, ao escurecer, *links* de vídeos de meditação, a opção de tentar prescrições, se essas abordagens falhassem –, mas ela nunca era impositiva, nem ficava frustrada, nem agia com condescendência. Juntos, eles elaboraram planos para lentamente removê-lo da luz e – estarrecedoramente – Eugene tinha começado a experimentá-los. A cada noite, ele tirava um fio de uma tomada. A cada noite, ele acendia uma vela a menos que na noite anterior. Talvez levasse anos, mas ele estava rompendo seu próprio dique protetor contra o medo e não estava se afogando. Ele estava aprendendo a nadar.

Esther não dizia nada de importante à terapeuta.

— Só estou aqui por causa de Eugene — ela falou na primeira semana, mas Eugene não deixaria passar. Ele disse a ela tudo que Esther se recusou a contar: sobre a maldição, a Morte, Jonah, a lista, sobre o avô deles, falou até da forma como às vezes ela organizava tudo de sua vida em listas. Eugene levou duas semanas (bom, tecnicamente, apenas vinte minutos) para falar tudo isso e, depois, a doutora também começou a trabalhar em táticas com Esther, ajudando-a com a ansiedade, tristeza e mortificação absoluta por ter filmagens dela na internet.

Ela também mencionou algo sobre um "compromisso de medo" e como Esther estava tentando "atenuar qualquer dor futura" encontrando defeitos em pessoas de quem ela se tornava próxima. Encontrando desculpas para se manter longe delas, evitando intimidade, ligações emocionais profundas, e tolhendo seus sentimentos para preservar seu bem-estar emocional, ela se isolava da dor, porém, também se isolava da vida.

Esther achava que esse era um comportamento bem sensato. A doutora, aparentemente, não concordava. Nesse sentido, deu a ela três passos para controlar sua ansiedade e medo:

**1.** Exteriorizar a ansiedade

A primeira coisa a fazer era imaginar sua ansiedade como algo separado dela, como o bicho de estimação mais medonho e desagradável do mundo (fora Pulgoncé). Esther via a ansiedade dela como uma bola preta com dentes e pelos brotando de seu corpo encalombado. Tinha uma pele escorregadia, como o piche, e tinha a boca cheia de dentes pontiagudos como palitos. Também era do tamanho de uma toranja e não sabia fazer suas asinhas de morcego funcionar direito, o que significava que estava sempre trombando nas paredes. Ela a batizou de Gertude e, quando ela sussurrava chamando Esther de gorda, feia, ou dizendo que as pessoas a estavam julgando, ou que ela ia morrer, ou que não era suficientemente inteligente, corajosa ou boa, Esther a empurrava de seu ombro e a mandava embora.

**2.** Corrigir os erros de raciocínio

Isso era um pouquinho mais difícil. Sempre que seu cérebro lhe dizia que ela estava 100% prestes a morrer num tsunami, ou que dinossauros *Velociraptors* estavam do lado de fora de sua janela, ou que um puma sem dúvida iria comê-la enquanto ela dormisse, esses eram erros de raciocínio porque essas coisas eram *a)* improváveis de acontecer, *b)* se acontecessem, talvez nem fossem catastróficas e *c)* mesmo que acontecessem e fossem catastróficas, Esther poderia se surpreender e, tipo, dar uma surra no dinossauro, ou algo assim. Era difícil passar por esses passos quando a ansiedade a dominava e começava a bombear adrenalina em seu corpo sinalizando uma ameaça, porém, quanto mais ela fazia isso, mais fácil ficava.

**3.** Exposição

O objetivo em enfrentar o medo, segundo a doutora, era de fato enfrentá-lo. Não esperar até ficar com medo, mas buscar nossos medos e encará-los de frente. Esther já sabia disso, é claro – ela vinha fazendo exatamente isso há meses. Então, a doutora lhe disse que talvez fosse uma boa ideia assistir aos vídeos no YouTube. Que se ela não assistisse, o conhecimento da existência deles continuaria a inflamar e ofuscar sua mente e ela não conseguiria seguir adiante ou se desprender deles.

Esther não assistiu aos vídeos. Ela não falou com Jonah.

Vários jornais nacionais cobriram os estranhos acontecimentos de Little Creek e criticaram Reginald Solar, recém-falecido, como um dos fracassos do sistema judiciário no assassinato não resolvido das irmãs Bowen. Ela recortou as reportagens dos jornais e incluiu no caderno de recortes de Reg, junto com antigos relatórios do Ceifador e um artigo bizarro, desconexo, sobre o homem que havia se afogado em sua banheira.

Quatro semanas se passaram sem que nenhum medo fosse enfrentado.

Foi durante esse período que Esther decidiu trocar a moldura da fotografia de Reginald Solar, aquela que ela tinha pegado na casa do homem sem nome que agora vivia em sua antiga casa, um homem com um rosto do qual ela já nem conseguia se lembrar. Preso entre a fotografia e o vidro, ela encontrou um cartãozinho de condolências, agora torto e empenado, danificado pela água. Dentro, só havia um nome escrito com tinta azul borrada que escorrera pelo cartão. A escrita agora estava difícil de entender, mas Esther estava quase certa de que dizia *Arthur Whittle*. Ela procurou o nome na internet, mas não conseguiu encontrar nada relevante.

Então, veio o quarto domingo pós Jonah Smallwood. Esther não havia olhado a lista por um mês, mas a essa altura, ela a conhecia tão bem que nem precisava. O medo dessa semana – 29/50 – era fantasmas.

Ela ficou imaginando o que Jonah teria planejado para hoje. Pensar em Jonah era algo que ela fazia sempre, apesar do quanto machucava.

Esther chegou em casa, do trabalho, antes da meia-noite. Ela tinha arranjado um emprego num 7-Eleven próximo, para ajudar Rosemary com as despesas médicas de Eugene e Peter, com a condição de que a mãe parasse de jogar nas máquinas caça-níqueis. Até agora, o combinado parecia estar se mantendo. O carro de Rosemary estava na entrada da garagem, como havia ficado todas as noites desde que Peter saiu do porão. Esther não se importava em trabalhar todas as noites, nem em se atrasar com as matérias da escola, nem sentir os pés em brasa no fim de cada turno: tudo valia a pena para ver sua família unida.

A casa estava quieta, com pouca luz. Era um negócio estranho chegar em casa e encontrar a penumbra quando você apenas se lembrava das luzes. A primeira coisa que ela fez foi checar Eugene, como fazia todas as noites. As luminárias ainda cercavam a sua cama funerária, como acontecia há anos, mas ele estava com uma máscara nos olhos e parecia estar dormindo *à noite*.

A segunda coisa que ela fez foi seguir até a cozinha para esquentar *taquitos*. Foi quando encontrou Pulgoncé sentada no pé da escada, olhando atentamente para o andar de cima e abanando o rabo.

— Pulgoncé, não faça isso, sua estranha — repreendeu ela. Por isso que bichos de estimação e crianças eram tão sinistros, eles viam coisas que não deveriam. Ela pegou a gata, levou-a para a cozinha e colocou-a no banco, mas Pulgoncé simplesmente desceu (bom, meio que despencou) no chão e voltou para o pé da escada. Esther a seguiu e olhou o lugar para onde a gata estava olhando: a porta de seu quarto de infância.

Ela pegou a gata outra vez.

— Sério — ela disse para a gata. — Você tem que parar com isso. — Pulgoncé ficou miando, parecendo mais uma cabra do que uma felina. Então, a madeira lá em cima rangeu, Pulgoncé uivou e saltou dos braços de Esther.

Havia alguém lá em cima.

Esther pensou em chamar a polícia, um padre, ou talvez simplesmente botar fogo na casa. Mas aquilo a chamava, assim como acontecera naquela tarde no penhasco há algumas semanas atrás. Algo lá em cima sussurrava *sim, sim, sim*.

Vá em frente, adiante, ao desconhecido.

O negócio de enfrentar o medo, ela lembrou a si mesma, era que você de fato *tinha que encarar*.

A madeira rangeu de novo. Pareciam passos. Esther destravou seu celular, girou a câmera e apertou gravar.

— Por que eu tenho a impressão de que isso vai terminar como um filme de terror de segunda? — ela disse à câmera. — Certo, então, alguma coisa acabou de se mexer lá em cima. O que seria inteiramente normal, na maioria das casas, mas ninguém sobe no andar de cima da minha casa há cerca de seis anos, portanto se eu estiver sendo inteiramente realista, isso será provavelmente um fantasma. Vamos descobrir. Eu sou Esther Solar e isso aparentemente é "29/50: fantasmas".

Os móveis abandonados na escada estavam ali há tanto tempo que começaram a crescer juntos. Ela tentou puxar uma cadeira da mesa de jantar para fora da montanha, só para descobrir que as gavinhas de uma vinha crescente a mantinha firme no lugar. Não tinha como passar. Para sua sorte, agora ela estava razoavelmente certa de que *a)* era mestra em exploração de cavernas e *b)* não havia humanóides carnívoros habitando a escada. (Claro que se houvesse, a essa altura, eles já a teriam comido.) Então, ela encontrou acidentalmente uma abertura na pilha e começou a subir. Depois de alguns minutos, ela passou a ser acompanhada por Pulgoncé, que bateu as solas e disparou por entre a tralha com uma destreza surpreendente, afugentando ratos, morcegos ou criaturas que tivessem passado a habitar aquele monte de sucata na última meia década.

Finalmente, ela conseguiu sair no piso escuro e tentou acender a luz, que zuniu zangada como uma abelha despertando de seu sono, mas depois acendeu.

O mundo lá em cima estava preservado numa fina camada de poeira, um retrato de uma vida passada congelado no tempo. Esther abriu a porta do quarto dos pais, o que eles usavam antes que Peter desaparecesse da vida deles. Estava do mesmo jeito do dia em que ele foi engolido pelo porão: a cama estava caprichosamente feita, os interruptores não estavam permanentemente ligados com fita isolante, e as joias da mãe – as peças que ela usava pela beleza e não pela sorte – transbordavam na superfície de uma caixinha metálica sobre a cômoda. Todas as roupas deles – nenhuma delas costuradas com moedas no forro ou bulbos apodrecendo nos bolsos – ainda estavam penduradas no armário. O banheirinho estava com a pintura pela metade: um lençol cobria os ladrilhos do chão para não sujar e uma lata de tinta ainda estava no canto, esperando para ser aberta. Dava a impressão de um lugar abandonado na pressa, sem que houvesse tempo para embalar os pertences pessoais ou fotografias. O que foi, de fato, o caso.

Rosemary os acordara, no meio da noite, tremendo e suando, falando de fantasmas. Ela tinha levado Eugene e Esther lá para baixo, ainda vestidos de pijamas, e os três trabalharam juntos para bloquear a escada. Eles dormiram no chão da cozinha, no meio de um círculo de sal. À época, não parecia, mas era o começo do fim.

O quarto de Eugene foi o próximo. Estava tão entulhado de brinquedos, livros e pôsteres, que doeu no coração de Esther. Era o quarto de uma criança. Um quarto de uma criança normal. Às vezes era difícil lembrar, mas Eugene era um menino normal há apenas seis anos.

A porta de Esther foi a última. Ela abriu, entrou e acendeu um abajur branco com cristais. Pulgoncé ziguezagueou, passando no meio de seus pés. Um quarto de menininha. Era quase chocante. Tinha fadas na colcha, uma casa de bonecas grande, construída por seu avô, um cesto de brinquedos, Barbies e bonecas bebês, coisas que ela já tinha começado a sentir-se velha demais para brincar quando a mãe fez com que ela abandonasse. Havia almofadas de pelo na cama e vários pôsteres de "Love Story" na parede, da era Taylor Swift, e um monte de roupas tão miúdas e tão rosas que era difícil acreditar que ela as tivesse usado um dia.

Mas o que a fez ficar sem ar foi a fotografia em sua mesinha de cabeceira, e o cartão desenhado a mão que estava embaixo. Esther limpou a grossa camada de poeira da moldura. Ela estava no centro da foto, sardenta e branca, com uma labareda de cabelos ruivos na cabeça. Hephzibah estava à sua esquerda, tão desbotada e fantasmagórica aos oito anos quanto era agora. E à sua direita estava Jonah, sorrindo, bochechudo. Todos eles estavam com os braços em volta dos ombros uns dos outros.

O cartão era como ela se lembrava: dois pedaços de fruta desenhados, que podiam ser maçãs, uvas, e até abacates, e a frase "Voce é minha outra metade" embaixo.

Talvez Rosemary estivesse certa. No fim das contas, talvez houvesse fantasmas lá em cima.

## CAPÍTULO 39

# COMO SE RECUPERAR DA TRAIÇÃO ABOMINÁVEL DE SEU BOM AMIGO/INTERESSE ROMÂNTICO

**Primeiro passo.** Reconciliar-se com sua melhor amiga muda.

Malka Hadid atendeu quando Esther bateu na porta de sua casa na segunda-feira de manhã antes da escola. Seu marido, Daniel, tinha explicado que o nome da esposa significava "rainha" em hebraico, e Esther sempre achou isso apropriado. Malka era dotada do tipo de beleza que a tornava etérea, como uma rainha-elfa tirada de um livro de histórias. Seus olhos tinham uma tonalidade âmbar incrível e seus cabelos caíam como uma cortina alourada em seu peito. Ela era toda Hephzibah, só que mais cheia e radiante, como se a cor e a saturação tivessem sido aumentadas.

Malka cruzou os braços e olhou abaixo, para Esther, na expectativa.

— Você por acaso sabe por que a minha filha não fala com ninguém há quatro semanas? — ela perguntou, com seu sotaque israelita, que estava mais para israelita misturado com árabe e com francês, porque Malka era fluente em quatro línguas e conversava em outras três.

— Talvez eu tenha algo a ver com isso — Esther confessou.

Malka suspirou.

— Entre. Ela está no quarto.

Se o quarto de Esther era um museu entulhado, o de Hephzibah era um laboratório de cientista maluco. Seu tio era um físico famoso de Tel Aviv que, quando descobriu o amor de Heph pela ciência, começou a enviar mensalmente para ela alguns pacotes de Bicos de Bunsen, telescópios, microscópios, fósseis, assinaturas de jornais revistos por colegas, e um busto bem assustador de Albert Einstein. Planetas pendiam do teto e uma parede inteira era dedicada a artigos e ilustrações do reator nuclear predileto de Heph: o Transatômico WAMSR (Waste Annihilating Molten Salt Reactor), sobre o qual Esther sabia muito mais do que precisava saber.

Hephzibah estava sentada de pernas cruzadas na cama, os braços também cruzados, e o maxilar projetado. Foi o período mais comprido que elas passaram sem se ver desde que eram pequenininhas, e só a imagem dela fez Esther querer chutar a si mesma por ser tão babaca.

Se uma pessoa pudesse ser um lar, ela construiria sua fundação em Eugene e Heph.

— Hephzibah — Esther começou, mas Heph ergueu a mão para silenciá-la.

— Vai lá pra fora — ela sinalizou.

— Por favor, me deixe… — ela tentou de novo, mas, novamente, Heph fez mímica para que ela se calasse.

— Vá. Lá. Para. Fora — ela sinalizou, com gestos exagerados.

— Eu estou tentando me desculpar.

Hephzibah murmurou, despencou de novo na cama, e sinalizou para Esther, sem olhar pra ela. — Cale a boca, vadia. Eu estou tentando falar com você. Vá lá pra fora, porra! — Foi assim que Esther soube que ficaria tudo bem. *Vadia* foi a primeira palavra que elas aprenderam na linguagem dos sinais, e elas a usavam tanto na escola que acabou se transformando quase num nome de bicho de estimação.

— Vadia — Esther sinalizou em resposta, dando uma risadinha.

Heph ergueu os olhos, já desfazendo a expressão séria.

— Vadia.

— Vadia.

A menção de um sorriso.

— Vadia.

— Eu lamento muito pelo que disse. Eu sei, melhor que qualquer um, que não dá pra simplesmente desligar o seu medo só porque outra pessoa quer que você faça. Eu fui … espera — Esther mudou de novo para a linguagem dos sinais — uma vadia.

Heph assentiu. Lambeu os lábios e gesticulou com a cabeça para que Esther saísse do quarto e ficasse no corredor.

Esther fez o que ela mandou, depois ouviu o barulho das molas do colchão, quando Heph levantou e atravessou o chão de madeira em direção à porta. Por alguns minutos, a única coisa que ela ouvia do outro lado da porta era a respiração de Heph, até que a mão dela apareceu no corredor. Esther segurou. Apertou.

— Mas você até que estava certa — ela finalmente disse, baixinho, do outro lado da porta. Não sinalizou. Ela disse. Em voz alta.

— Isso é… isso é a sua voz? Oh, meu Deus, Hephzibah, não é pra menos que você esteja falando em sinal todos esses anos. É terrível!

— Vadia — disse Heph, dando uma risadinha enquanto Esther a puxava para o corredor e lhe dava um abraço rápido, mas bem apertado.


Segundo passo. Assista as porcarias dos vídeos de uma vez.

Depois de se reconciliar com Hephzibah, Esther finalmente decidiu que estava na hora de aceitar o conselho da doutora e assistir ao canal de Jonah.

Depois da escola, as duas voltaram para a casa de Heph. Malka e Daniel Hadid estavam trabalhando no escritório de casa (uma onda terrível de homens-bomba em Istambul – a Morte estava, novamente, muito ocupada), então elas estavam à vontade. Heph ligou o projetor na sala e, depois, Eugene apareceu do nada, dizendo que ele não aguentava mais a mãe deles na sua cola, algo que nenhuma das crianças Solar jamais imaginou dizer.

Todos eles sentaram juntos no sofá (muito bem estofado), diante da tela na qual "1/50" esperava para passar.

— Tudo bem, pode dar play — disse Esther, mas assim que Heph mexeu no mouse, ela mudou de ideia. — Não, espera um minuto. — Então, ela andou de um lado para o outro na sala, durante dez minutos, esperando um impulso inconsciente que a fizesse assistir.

*Tudo que você quer está do outro lado do medo*, ela lembrou a si mesma.

Esther sabia que tudo ia melhorar, depois que terminasse. Como a doutora dissera durante o último mês, os vídeos haviam sido uma farpa fincada em sua mente, e ignorá-los só causou uma infecção que parecia miná-la em tudo que ela fazia.

O impulso não veio. Parecia haver um bloqueio físico entre Esther e o botão do play, um potente campo de força, o tipo de medo que ela só vivenciara uma vez. Esther não conseguia apertar o play, então, em vez disso, ela começou a rolar a tela abaixo. Hephzibah imediatamente fez que ela parasse.

— Você realmente quer ler os comentários do YouTube? — ela sinalizou. Então, como se subitamente tivesse se lembrado que podia falar, ela disse — Você realmente quer fazer isso com você?

— São tão ruins assim? — Claro que seriam ruins. Claro que todos a odiariam, julgariam, xingariam.

— Eu não sei. Nem me dei ao trabalho de olhar.

Esther rolou a tela abaixo e começou a ler os comentários de "1/50: lagostas".

> Adoro essa garota!

> Essa garota tem bolas de verdade.

> Deus, isso foi intenso. Eu estou suando. Porra, valeu, Esther!

> Por que alguém tem medo de lagostas? Babaquice

Isso se chama fobia de sebo de pica.

Esther é corajosa, nossa.

Vim aqui depois de assistir aquele com os gansos. Fiquei literalmente gritando com a minha tela, cacete, ai meu deus
Eu *odeio* essas porcarias dessas lagostas. ODEIO. Você é demais, Esther.

MAIS MAIS MAIS MAIS MAIS, sim, por favor.

Credo, que nojeira, elas parecem aqueles monstros de *Alien*.

Não sei o que farei da vida depois do 50/50.

Por que isso faz sucesso, eu não entendo???

CALA A SUA BOCA, SEU BESTA, VOCÊ NÃO SABE DE NADA.

Eu fiquei com ansiedade só de assistir isso.

Não suporto essa merda. Esses vídeos são todos ensaiados.

Podemos revelar quem é esse escroto?

Tô dentro.

Mas, de longe, o comentário mais legal foi esse:

Oi Esther. Eu sei que sou apenas uma estranha qualquer na internet e que nós nunca vamos nos conhecer, mas eu queria agradecer por esse canal porque ele mudou a vida da minha filha. Antes do "Piores Medos", ela tinha uma ansiedade social severa e sofria muito bullying na escola. Depois de assistir aos

> seus vídeos, ela decidiu tentar fazer os dela. Até agora, ela já enfrentou seu medo de cobras, aranhas e até o de falar em público (ela fez uma apresentação sobre o seu canal, na aula – antes disso, eu tinha que escrever bilhetes de justificativa para todas as suas apresentações escolares porque ela tinha ataques de pânico). Eu chorei quando ela me contou que conseguiu ficar na frente da turma e falar sobre algo de que gosta muito. Achei que isso fosse algo que ela jamais conseguiria fazer. Eu sei que falo por todos aqui quando digo obrigada, do fundo do meu coração, por sua coragem. Isso representa muito mais do que você imagina.

Muitas pessoas gostaram do canal. Muitas responderam e disseram coisas semelhantes à mãe emotiva. Um filho, a filha, irmão, irmã, as próprias pessoas; "Uma lista quase definitiva de piores medos" tinha espalhado coragem como se fosse um vírus. Era contagioso e muita gente estava se contaminando. Havia novos vídeos imitando os dela surgiam todos os dias, vídeos de gente enfrentando seus medos de frente, fazendo coisas que havia jurado jamais fazer – andar de montanha russa, cantar num palco, enfiar a cabeça num pote cheio de baratas, surfar, esquiar, pular de bungee-jumping, saltar de pára-quedas. Semana após semana, medo após medo, elas saíam no mundo e se tornavam menos medrosas. Todo dia elas faziam algo que as amedrontava.

Agora, novamente, também era a vez de Esther.

— Estou pronta — disse ela e, dessa vez, ela não deteve Hephzibah quando ela moveu o cursor até o play e clicou.

A princípio foi constrangedor. Esther se encolhia com o jeito que aparecia na tela e detestava que as pessoas a tivessem visto aquilo contra sua vontade, de todos os ângulos que ela detestava. Seu rosto era todo pintado e seus cabelos, compridos demais, ruivos demais. Ela tinha a sensação de haver milhares de olhos sobre ela, arrancando a sua pele. Mas, assim como ocorrera com o primeiro e único clipe que Jonah lhe mostrara meses antes, ela logo viu uma versão diferente de si mesma. Esther, a loba. Esther, a devoradora de temores.

Esther com os olhos frios e determinados, aquela que era tão assustada, nos primeiros vídeos, mas agora marchava triunfante na direção de cada medo, o que viesse.

Eugene e Hephzibah também estavam nos vídeos, assim como Jonah. Esther frequentemente pegava a GoPro e virava para ele. Era tão estranho: no filme, Jonah Smallwood não era destemido. Na vida real, Esther geralmente ficava tão distraída com sua própria ansiedade que não conseguia perceber os pequenos momentos – o lampejo de uma hesitação, uma mordida no lábio – quando também Jonah encarava o medo e duvidava, mesmo que por um instante, se teria coragem suficiente para ganhar a batalha.

Mas não eram essas janelinhas do medo dele as que mais doíam nela. Nem a percepção de que ele também tinha sentido medo, que tinha guardado e escondido sua ansiedade por ela, pois se ele também estivesse com medo, ela ficaria apavorada. O que mais doía em seu coração era a maneira como ele a filmara. Esther nunca havia imaginado que o amor poderia ser escrito de qualquer outro modo, exceto em palavras, mas o jeito que Jonah a tinha filmado, sabe? Os closes, a luz suave, o modo como a câmera a seguia... Era como um carinho em cenas em movimento. Se ela tivesse que descrever amor a alienígenas sem usar palavras, ela simplesmente lhes mostraria o que ele havia feito para ela e isso bastaria para eles entenderem a beleza e o terror de tudo.

Até o momento em que o sol se pôs e eles tinham assistido até o 25/50, Esther percebeu que seu medo já não pertencia somente a ela. Ele era compartilhado por milhares de pessoas – às vezes, por dezenas de milhares – e ela devia a todas elas, assim como a si mesma, fazer isso até o final.

Terceiro passo. Construir algum tipo novo de barragem contra o medo.

O comentário da mulher sobre a filha foi o primeiro que Esther imprimiu e pregou na parede de seu quarto para cobrir todo o papel de parede rasgado.

Com o passar das semanas e meses seguintes, ela tinha milhares de comentários impressos, cada um representando um tijolo da represa contra o medo. Cada um representando um distintivo conquistado pela coragem. Cada um como uma prova de que, ao enfrentar seus medos, ela havia feito a diferença em algum lugar, de algum jeito, para alguém, mesmo que de uma forma pequena.

Alguns mistérios talvez nunca sejam desvendados. Quem matou a Dália Negra? O que aconteceu com D. B. Cooper? Quem era o Somerton Man?

Porém, um mistério que poderia ser desvendado era o que ela sentiria ao vencer seus cinquenta medos. Esther continuou em frente. Ela podia seguir adiante. Ela podia descobrir.

Mas ela não queria fazer isso sozinha.


Quarto passo. Enviar o cartão "Você é minha outra metade" de volta para Jonah.

## CAPÍTULO 40

# UMA LISTA QUASE DEFINITIVA DE PIORES MEDOS

**Vinte semanas** depois.

Era novamente um fim de verão. Agora, já havia passado quase um ano. As orquídeas cresciam pela cidade, abrindo em flor por onde aterrissaram na noite em que Reginald Solar morreu. Elas brotavam dos gramados da frente das casas das pessoas, das rachaduras nos caminhos de entrada, nas raízes das árvores, centenas e centenas delas desafiavam a morte.

Little Creek, penúltimo local de descanso das irmãs Bowen, estava seco desde o falecimento de Reginald. Um punhado de orquídeas se erguia da terra onde as cinzas dele foram lançadas após a cerimônia de seu funeral.

As flores que foram roubadas da casa de Reg tinham sido trazidas do hospital para Esther, e agora perfilavam a varanda da frente. O Homem Que Talvez Fosse a Morte nunca relatou o roubo à polícia. A casa dos Solar estava bem diferente: todos, exceto dois dos carvalhos, haviam sido removidos e embora a ferradura ainda estivesse pregada no lintel, quase todos os olhos-gregos tinham sido retirados.

Havia movimento em cada um dos cômodos da casa. Pulgoncé estava limpando suas partes privadas em cima da cama de Esther. Os pais da família Solar estavam no banheiro onde o filho havia tentado tirar a própria vida; Peter, ainda de cadeira de rodas, estava mais saudável, e Rosemary se debruçava por cima dele, para cá e para lá, para aparar a barba que ele não tinha mais habilidade para raspar. A aliança dela estava de volta em seu dedo. Não havia mais velas no corredor. Nem luminárias em volta da cama de Eugene.

O segundo andar, antes bloqueado com tralhas, havia sido limpo depois de uma faxina orquestrada por Rosemary. Lá em cima, Esther olhava pela janela, com seus cabelos cortados num corte curto, batidinho na nuca. Seu traje era eclético; meia-calça branca, sapatos vermelhos de Dorothy, saia listrada verde e branca na altura dos joelhos, pérolas no pescoço e camisa preta de gola branca, resgatada de sua fantasia de Wandinha Addams.

Hephzibah veio até seu lado e deu um apertãozinho em seu braço.

— Você está pronta? — Heph sinalizou, ao olhar para baixo, da janela do quarto, vendo o quintal da frente. Depois, ela falou — Tem *muita* gente lá embaixo.

Esther assentiu.

— Não posso acreditar que esteja quase terminando.

Lá fora, um projetor havia sido montado com uma tela afixada na frente da casa. O gramado estava forrado de cobertores e almofadas. As duas árvores que haviam restado estavam acesas com fios de luzes e luminárias de papel. Um sinal no caminho da frente dizia: "UMA LISTA QUASE DEFINITIVA DE PIORES MEDOS". E tinha gente por todos os lados. Gente no gramado. Gente em cobertores de piquenique abertos na rua. Gente em cadeiras de armar, assistindo dos gramados vizinhos.

Deveria ser uma festinha de exibição para assistir ao episódio "50/50", mas informações sobre lugar onde isso aconteceria vazou na internet e as pessoas viajaram de todas as partes do estado – algumas, de *outros* estados – para assistir ao último vídeo ao vivo e conhecer os astros.

Os santos patronos dos ansiosos, deprimidos e temerosos.

A ansiedade crescia dentro de Esther quando ela pensava nas centenas de olhos sobre ela, percorrendo a sua pele. Cinquenta semanas depois, a âncora ainda se alojava em seus pulmões, de tempos em tempos, mas ela aprendera a controlá-la melhor. Ela fez alguns dos exercícios de respiração que a dra. Machado havia ensinado. Depois, desceu, abriu a porta da frente, saiu e foi engolida pelos gritos, aplausos e flashes.

— Meu nome é Esther Solar — disse ela, ao microfone que havia sido montado na varanda — e eu sou uma devoradora de temores. — A multidão irrompeu em aplauso. Esther sorriu trêmula. Cada par de olhos fazia com que sua pele se retraísse e coçasse, mas a experiência não foi tão dolorosa como havia sido um dia. — Cinquenta semanas atrás, eu teria tido um ataque de pânico só de pensar em ficar aqui falando com todos vocês. Na verdade, como vocês sabem, eu tinha ataques de pânico com muitas coisas. Vocês viram. Mas, aqui estamos nós, afinal. Eu consegui. Nós todos conseguimos.

"Graças a Jonah, a maioria de vocês agora conhece a história de como a minha família era supostamente amaldiçoada, com cada um de seus membros sofrendo de um grande medo, e eu sei que vocês vêm esperando há um bom tempo para descobrir qual é o meu. Então… Aqui vai. Eu vou ligar o projetor."

O projetor estava armado numa das mesinhas de centro de seus avós, retirada de uma loja de penhor, nos últimos meses, agora que boa parte do salário de Rosemary não se destinava mais às máquinas caça-níqueis. Quando Esther ligou o projetor e surgiu a sua imagem remando num barco azul-claro, em um lago límpido, ela ergueu os olhos. No fim da rua, o Homem Que Seria a Morte estava encostado em um poste, observando-a. Esther parou e o observevou por um momento, receando que ele estivesse ali para levar um deles, ou até todos. Talvez um dos ovos que ela havia usado em seus cupcakes estivesse contaminado com salmonela. Talvez o projeto estivesse prestes a explodir numa bola de fogo que engoliria a todos.

Mas, não. Horowitz – pois esse era quem ela estava convencida de quem aquele homem era – viu-a olhando em sua direção, sorriu, fez uma reverência com o chapéu, e depois ergueu a mão em cumprimento. Esther acenou de volta e o viu rindo levemente, ao virar-se para ir embora, apesar de ela saber que ele voltaria a encontrá-la em breve.

— Quem é aquele? — disse Jonah, por trás dela, olhando para o fim da rua onde ele havia visto, claro, alguém sem importância. Somente um homem. Jonah passou os braços em volta da cintura dela e a beijou no pescoço. Ele estava vestindo um terno terracota ridículo, com uma camisa estampada (coberta de pequenos *tacos*), uma gravata listrada e uma boina. Pulgoncé estava em volta de seu pescoço, como uma estola babona, e eles estavam no gramado, no local exato onde ele havia deixado sua motocicleta, junto ao pé das árvores, depois de ter atropelado a gata.

— Ninguém — Esther disse. Depois, ela sorriu e virou nos braços dele, ficando na ponta dos pés para dar-lhe um beijo nos lábios. Foi um carinho agridoce, como todos os carinhos que eles compartilhavam havia algum tempo. Jonah havia conseguido uma bolsa integral de estudos na melhor escola de cinema e deixaria a cidade no fim do verão para começar a estudar. Cada dia deixava Esther mais feliz e mais triste: Jonah ia embora, mas isso também significava que ele estava escapando. O buraco negro não iria prendê-lo.

E tampouco prenderia Esther.

O que ela não lhe contara, o que não dissera a ninguém, era que fazia três semanas que uma única orquídea roxa vinha surgindo em seu travesseiro, todas as manhãs, quando ela acordava. Esther não sabia o motivo, ou quando, exatamente, ele viria buscá-la, mas o Ceifador havia escolhido sua próxima aprendiz. Esther Solar era agora a Garota Que Seria a Morte. Ela já até sabia qual seria a sua primeira tarefa como *trainee* de Ceifadora: ficar no pé da cama de Holland Smallwood, de foice em punho, com um manto encobrindo seu rosto sardento, para alertá-lo que se alguma vez ele voltasse a tocar a mão em Jonah ou Remy, ou em qualquer pessoa, ela faria questão que sua morte fosse lenta e dolorosa.

— Você está pronto pra assistir isso?

— Ainda não posso acreditar que você não tenha me deixado te ajudar a filmar o último vídeo — disse ele, ao apertar play.

Antes de mostrar o vídeo "50/50", eles passaram um trecho dos melhores momentos do último ano. Não tinha sido fácil. Toda semana

Esther queria parar, ir embora, mergulhar em seu pânico e deixar que ele a consumisse. Era mais fácil ser medroso. No entanto, a cada semana ela trabalhava os três passos que a dra. Machado lhe dera. Externar sua ansiedade. Corrigir os erros de raciocínio. Expor-se ao medo.

Jonah sempre a levava ao limite, mas a forçava ir além. Era Esther quem tinha que pular.

E pular foi o que ela fez. Nos últimos seis meses, eles tinham saído para enfrentar aranhas, cobras, baratas e palhaços. Eles tinham doado sangue, ido ao dentista e pulado de uma ponte com elásticos amarrados aos tornozelos. Eles tinham nadado com tubarões, no aquário, e saltado de aviões, passado longas noites frias sozinhos, na natureza. As pessoas os assistiram. As pessoas os amavam. As pessoas se juntaram na cruzada contra o medo com seus próprios desafios: passar uma noite numa casa assombrada; ser entrevistado, ao vivo, no rádio; ir à praia de biquíni.

Então, o último vídeo. "50/50". Aquele pelo qual as pessoas vinham aguardando. Primeiro, uma tela branca vazia e então, Esther surgiu e sentou-se no enquadramento.

— Eu sei que muita gente vem fazendo apostas quanto o que pode ser o meu maior medo: sapos, montanhas russas, *serial killers*. Todas essas coisas são assustadoras e eu não vou desviar o meu caminho para me deparar com nenhuma delas, mas a verdade é que elas não me amedrontam tanto quanto isso, disse ela, gesticulando na direção da câmera.

"Meu maior medo já aconteceu. Veio acontecendo durante cinquenta semanas. Meu medo é ser vista, verdadeiramente vista, como eu sou. Por muito tempo, eu acreditei que fosse um encaixe quadrado num mundo cheio de buracos redondos, e que alguma coisa dentro de mim estava fundamentalmente errada. Eu acreditei que eu não era feita pra amar e ser amada, e temia que se alguém me visse, tipo, *realmente me visse*, ia perceber que eu estava quebrada.

"Meu pior medo surgiu na forma de um menino. Vocês o conhecem. Ele começou esse canal e editou todos os vídeos, menos esse, motivo pelo qual os outros estão muito melhor.

"Antes de conhecê-lo, eu estava toda despedaçada, como o *Titanic*: eu era uma menina *inafundável*. Eu realmente acreditava que estar quebrada para me ser mais leve seria a garantia de jamais afundar. Obviamente, essa é uma metáfora bem ruim, levando-se em conta o que aconteceu com o verdadeiro *Titanic*. Porque eu era um navio e Jonah Smallwood era o iceberg que deixou o mundo ser despejado para dentro dos meus pulmões, eu achei, depois que ele me magoou, que eu afundaria até a base do abismo e ficaria na escuridão para sempre.

"Humanos não são navios. Temos mais compartimentos. O *Titanic* tinha dezesseis. Eu tenho milhões. A verdade é que não foi quando ele me traiu que eu abri os meus compartimentos. Ele já vinha fazendo isso há muito mais tempo.

"Para os adultos da plateia, eu tenho consciência de que isso pode parecer uma metáfora sexual, mas não é."

Uma risada veio do público. A Esther da tela respirou fundo para acomodar a âncora agora menor, mas ainda presente, e continuou:

— Eu talvez nunca seja o tipo de pessoa que consiga dizer "eu te amo" livremente, mas Jonah eu vou dizer isso: você abriu meus compartimentos, um a um, e deixou que o mundo os inundasse. Foram preciso cinquenta pra que eu percebesse que eu não afundaria, porque você foi lentamente me ensinando a nadar.

"Você não me rasgou. Você encontrou a única maneira de me libertar."

Ao filmar o vídeo, Esther havia ficado preocupada, receando que as pessoas não fossem gostar. Não havia nada aventureiro, engraçado ou cinematográfico no vídeo. Porém, quando os créditos subiram, a multidão levantou e aplaudiu, talvez não porque esse tenha sido um fim excelente, mas porque, independentemente disso, a jornada havia valido a pena. Jonah apertou-lhe o ombro e depois foi com ela até os degraus da varanda, junto com Heph e Eugene, e os quatro olhavam para o império de coragem que eles haviam criado. Centenas de pessoas, cada uma com seu medo enterrado em seu coração como farpas, cada uma um pouquinho mais ousada por tê-los assistido, pelas últimas cinquenta semanas. Os quatro deram as mãos, curvaram-se para agradecer, e um minuto inteiro se passou antes que a multidão parasse de aplaudir e dar vivas.

— Então, é... de que, exatamente, você está vestida hoje? — Jonah perguntou a Esther, quando a multidão começou a dispersar. — Geralmente, eu não sou tão ruim pra adivinhar, mas esse traje deve ser algum desenho obscuro, pois eu não faço a menor ideia.

— Ah, é.... Isso é tudo que foi resgatado de alguma fantasia, em algum momento, mas isso sou eu. — Esther girou. — Isso, aparentemente, é meu senso de moda.

— Meu bom Deus.

— Eu sei, é ainda pior que as fantasias. Hoje eu ganhei mais olhares do que nunca — disse Esther, com uma risada. — Eu tenho uma coisa pra você. Para comemorar o fim de uma era.

—Ah, é?

— O melhor presente que se pode ganhar: a resolução de um mistério. — Esther enfiou as mãos no bolso e, depois, abriu-as revelando um cartãozinho branco de condolências pousado em suas palmas. Era aquele que Horowitz havia dado ao seu avô, na véspera da morte de Florence Solar. Dentro, só havia duas palavras escritas em tinta borrada.

— Não entendi — disse Jonah.

— Porque isso é só metade da charada — disse Esther. — Lembra do caderno de recortes que nós encontramos no depósito de armazenagem? Lembra da última página, com o artigo que dizia que um homem havia morrido em circunstâncias estranhas? — E, então, ela entregou-lhe o artigo e Jonah desviou os olhos do cartão para o recorte de jornal que eles tinham encontrado na caixa trancada há tantos meses. Escrito numa letra bem miúda, numa caixa de correio, na foto em preto e branco havia uma única palavra: *"Whittle"*.

— Sem chance — disse Jonah, e tudo foi se encaixando. — Só pode ser coincidência.

Esther sacudiu a cabeça.

— Não é. Você sabe que não é. Jack Horowitz não podia salvar minha avó, mas ele podia dar ao meu avô algo pra consolá-lo. Algo que ele quis por tanto tempo.

— O nome do assassino das irmãs Bowen.

Esther assentiu e alisou o recorte de jornal sobre um assalto que deu errado e deixou um idoso afogado em sua própria banheira. Estava datado do dia depois da morte de sua avó. Arthur Whittle, à época, com 74 anos. Dava pra ver a traseira do Cadillac Calais na garagem aberta.

— Você sabe que se acreditar nessa versão dos acontecimentos, isso significa que o seu avô matou uma pessoa.

Esther sacudiu a cabeça.

— Talvez. Se ele fez isso, então, ele matou um homem que assassinou pelo menos três crianças e, provavelmente, mais. Um homem que estava velho demais para ser julgado, ou cumprir pena. Mas... Eu acho que ele esteve lá, mas não foi ele...

Esther contou a Jonah como ela achava que tinha acontecido.

Estava chovendo e uma silhueta escura, de manto negro – Reginald – parou diante de uma casa dilapidada no subúrbio. Em suas mãos, ele segurava um cartão de condolências, no qual havia um nome escrito. A tinta havia borrado na chuva, pequenos escorridos azulados serpenteavam pelo papel branco, mas o nome ainda estava visível: "Arthur Whittle". Reginald desviou os olhos do cartão para as letras na caixa de correio. "Whittle", dizia.

Ele notou um movimento em sua visão periférica e, então, Jack Horowitz surgiu ao seu lado, também vestido com uma capa preta, também olhando a casa.

— Ainda não decidi se eu vou matá-lo ou entregá-lo à polícia — disse o avô, em voz baixa.

— Então por que eu estou aqui?

Reginald enfiou o cartão no bolso e os dois subiram, juntos, pela entrada de veículos, onde a Morte passou pela entrada lateral da garagem. A porta estava destrancada. Reg olhou de volta para a rua escura onde as árvores escuras sacudiam com o vento e a chuva que caía. As janelas das casas do outro lado da rua estavam na penumbra, com as cortinas fechadas. Quando achou que ninguém estava olhando, ele entrou. Horowitz já estava olhando ao redor da garagem, pegando e soltando coisas com as mãos enluvadas, tão arrebatado pelo mistério

**UMA LISTA (QUASE) DEFINITIVA DE PIORES MEDOS** 289

desse homem quanto seu avô. Havia um carro encoberto por uma capa protetora de chuva, estacionado no escuro. Horowitz ajudou seu avô a puxar a capa do pára-choque. Por baixo, havia um Cadillac Calais novinho. O carro do assassino.

Os dois se entreolharam.

A morte tentou passar pela porta de entrada da casa e esta também estava destrancada. Reginald ficou imaginando se as fechaduras simplesmente se abriam sob seu toque. Não havia fechadura que conseguisse manter o Ceifador à distância.

Dentro da casa estava tocando repetidamente "Non, Je Ne Regrette Rien", de Edith Piaf, alto o bastante para encobrir os passos de seu avô. Os passos de Horowitz não faziam barulho algum. A Morte assentiu na direção da escada. Reginald sacou sua arma de serviço, mantendo-a ao seu lado, enquanto silenciosamente subia os degraus com a presença sombria e protetora da Morte em sua retaguarda. Havia fotografias nas paredes: Arthur Whittle no dia de seu casamento, Arthur Whittle com seus filhos, Arthur Whittle com seus netos. O cômodo de cima estava enfumaçado e pouco iluminado. Whittle estava sentado numa poltrona preta de couro, com os olhos enevoados e fixos na TV muda, enquanto fumava um cigarro. Reg respirou e baixou sua arma. Ele não conseguia fazer isso. Matar um assassino deixava o mesmo número de assassinos no planeta e não traria paz às famílias das crianças desaparecidas, que jamais descobririam o que havia acontecido com elas, jamais teriam uma resolução dos casos.

Foi Horowitz que, quando viu Reginald hesitar, agarrou Whittle pelo tufo restante de cabelos brancos e o arrastou, chutando e gritando, até o banheiro. Foi Horowitz, no fim, que abriu a torneira e segurou o velho embaixo d'água até que ele parasse de se mexer.

Reginald sentou na tampa fechada do vaso sanitário e passou as mãos nos cabelos, enquanto a Morte, respirando ofegante, recostou na parede azulejada com as luvas e as mangas encharcadas.

— Você disse que nós apenas nos encontraríamos mais duas vezes — disse Reginald, quando o Ceifador estendeu a mão para fechar a torneira.

— Há coisas que nem a Morte pode prever. — Horowitz levantou. Tirou as luvas. — Eu lamento sobre Florence, Reg. Realmente, não havia nada que eu pudesse fazer.

— O velório será na sexta-feira, se quiser ir.

A Morte assentiu e pôs a mão molhada no ombro de seu avô.

— Eu vou levar um pouco de leite.


— Eu não acredito nisso — disse Jonah, ao devolver o cartão. — O Ceifador está morto há anos?

— Nenhuma criança desapareceu desde que Arthur Whittle se afogou em sua banheira. Pra mim, já está bom. Tem de estar.

Quando olhou pra ele, Esther pensou em como isso talvez seria considerado um final feliz se as vidas deles fossem como as dos filmes. Talvez Jonah dissesse algo suave, a música aumentasse, e eles corressem um para ao outro e se abraçassem embaixo de um dos carvalhos enquanto uma canção independente tocasse ao fundo, com a cena final mudando para o início dos créditos.

Mas a vida raramente era repleta de resoluções limpas e caprichadas. Bons momentos inevitavelmente voltariam a maus momentos, que levariam a bons momentos, até que não restasse nada além de poeira e histórias. Mas, naquele momento, bem ali, com ele, naquela noite, aquele era um momento bom demais, e os bons momentos tinham de ser lembrados. E se no fim restasse apenas poeira e histórias, ela podia pensar em destinos bem piores do que tornar-se pó e histórias com um punguista, um pequeno criminoso hábil, um consumidor de bebidas menor de idade, uma ameaça pública e a melhor pessoa que ela já tinha conhecido na vida.

Com Jonah ali na sua frente, ela ficou imaginando se as pessoas realmente se apaixonavam pelas outras, ou se elas se apaixonavam pela melhor parte de si mesmas. O amor era um espelho que trazia à tona o nosso melhor lado, fazendo com que este brilhasse como estrelas e apagasse até as piores feiúras. Nós amamos amar porque isso nos torna bonitos. E talvez não houvesse nada errado com isso.

Talvez nós merecêssemos ser bonitos.

— Certo. Pronta pra descobrir qual é a coisa mais interessante em você? — disse Jonah, enquanto ele tamborilava na tela coberta, encostada na lateral da casa. Parecia que ele estava batendo os nós dos dedos em algo sólido, como vidro. — Cinquenta semanas depois, você está pronta pra ver o que eu vejo?

Esther expirou e estalou o pescoço para um lado e para outro, como um boxeador que está prestes a entrar no ringue.

— Mandar ver, Smallwood.

Jonah puxou o lençol com um sorriso travesso no rosto. Por um instante, Esther ficou confusa. Não havia tela, nem tinta. Mas depois ela entendeu, como ele disse que entenderia, e despencou no chão, rindo, como ele sempre fazia.

O retrato era ela. *Exatamente* ela.

E sempre foi.

# FIM

# FONTES

**A saúde mental** não é tão simples quanto um número de prevenção de suicídio exposto na contracapa de um livro de uma autora que você não conhece dizendo que as coisas vão melhorar.

Então eu vou fazer um pouquinho mais que isso.

Eu vou dizer que tenho muitos amigos e familiares que já sofreram sozinhos e em silêncio, pessoas que apenas me contaram os fatos anos depois de terem superado as dores inacreditáveis que passaram. Contaram que chegaram a acabar ou tentar acabar com suas próprias vidas.

Fico de coração partido em pensar que essas pessoas que eu amo e as quais nem poderia imaginar o mundo sem – pessoas corajosas, inteligentes, resilientes – não buscaram ajuda. Não falaram. Afogaram-se, silenciosamente, inteiramente à vista de todos que as conheciam, sem jamais pedirem ajuda.

Eu conheço a dificuldade delas porque houve momentos em que eu também achei difícil me manifestar.

Nesse sentido, eu imploro para que vocês leiam o artigo "Happiness Isn't Just An Outside Thing", de Adam Silvera – vocês podem encontrá-lo no Tumblr. É um artigo franco e aterrorizante que mudou minha visão sobre a saúde mental para sempre. É inteiramente essencial. Leia, leia, leia.

Minha esperança é que esse livro se transforme num começo de conversa para falar aberta e honestamente sobre questões de saúde mental com aqueles à sua volta. Pergunte aos seus amigos e familiares como eles estão. Diga-lhes como você está. Não se envergonhe de buscar ajuda profissional. Faça parte do movimento para tornar normal falar sobre isso. Porque é normal.

Doenças mentais não tornam as pessoas fracas, as torna humanas.

E, em caso de emergência, eu imploro para entrar em contato com o Centro de Valorização da Vida (cvv), através do 144 – ou 188 para Estados do Rio de Janeiro, Mato Grosso do Sul, Santa Catarina, Piauí, Roraima, Acre, Amapá e Rondônia. Do outro lado da linha haverá alguém que poderá ajudar a compreender o valor da vida, mesmo quando você estiver cego para isso.

Sejam os seus problemas pequenos ou grandes (ou mesmo que você não tenha nenhum, você pode conseguir ajudar outra pessoa), eu deixo você com esse mantra que eu gostaria de que você dissesse, em voz alta, nesse momento, até assimilar, de coração:

Não há vergonha alguma em procurar ajuda.

Não há vergonha alguma em procurar ajuda.

Não há vergonha alguma em procurar ajuda.

"Eu não estou lhe dizendo que será fácil – eu estou lhe dizendo que vai valer a pena".

– Art Williams

# NOTAS

**Durante a escrita desse livro,** eu consultei muitas fontes on-line sobre maneiras de lidar com a ansiedade e com o medo. Nenhuma delas foi mais útil e inspiradora do que "Repensando a ansiedade: aprendendo a encarar o medo", de Dawn Huebner, no TEDxAmoskeagMillyardWomen, em 2015. A palestra de Huebner embasou os conselhos da terapeuta de Esther e também tem sido inestimável para mim, pessoalmente (agora eu já posso dormir no escuro depois de assistir a filmes de terror).

Para a minha descrição de Saigon durante a Guerra do Vietnã, eu recorri a fotografias e relatos diretos, mas devo muito ao artigo de Sara Mansfield Taber, datado de 6 de julho de 2015, publicado no *Literary Hub*, intitulado "My Saigon Summer, Before the Fall", por verdadeiramente montar a cena em minha imaginação. Quaisquer incorreções são inteiramente minhas.

Os insultos Shakespearianos de Jonah vieram de *panglos.com/seidel/Shaker/-*, um gerador de insultos infinitamente hilário que eu altamente recomendo que todos nós comecemos a usar, diariamente, seus molengas miadores de boca mole.

# MEU IMENSO OBRIGADA

**A escrita de um segundo livro** é uma experiência inquietante, em nada facilitada quando o assunto do referido livro é ansiedade, ataques de pânico e medo de doer os ossos. Eu serei eternamente grata aos que tornaram isso mais fácil:

À Chelsea Sutherland, que me inspirou a escrever este livro numa manhã quente, em Amsterdã, quando ela se recusou terminantemente a subir na porcaria da bicicleta holandesa. A história de Esther e sua dificuldade com o medo nasceu quase que inteiramente enquanto nós (um tanto contra nossa vontade) finalmente voltávamos do Vondelpark pedalando sob o sol de verão. Eu sou muito grata por você ter enfrentado o seu medo naquele dia (desculpe, de novo, por fazê-la chorar).

À minha irmã, Shanaye Sutherland, que é uma das pessoas mais corajosas que eu conheço. Sua força, generosidade e ternura me inspiram todos os dias. Eu não poderia ter escrito esse livro sem você.

Aos meus pais, Sophie e Phillip, mas especialmente à minha mãe que, assim como Rosemary, é uma lutadora e tanto, até o fim. Escrever este livro me partia o coração todos os dias quando eu pensava em tudo que você sacrificou (e continua a sacrificar) tão prontamente por seus filhos. Vocês dois são maravilhosos.

Ao meu falecido avô, Reginald Kanowski, homônimo do avô de Esther. Mesmo antes de eu sonhar em ser uma escritora, eu queria imortalizar a história da sua vida no papel. Muito de você vive nessas páginas.

Também à minha avó, Diane Kanowski, quem eu afirmei, erroneamente, que jamais leria o meu primeiro livro porque era escandaloso demais. Por meio deste agradecimento, eu me redimo e peço desculpas! Seu apoio contínuo representa o mundo para mim.

À Kate Sullivan, que tantas vezes assinou fraudulentamente meu nome nas listas da sala de aula que eu deveria contratá-la para as noites de autógrafos, e a Rose-Helen Graham, por me manter sã quando nós moramos naquele pesadelo que foi na Sassoon Road. Acima de tudo, agradeço a vocês duas, pelo incrível entusiasmo.

À Westpac Bicentennial Foundation, que me apoiou financeiramente enquanto eu estava estudando no exterior, em Hong Kong, e escrevendo esse manuscrito ao mesmo tempo. Vocês tornaram muito mais fácil equilibrar as duas coisas. A fé que depositaram em mim e seu apoio aos jovens australianos têm um impacto e tanto.

À Tamsin Peters, minha irmã em todos os sentidos, menos no de sangue. Um dia eu vou escrever um livro com dragões!

Ao esquadrão animador da minha cidade natal, que perigosamente infla meu ego: Renee Martin, Cara Faagutu, Kirra Moke, Alysha Morgan, Sarah Francis, Jacqueline Payne, Sally Roebuck e Danielle Green. Vocês fazem com que eu me sinta uma estrela, mesmo nos dias mais sombrios.

À Amie Kaufman, pelas palavras de sabedoria que salvaram a minha sanidade, em momentos de grande necessidade.

À Katherine Webber, sempre, por tudo. Você é brilhante e eu te amo. Olhe pra nós, *ainda somos* autoras! #LAUWASA

Ao restante do #TeamMaleficent: Samantha Shannon, Lisa Lueddecke Catterall, Leiana Leaututufu e Claire Donnelly. Eu sei que vocês sempre estão na minha retaguarda.

À minha agente extraordinária, Catherine Drayton, cuja opinião é mais importante para mim do que a da maioria. Quando eu ouvi dizer que você tinha gostado desse meu segundo livrinho estranho, eu soube que ia dar tudo certo!

Ao restante da gangue em InkWell Management, mais especificamente a Richard Pine, pela carinhosa acolhida a Nova York, e a Lyndsey Blessing, por ser minha deusa dos direitos estrangeiros.

À adorável Mary Pender, na UTA, por seu brilhantismo contínuo em lidar com os direitos cinematográficos.

À minha editora Stacey Barney, que fortemente desconfio possuir alguma magia correndo nas veias. Com o toque mais leve, você ajudou esse livro a florescer inteiramente. Não tenho agradecimentos suficientes por sua fé e sua paciência.

E também ao restante da equipe na Putnam, especialmente Kate Meltzer, pelas palavras tão necessárias de incentivo, e a Theresa Evangelista, por outra capa deslumbrante!

A toda equipe da Bonnier Zaffire, mas especialmente a Emma Mathewson, que é quem eu quero ser quando eu crescer, e às super estrelas RP, Carmem Jimenez e Tina Mories, por seu carinho e gentileza.

Novamente, a toda a equipe da Penguin Austrália, mas especialmente a Tina Gumnior, assessora de imprensa extraordinária, e a Amy Thomas e Laura Harris, pois ambas parecem dizer exatamente o que eu preciso ouvir, exatamente quando preciso ouvir. Como é que vocês fazem isso?!

Por último (mas, certamente, não menos importante), a Martin Seneviratne, meu parceiro de crime. Preparador de chá, torcedor para o cumprimento dos prazos, conhecedor de muesli, gostosão total. Você faz com que eu me sinta corajosa todos os dias. Não há medo que eu não me atreveria a enfrentar com você ao meu lado.

**CONFIRA NOSSOS LANÇAMENTOS,
DICAS DE LEITURAS E
NOVIDADES NAS NOSSAS REDES:**

🐦 @editoraAlt

📷 @editoraalt

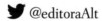 www.facebook.com/globoalt

Este livro, composto na fonte Fairfield,
foi impresso em papel Pólen Soft 70 g/m² na Edigráfica.
Rio de Janeiro, Brasil, agosto de 2020.